評のカリキュラム

The Curriculum of Contemporary Criticism

第三部　現在批評のリーディングリスト

The Canon of Contemporary Criticism

——メタファーはなぜ殺される？

序文

メタファーはなぜ殺される

すべての現在批評は、メタファーの生死をめぐる噂で始まり、メタファーの検死をめぐる記録で終わる。ただしメタファーは、必ずしもそのまま修辞的装置群の廃墟のさなかでひっそり息絶えるわけではない。瀕死となり仮死を経てもなお何度となく甦り、また再び殺される運命を享受するだろう。こうした構図が批評の悪循環なのか、それとも幸福なる再循環なのか、定かには見極めにくい。けれども、少なくともこのように、メタファーの消息という難問について何度となく考えをめぐらす営み自体が、最も現在的な批評の本質を成すのは明らかだ。

本書はまさに上の視点から、新たな世紀転換期を迎えたいま現在における文学批評を、いくつかのかたちに切り取り、ありうべきかたちに組み直そうとした試みである。

第一部「現在批評のポレミックス」では批評的想像力が、第二部「現在批評のカリキュラム」では批評的物語学が、第三部「現在批評のリーディングリスト」では批評的教育法が、それぞれの主題にふさわしいそれぞれの様式で語られる。どこからめくっていただいても結構。各章はすべて、現在批評に関心をもつ方々すべてに開かれた招待状にほかならない。

文学批評とは何か。

世紀転換期の今日、この素朴なる問いには、それこそ目下星の数ほどある批評理論と同じだけ答えがひしめく。

新批評家は文学作品の内部に聖書的な意味の充満を求め、記号論者は神学的必然よりも言語の遊戯的運動に快楽を覚え、脱構築師はテクストの内部矛盾を暴き出す。

フェミニスト批評家は作品の水面下に潜む性—政治学を明らかにしつつ、従来自然化されてきた家父長的読解を転覆することに使命を見出し、新歴史主義者／ポストコロニアリスト理論家は文学テクストと非文学テクストとの間の記号論的相互交渉を明らかにしようと努力を怠らず、そして、クイア・リーディングの使徒は一見ふつうの男女のロマンスの死角からさえ思いもよらぬ変態的セクシュアリティの可能性を浮上させてやまない。

しかし、一九九〇年以後、文学批評の現在について考えようとする時、わたしの脳裏に決まって浮かぶのは、必ずしも抽象的な議論の一群ではなく、あまりにも単純明快な一枚の「絵」だった。

1

【テクストをいかに使うか——『ダンス・ウィズ・ウルブズ』の一光景】

いまはむかし、ときは南北戦争の終わるころ、ところはアメリカ西部のフロンティア。一冊の重大な秘密を込めた日誌が、所有者の手を離れて、紐解かれる。だが、ページをめくるこの強奪者は、日誌所有者と同じ白人としてその字面を目にしながらも、書かれた文字を読むことができない。いきおい、その強奪者は日誌の意義についていささか未練深げな表情を残しながらも、けっきょくはそのうちの一ページを破りとり、ティッシュペーパー代わりに失敬してしまう——

ケヴィン・コスナー主演になる一九九〇年のアカデミー賞受賞映画『ダンス・ウィズ・ウルブズ』最大のテーマは、もちろん白人とインディアンの闘争と友情であるが、中でも筆者にとってひときわ鮮烈な印象を放ったのは、右のくだりである。すなわち戦線から外れたダンバー中尉がインディアンと親交を深めて小屋を留守にした隙に、追ってきた合衆国軍隊の兵士が彼の小屋内部から日誌を盗み出し、あまつさえ別用途に使ってしまうシーン。そこにはダンバー中尉がスー族と暮らした記録とともに、幼児期にポーニー族に誘拐され「インディアン化」された白人女性「拳を握り締めて立つ女」(旧・白人名クリスティーン)を愛しているという告白がはっきりと記されていた。ちなみに、マイケル・ブレイクの一九八八年の原作ではインディアンはスー族ならぬコマンチ族であり、右のシーンは、軍隊がダンバー中尉に尋問する際、以下のような回想形式内部に暗示される。

「いちばん最初にセジウィック砦に到着した先遣隊のひとりの兵士が、日誌を見つけていた。シーツという名の文盲の一兵卒がその本を見たとき用足しの紙にちょうどいいと考えて、上着の下にそれをすべりこませたのだった。そのシーツの耳にもいま、なにか日誌がなくなって、野蛮人のなりをした白人がそれを自分のものだと言っているという。たぶん、返すべきなんだろう。もしかしたら褒美にありつけるかもしれない。だがその次には、叱られるのではないかと心配になってきた。もっとまずいことかも。前にもけちな盗みで、営倉入りになったのは一度や二度ではない。そんなわけで日誌はいま、彼の軍服の外套の下にあった」(第二八章、第三節)

右のエピソードが衝撃的なのは、仮にこの兵士シーツに読み書き能力が備わっていたとしたら、インディアンの生活形態を克明に記録したこの日誌そのものが、いまやインディアンとともに行動するダンバー中尉の居場所を教え、民族大虐殺のための格好の情報提供源と化していたはずであるからだ。けれど、実際アルファベットひとつ読めない者にとって文字の集積体など猫に小判、ティッシュ扱いされるのもむべなるかな――というわけで、このシリアスな物語のうちにも観客に一瞬の微笑みを催させてやまないユーモラスな映像がさしはさまれたというわけだけれど、まさにこの一瞬に込められた意義は小さくない。

強奪者に文字を読み書く能力、すなわち識字力があるかどうかで、たったひとつの日誌が最も安価なチャップブック並みの恋愛小説にも、最も恐ろしい特定民族殲滅兵器にもなるかもしれず、あるいは紙切れ同然のティッシュペーパーになるかもしれぬという、しかもその展開は誰にも予測できないという、あたかも複雑系理論を実践するかのような一枚の「絵」が、ここにある。

この光景に接した瞬間、わたしは一枚の紙に一群の文字が書かれてさえいれば、人間同士が一定のメッセージを伝え合うことができる——そこから文学が、文学批評が出発するという前提そのものが、その根本からして支配的幻想にすぎないことを実感した。

2

【ミイラ捕りがミイラになる日まで——批評理論適性テスト】

では、そのような二〇世紀文学批評史の前提は、いかにして生まれ落ちたのか。

一九九〇年代末の教科書的な記述に沿うなら、少なくとも新批評から読者反応論批評へ至る理論的な発展において、書き手がおり、彼ないし彼女の生み出す文学作品があり、それを受容し精読／誤読／脱構築する読み手がいるという基本的な構図だけは、いささかもゆらいでいない。それは、かつてラーマン・セルデンが構築した批評理論の基本図式（図表1／一七ページ）を一瞥すれば明らかだ。この簡便なる合理的図式は、文学におけるどの条件に興味を抱くかによって、各人の適性検査まで施してくれる。それに従えば、たとえば「書き手」の精神や人生を重視する者は感情移入型ゆえにロマン主義的批評に、「文脈」を重視する者は言葉が社会や歴史の何を指しているかという前後関係を優先させるゆえにマルクス主義的批評、「文学作品」そのものを重視する者は書くことの詩的可能性のみを独立させて考えるゆえに形式主義的批評、「伝統」を重視する者は文学作品がいかに過去の文学的伝統すなわち約束事を応用・消費してきたかを意識するがゆえに構造主義批評（これはさらに脱構築批評へ至る）、そして「読み手」を重視する者はほかならぬ読者本人の経験や来歴に照らし合わせて逆に「書き手」すらも再構築してしまうがゆえに読者反応論批評（これは現象学批評からフェミニズム批評、そして昨今ではクイア・リーディングへ至る）に、それぞれの批評的適性を持つことが、つまびらかになるだろう。

かつて新批評の時代には書き手の意図にすべてを還元しようとする目論見が「意図をめぐる誤謬《インテンショナル・ファラシー》」の名で戒められたが、今日では、書き手の意図など考えず文学作品の盲点を突く批評がいくらでも暴力的な「創造的誤読」を展開してやまない。たとえばジュディス・フェッタリーは名著『抵抗する読者』（一九七八年）の中で、あえて一九世紀作家ワシントン・アーヴィングから二〇世紀作家ノーマン・メイラーに至る男性作家ばかりを扱い彼らの盲点を突きまくり、フェミニスト批評ならぬ批判そのものを展開していく。

「女は自ら生み出し再生産できるという考えは、延々と男の想像力に取り憑いてきた幽霊である。それは、処女マリアにまつわる込み入った神話と『彼女自分で妊娠したんだ』という通俗的な言い回しのように、手を変え品を変え、さまざまな形で現われる。こうした恐怖に重きを与えるのは、男にはどんな女が相手にしろ、その子どもの父が自分であると確実にはわからないという、逃れようのない事実である」（第五章）。

ここでフェッタリーは確実に、それまで一顧だにされなかったもうひとつの男性作家像を再発見している。書き手は文学作品を読み手に送り出したつもりながら、実は読み手によって再攻略されかねないという現在批評ならではの可能性が、ここにある。この構図は、とりあえず「ミイラ捕りがミイラになる」論理になぞらえることができる。

【図1】

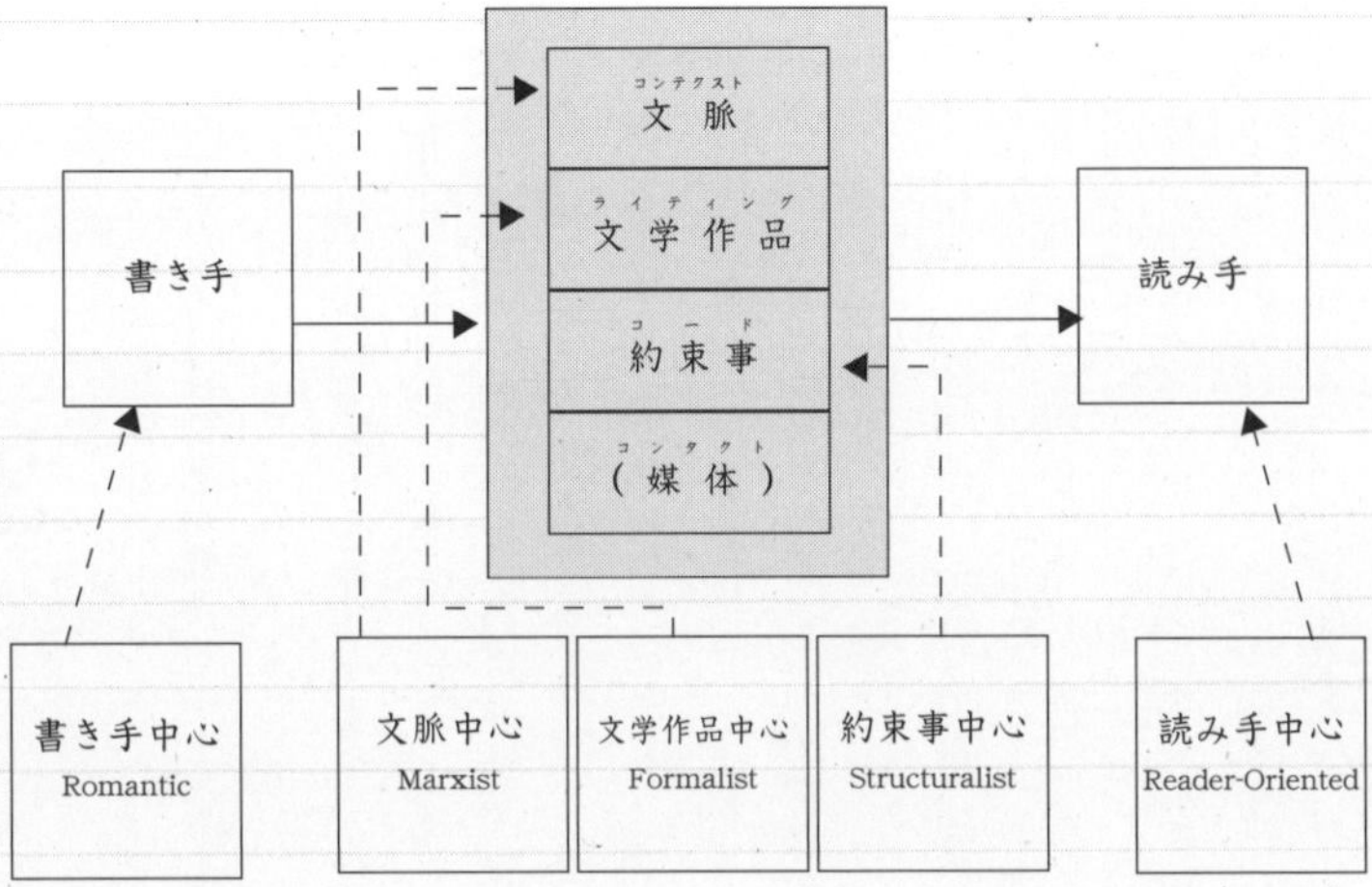
文脈《コンテクスト》
文学作品《ライティング》
約束事《コード》
（媒体《コンタクト》）
書き手
読み手
書き手中心
Romantic
文脈中心
Marxist
文学作品中心
Formalist
約束事中心
Structuralist
読み手中心
Reader-Oriented

【図2】

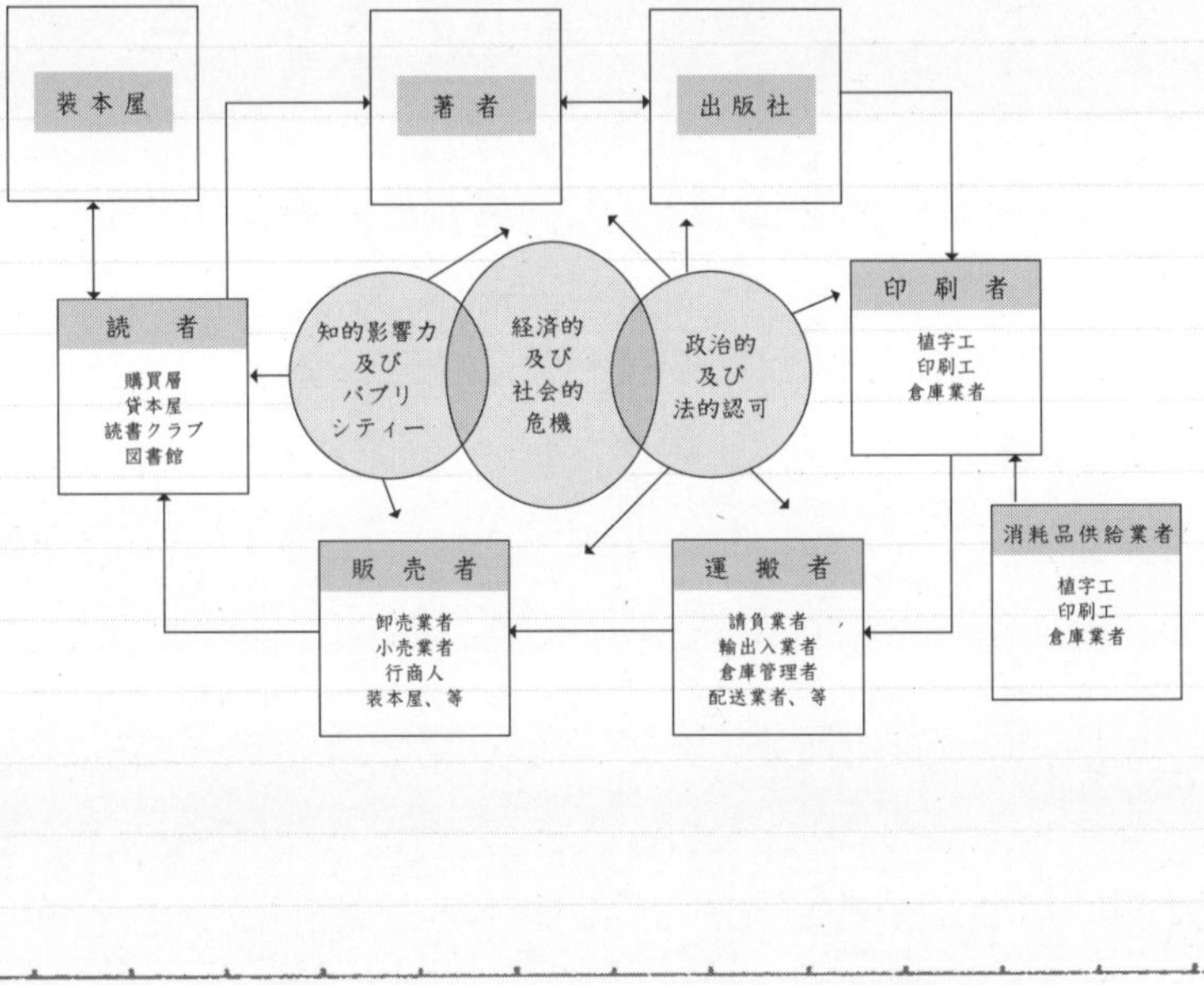
装本屋
著者
出版社
印刷者
植字工
印刷工
倉庫業者
読者
購買層
貸本屋
読書クラブ
図書館
知的影響力
及び
パブリ
シティー
経済的
及び
社会的
危機
政治的
及び
法的認可
消耗品供給業者
植字工
印刷工
倉庫業者
販売者
卸売業者
小売業者
行商人
装本屋、等
運搬者
請負業者
輸出入業者
倉庫管理者
配送業者、等

3

【風が吹けば桶屋が儲かる――新歴史主義批評以後の論理】

それでは、脱構築批評を踏まえつつ一歩前進させた新歴史主義批評の場合はどうか。

新歴史主義批評の代表格キャシー・デイヴィッドソンは、編著『アメリカの読書形成』(一九八九年)への序文で書物と読者の歴史学の可能性を吟味するのに、書物がこれから文字を書き込むべき紙の束であるとともに、すでに他者へ真理を伝えるべく文字の印刷された有用きわまる物体でもあるという一八世紀人ゲオルグ・ハインリッヒ・ジンクの定義から説き起こす。多くの人々は、この物体が完結し、実際の書物になる以前よりこの製品と関係を持つ。したがって、ジンクのことばをまとめるなら、書物とは物理的対象であり、記号体系であり、多様な技術と労力の究極の産物であり、間文化的・文化内部的コミュニケーションの出発点であり、さらに真理の伝達装置にほかならない。こうした文化唯物論的図式を、ロバート・ダーントンは「著者→出版社→印刷所→(消耗品)供給業→運送・流通業者→書店→製本所/読者→著者」で完結する「書物のライフサイクル」、すなわち「コミュニケーションの循環構造」としてみごとに提示してみせる(図表2/一七ページ)。

さらにデイヴィッドソンは、こうした書物の循環構造に注目し、書物の生産と同時に読書もまた生産されるのだというパースペクティヴを明かす。たとえば文学教育用にはいかにも素っ気ないデザインの作品テキストが配布されるが、同じ作品でも、たとえば文学部学生を超えてもっと広い読者層を狙った場合、表紙や装丁、編集の仕方などに変化が現われてくる。書物の外観とその読者層というのは一種の共犯関係にあるのであって、一定の書物が生産されると同時に、我々はすでに一定の意味が生産される現場に立ち会うのだ。書物研究は、したがって、物理的にして美学的、かつイデオロギー的な諸領域に渡る、と彼女は説く。

これにならうなら、著者は読者に向けて語るも、一方で読者はその反応によってもう一度著者へ影響を与えうる条件であるのが判明しよう。著者は書物出版という仮想空間上に構築された「仮想読者」に向けて語るとともに、実体的な書評者にも語らなければならない。しかも一冊の書物が流通し、多くの人々の手に渡るかどうかは、著者以上に、出版社や取次業者の政治的・人種的・性差的イデオロギーの介在によって決まるだろう。かくして、著者は自らを読む読者をさらに読みながら次の作品を書くことになり、彼ないし彼女本人もまたもうひとりの読者として主体再形成される。ラーマン・セルデンの図表1では読み手が書き手を読み直し、作り直す道筋が示唆されたが、ロバート・ダーントンの図表2では書き手もまた読み手を読み直し、自らを含む読み手の可能性を再探究する方途が露呈する。

ところが、また別の水準から眺め直せば、この同じ図表1の孕む問題系は、決して一枚岩ではいかない。わたしたちはこの構図の「読み手」の部分に、人種別・性差別・階級別で異なるであろう識字能力を、とりわけその高低と有無をあらかじめ決定不能な要因として読み込む必要がある。送り出される「文学」が文学として決まるのは、受け止める側がその「文脈」を解読できるかどうかという「識字力」いかんにかかっているのだから。

いちばんわかりやすい例としては、新しい歴史学の権威カルロ・ギンズブルグの『チーズとうじ虫』（一九八〇年）を引くことができる。

同書は、ずばり「メノッキオ、人呼んでドメニコ・スカンデルラという粉屋が楽士になるまで」を扱うが、それは簡単にいえば、労働者階級であるにも関わらず、優れた識字力に恵まれていたために、ひとつの異端審問を紛糾させてしまったトラブルメーカーの物語にほかならない。この男メノッキオは、一五三二年、ヴェニス北東およそ百五十キロの山間の村モンテレアーレに生まれるも、たまたま読み書きができ、たいへんな読書家であった。しかも、粉屋の仕事場は町外れに位置し、その風車小屋の中では町を出入りする多様な人々が集っていたため、彼はひとつの巨大な知的ネットワークの中心で、大量の情報を摂取し処理する立場におり、現に一六世紀前半にはすでにヨーロッパ各地の言語に訳されていたイスラムの『コーラン』や英国人サー・ジョン・マンデヴィルが奇想天外な東洋案内を含めた『旅行記』が出回っていたから、それらを読むことで限りなく東洋的にして快楽主義的な、すなわち限りなく異端的な天国観を培うことになる機会は充分に耕されていた。メノッキオにとって、労働環境はそっくりそのまま知的環境だったのである。

かくして一五八三年、五一歳の折に、もともとたいへんなおしゃべりだった彼は「秩序などない、すべては混沌としていたのだ、牛乳をひっかきまわせばチーズができ、そこにうじ虫が沸くように」というイスラム的影響さえ感じさせる官能的宇宙観を吹聴することによって、カトリック教会の華美な秩序を批判し（少なくともそれはメノッキオのような貧乏人のものではない）、最初の異端審問にかけられる。それは、三位一体の中でもイエスの神性を否定し、聖霊を上位に置くヴィジョンであり、たとえていえばルター派が教会秩序よりも個人的な信仰を重視した姿勢を、ひいてはのちのアメリカ・ピューリタニズムが皮肉にも異端者の条件と定めた反律法主義＝信仰第一主義（antinomianism）の姿勢を彷彿とさせるものだった。

以後のメノッキオは、一五八六年、息子の嘆願によって釈放されるも、一五九九年には楽士としてあちこちに行き、再び異端の意見をまきちらしたかどで、再審問にかけられる。「我々はそれぞれの信仰を正しいと思うのであって、どれが正しいかは知らない——たまたまキリスト教徒として生まれたので、キリスト教を信じている。無神論ではなく、有神論である。人種、宗派を問わず、聖霊が人を救う」。メノッキオの弁舌は絶えずさわやかで、異端審問官をことごとく論破するものだったが、にも関わらず一六〇〇年、審問官とローマの大審問官との間で一年間協議が行われたあげくの果てに、法王クレメンス八世の勅命により、彼はとうとう処刑されてしまう。

このアウトラインだけからすれば、何の変哲もない異端審問の典型のように響くだろうか。しかし、わたしが改めて注目したいのは、メノッキオの異端思想というのが内在的なものではなく、彼がたまたま読み書き能力に長け、風車小屋内部の知的ネットワークのまっただなかに身を置いていたがために、そして、ひょっとしたら多分に最先端知識を摂取し、活用できる自らの知的能力を誇示したいがために、カトリック批判へ赴き、異端審問史に新たなページを書き加えることになったのではないか、ということなのだ。そしてその知性とは、他の文化的尺度を投入しつつ、そもそも書物の原型として疑われもしなかったキリスト教聖書を批判し、必ずしも聖書が唯一絶対の世界の縮図ではないということ、極論すれば、そもそも書物が世界をそっくり反映するメタファーであるという古典主義以来の前提自体が誤りであることを露呈させる類のものであった。事実、書物が世界の鏡であるという前提は、そもそも鏡とは対象を左右逆転させて映し出すという基本を隠蔽してしまっている点で、何よりもメタファーとしてまちがっている。

ポール・ド・マンやシンシア・チェイスによるなら、ひとつの言語表現（たとえば「椅子の脚」や「山の顔」）が、まさにナチュラルな現実として受け入れられるのは、そのメタファーが「濫喩《キャタクレシス》」「死んだ隠喩《デッド・メタファー》」

に基づきながらもまんまと偽装しおおせている——あるいはその真相を周囲に忘却されている——効果にすぎない。メタファーはあらかじめ殺されている。にも関わらず、隠喩を字義と見誤り、言葉の綾を現実そのものと見て疑わない誤読の類は、枚挙にいとまがない。書物と世界の照応という神話は、その最も基本的な範例だった。そう、わたしたちはこれまでいかに、単なる白人的概念操作の物語学的効果でしかないものを「人種一般」として、単なる父権制支配政略の言説的産物でしかないものを「性差一般」として、単なる支配階級側戦略の修辞学的結実でしかないものを「階級一般」として読み誤ってきたことか。わたしたちが文字どおりの現実と信じるもの自体が、すでに言語の修辞法の成果なのである。

かくして、脱構築批評を経由した新歴史主義批評は、それまでほとんど知的能力を期待されることのなかった労働者がたまたま圧倒的な知的能力を備えていたという些細な条件が、当時の現実を構成していたキリスト教的修辞学の網の目を突き崩し、やがては異端審問という巨大な歴史の曲がり角へ大きく作用していくという、あまりにもドラマティックな構図をあぶり出す。書物の書き手と読み手との間の素朴なフィードバックは、すなわち前述した「ミイラ捕りがミイラになる」という論理は、すでにここでは通用しない。微細なる書物がめぐりめぐって、しかもまったく予期せぬ知性を媒介することで壮大なる宇宙へ革命的影響を及ぼすというこの道筋にふさわしいのは、日本の古いことわざでは「風が吹けば桶屋が儲かる」と表現される事態であり——メノッキオの場合、さしずめ「風が吹けば粉屋が殺される」とでもいった図式になるだろうか——昨今のカオス理論に拠るなら「北京で今日蝶がはばたけば、来月ニューヨークで生じる嵐に影響する」と表現される論理である。

このように、テクストに秘められた盲点やコンテクスト内部の予期せぬ因果関係を探究する批評は、一見したところ精密なる自然科学的メカニズムに立脚しているように映るかもしれないが、しかし、まったく同時に、遠いもの同士の連結をしきりに企まずにはいられぬ精神病理学的パラノイアにも起因しよう。そして、一定のパラノイアを欠落させたら、いかなる文学も文学批評も成り立たない。

4

【読まないことのアレゴリー】

以上、現在批評の歩みを「ミイラ捕りがミイラになる」論理から「風が吹けば桶屋が儲かる」論理への転換に求めるならば、冒頭に引いた映画『ダンス・ウィズ・ウルブズ』の一場面が、再び思い起こされる。というのも、セルデンによる読者反応論批評までの図式にせよ、ダーントンによる新歴史主義批評の図式にせよ、読み手と書き手の間には一定の読み書き能力が「通貨」として交換されることが大前提を成すものの、例の場面で日誌のページをティッシュペーパー代わりに消費してしまう兵士シーツは、そもそもそうした通貨を最初から持ち合わせない「文盲」として登場するのだから。一六世紀イタリアのメノッキオはたまたま読み書き能力に優れていたがために異端審問にて裁かれるが、他方、一九世紀アメリカのシーツはたまたま読み書き能力をまったく欠落させていたがために、ダンバー中尉の存在証明たる日誌を別の用途に用い、その結果、中尉は裏切り者として囚われ、白人とインディアンの闘争はますますエスカレートすることになる。

双方のエピソードはともに、読み書き能力に関する微細なる差異が巨大なる歴史へ貢献する経緯を明かす。だが、それにしても、南北戦争時代の文盲とは、いったい何を意味するか。

振り返ってみれば、一七世紀植民地時代のアメリカでは、女性は読めても書けなくてかまわない、それは男性は実社会で書けなければならないが、女性は家庭に残るからだ、という性ー政治学的イデオロギーが主流であり、アン・ブラッドストリートに至っては一六五〇年、以下のような詩さえしたためていた。「女は手に針さえ持ってりゃいいだなんて／口うるさくいう人がいて癪にさわってしかたがない／こんなふうに嘲られたらわたしの詩を書く筆も滑ってしまいそうだ／だってみんなはなっから女のアタマのことをバカにしてるんだもの」

ところが一九世紀アメリカに入ると、女性の出産率低下とともに識字力を持つ女性が二倍にふくれあがり、スーザン・ウォーナーやストウ夫人をはじめとする女性作家たちが男性作家を圧倒するベストセラーを放つ。一八六三年、エミリ・ディキンソンは「わたしは生涯、部屋の片隅にたたずむ拳銃／いつか持ち主がやってきて、みつけて、連れ去ってくれるのを待つばかり…でも、わたしの方が彼より長生きするかもしれないとはいえ、長生きすべきなのは彼／なぜってわたしには殺す力しかなく、死ぬ力はないのだもの」（七五四番）と歌い、一八六四年、南北戦争に出兵した厳格なる師匠トマス・ヒギンソンへの書簡においては「おけがなさったとは存じあげませんでした…ところで鉛筆を一本いただけませんか、医者がペンを奪いとってしまったので」（書簡二九〇番）と綴ったが、文学的な育ての父とこの女性詩人との間に一種のドラ＝フロイト関係の類似物を措定できるとすれば、ここには伝統的書法を彼女に強要したヒギンソン的＝父権制的言説への反発から自己を拳銃＝ペンにたとえてエクリチュールの戦場にのぞもうとするディキンソンの抵抗がうかがわれる。それは、いくら彼女が孤高の生涯を送りテクストの奥底に沈潜したとしても、女性の識字力獲得華やかなりしヴィクトリア朝アメリカの時代コンテクストと決して無縁ではなかったことの証左を成す。

書く女たちばかりではない。バーバラ・ジッヒャーマンは、ヴィクトリア朝アメリカ後期、インディアナ州フォートウェインに実在した高名な読書一家ハミルトン家の三代目にあたる家族構成を精密に分析することで、当時のアメリカン・アッパーミドルにおける女性たちがどのような読書生活を営んだか、そのパラダイムを輪郭づけようと試みた。彼女たちの家庭ときたら、それはもう、たがいがたがいの読書する姿しか記憶に残っていないというほど凄まじいものだったという。父方の祖母エメリンは「女性のための自由図書室」設立者だったし、エメリンの次男である家父長モンゴメリは読書によって厳しく子どもたちを教育した。十代はじめだろうがなんだろうが、〈スペクテイター〉誌を読ませ、聖書を読ませる。ハミルトン家で宗教が重要視されたのは当然であり、事実、娘たちは第一長老派教会に通い日曜学校で教えてもいたが、モンゴメリーは教会活動などよりも神学そのものに興味が深く、イーディスとアリスには何よりも聖書を研究することと、ウェストミンスター教理問答を暗記することを課す――読書、暗記、朗読という厳格なる三原則に基づいて。教育の成果は、やがてイーディスが従姉妹のジェシーに向かってこう言い残すぐらいに顕著だった――「こんなにつめこまれたら、いつかあたしの手紙なんかアメリカのアディソン（〈スペクテイター〉誌編集者）、アメリカのスコット、アメリカのシェイクスピアが書いたものじゃないかなんてことになって崇められちゃうわ」

ロバート・ダーントンを代表とする書物の歴史学者にしてみたら、なるほど一九世紀後半までを支配した集中的な読書が拡散的な読書に転じていくこと自体が嘆かわしい展開に違いない。少数の本を集中的に読むこと、すなわち「狭く深く」がかつての理想だったとすれば、文学産業の発展に伴い多数の本を拡散的に読むこと、すなわち「広く浅く」への方針転換は、受動的読書を導くというのがその論拠である。ところが、ハミルトン家においては必ずしもそうではない。彼女たちには読書、暗記、朗読の三拍子があった。朗読すること、たとえば親から子へ、娘から母へ、年長の兄弟から年少の兄弟へ、ひいては女性から病人へ「読んで聞かせること」。これが楽しみと同時に義務となり、生涯の生活習慣を構成していたハミルトン家にとって、読むことは立派に生産的な社会行為だったのである。

南北戦争を契機に、女性作家ばかりか女性読者も増大しはじめたアメリカ。識字力転じて知的能力の増進に関しては、もちろん一八二〇年代から勃興した市場経済と、一八五〇年代を境にテクノロジーが桁外れの進展を遂げ、印刷技術によって書物の大量生産が、鉄道拡張によって出版物の流通拡大が図られたことも大きく影響しているだろう。それはさらに、白人女性にとどまらず、フレデリック・ダグラスやハリエット・アン・ジェイコブスといったアメリカ黒人系の自伝が示すとおり、黒人奴隷が識字力を増進させつつ、白人側を出し抜く術さえ覚えはじめた時期にあたる。南北戦争以前の黒人は自分自身の労働力こそいわゆる奴隷資本であり、貨幣と交換すべき単位であったが、一方南北戦争以後になると、奴隷資本たる黒人自身が自らの読み書き能力を文化資本として貨幣と交換するチャンスを獲得していく。

奴隷資本の時代から文化資本の時代へ。ヴィクトリア朝アメリカの「文学」を彩る「文字」へのオブセッションは、南北戦争以前と以後とではその「字義的現実」を形成するに大きく寄与した資本形態がことごとく転換してしまうことの徴候にほかならない。

だからこそ、いま再び『ダンス・ウィズ・ウルブズ』を観直すならば、そのような主流のアメリカ文化史とは逆行するかのように、文盲であり、おそらくはプア・ホワイトであるだろう白人男性兵士シーツが描かれ、はたまたそれと対応するかのように、幼児期にインディアンにさらわれたため、母語である英語を喪失してしまったクリスティーン改め「拳を握り締めて立つ女」が描かれる文脈が、各々強烈な印象を残す。そこでは、人種・性差・階級すべてに渡り、識字力が必ずしも通貨になり得ない彼方の地平が、いわばWASP的常識が通用せず、多文化的価値観が必須となる異次元の地平が、最も鋭利な形で切り拓かれている。

むろん、南北戦争以後に普遍化する民主主義イデオロギーの本質は、文字さえ制御できれば誰でも字義的現実を変質させられるという、文化資本の民主化に求められよう。文字を前提とする識字力はすべてのコミュニケーションの基盤を成す。一九八〇年代後半には、新保守主義者アラン・ブルームやE・D・ハーシュ・ジュニアが六〇年代ラディカリズムの限界を突き、アメリカ国民が共通して備えるべき文化的教養の必要を説いた。しかし、すでに南北戦争の渦中の段階より、英語を基本とする識字力の通用しない言語の深淵があり得たであろうことを浮上させ、ダンバー中尉のようにあえて異民族の異言語文化をめざす人物を強調する『ダンス・ウィズ・ウルブズ』は、書物と世界のみならず、言語と現実とが必ずしもメタフォリカルに対応しないことを、必ずしも単一の原理によっては割り切れないことを、文字ならぬ映像だからこそ最も雄弁に説き明かす。映像ほどに、小説とメタフォリカルな照応関係を結ぶように見せかけながらも内部から裏切る媒体は、ほかにないからだ。

5 【メタファーはなぜ殺される】

メタファーはすでに殺されている。この物語における日誌という名のテクストは必ずしも世界との間に単一の意味を取り交わすツールではなく、識字力の如何に関わらずその外観を含めた水準で評定されるオブジェにすぎない。もともと書物をオブジェ以上のものと見る視線自体が近代的読者ならではの過剰なる隠喩的幻想であった。もちろん丁寧に拾い上げ、熟読し、書架に飾るのは自由だが、まったく同時に、切り裂いてツギハギし、果ては燃やしてもかまわない、不安定極まる立方体。読まれるか読まれないか一向に定かでなく、読まれても読まれなくても一定の悲劇を招きかねない不幸の手紙。ポストコロニアリズムの論客だったら、そこに被征服者、ないしサバルタンに関するアレゴリーを読み込み、クイア・リーディングの批評家だったらそれによって白い肌と黄色い肌の間のロマンスが失墜しかねないことへのホラーを読み込むだろう。その結果、ダーントンの新歴史主義的図表2も整然とした円環を結ぶものではなく、著者から読者へ至る過程の識字力次第で、カオス的に歪んだ時空間を構成するものとして書き直さなくてはならなくなるだろう。

その意味で、まさに『ダンス・ウィズ・ウルブズ』における日誌のテクスチュアリティが最も不確定にして最大の批評的《クリティカル》＝危機的《クリティカル》な分岐点に位置しているという事実こそ、現在批評における抽象的な「読むことの認識論」から徹底した「読むこと／読まないことの文化唯物論」への重点移動が不可欠であることを、わたしたちに訴えかけてやまない。「読むこと」によって常識から逸脱し、「読まないこと」によって歴史的暴力へ加担しているのは、それによって、これまでの批評が前提にしてきた「文字」と「識字」と「文学」の自然な連携という制度を問い直そうとしているのは、すでにわたしたち自身の無意識のなせるわざかもしれないのだから。こうしたパラダイム・シフトを認識して初めて、現在批評は、そうした文学文化の内部に根ざす人種・性差・階級の範疇を再検討し、もうひとつの文学的想像力の幸福を享受するはずである。

第一部　現在批評のポレミックス

最初に連なるのは、各章題の第一印象にも関わらず、必ずしも現在批評に関する懇切丁寧な教科書的記述ではない。たしかに、一九七〇年代以降のディコンストラクションから九〇年代の今日におけるカルチュラル・スタディーズへおよぶ流れを、これら四章は確実にふまえている。目次的配置から察する限り、そうした現在批評を知る「前に」読むべき理論的入門のようにも映るだろう。だが、そのための最も簡便な案内書や用語辞典の類はすでに数多く積み上げられており、基本的に屋上屋を架しても意味はあるまい。

第一部の力点はあくまで、一定の批評理論が勃興し、蔓延し、定着した「あとで」は、いったいどのように多彩な冒険が可能か、わたしたちはいかに自由な想像力を展開できるようになったのか、という一点にある。それら新しいヴィジョンをめぐる四つの論争的思索は、ひとまず至って生真面目に始まり、やがては次第に批評の彼方へ離陸する。

第一部

現在批評のポレミックス

AFTER DECONSTRUCTION

第一章　危機の文学批評理論

〜ディコンストラクションのあとで〜

一九世紀末から二〇世紀初頭へ向かう世紀転換期において、文学の自律的構造を求める方向が広く見られるようになった。作品はそれそのものが一個の有機的生命体で、作者にも環境にも時代にも、すなわち一切の外的条件に左右されないとする視点が一般化したのである。文学における歴史性を否定し、作品の内的構造のみを問題としていくモダニズムならではの発想は、一九二〇年代における詩人批評家T・S・エリオットの理論を経て、南部農本主義を踏まえるがゆえに作品有機体説と相性のいいアメリカ新批評《ニュー・クリティシズム》を導き出した瞬間、確実に新しい文学革命が起こす。実際、三〇年代から四〇年代にかけて隆盛を誇るアメリカ新批評は、J・C・ランサム、アレン・テイト、ロバート・ペン・ウォレン、クリアンス・ブルックス、R・P・ブラックマー、F・O・マシーセンといった後世に残る批評家たちを生み出すことに成功する。

もちろん、世紀転換期のモダニズムの流れが、実は一八世紀における英国産業革命以来のモダナイゼーションの動きと連携するどころか、むしろ矛盾する形で形成されてきたことは、認めておく必要があろう。モダナイゼーションは近代文明の確立をめざして突進すると同時に、人間的個性をいわば均質化する非人間化を押し進めた。ロマンティシズムであれリアリズムであれ、あくまで人間を描くのが文学であるというお題目からすれば、これはけっきょく文学的主題自体がきわめて把握しにくくなった事態を意味する。それに対して世紀転換期より顕在化しはじめたモダニズムの波は、むしろそうした個性の消失を逆手に取り、作品内部の言語を中心に定め、いわゆる反歴史主義を標榜していく。その背後にはいうまでもなく、構造主義言語学の祖であるフェルディナンド・ド・ソシュールが一九一六年に『一般言語学講義』をまとめ、それと理論的に連動するロシア・フォルマリスムの母胎を成すモスクワ言語学サークルが一九一五年に、詩的言語研究協会（通称オポヤーズ）が一九一六年にそれぞれ活動を開始するという経緯があった。エリオットは明らかにこうした同時代思潮を意識した上で、旧来の文学的人間中心主義を批判する「個性滅却」を足場に、従来の因果関係を重んじる通時的な歴史主義を転覆し、すべての文学史的遺産が現在に同時併存しているものとみなす共時的な「伝統主義」を謳い、そこにこそ本質的実体ならぬ化学的触媒としての「個人の才能」を見出すという、至ってアイロニカルな論理を展開した。そこでは「人間」の概念も「伝統」の概念も「才能」の概念も、その根本から問い直され、組み直されている（「伝統と個人の才能」、一九二〇年）。モダナイゼーションの社会的威力は旧来の文学をほとんど窒息させようとしていたが、モダニズムの文学的美学はまさにそのような文学の荒地より産声をあげざるをえなかったという世紀転換期の逆説が、ここにある。

モダナイゼーションの論理では、科学は文学を脅かす。だが他方、モダニズムの論理は、むしろ文学の科学を樹立しようと試み、そのさまざまな実験のさなかで、今世紀の文学批評をもたらした。I・A・リチャーズは一九二四年の『文芸批評の原理』でゲシュタルト心理学を応用したし、エリオット本人も「批評における実験」の中で実験の概念を「新しい探求の分野へ踏み込んだり別の種類の知識で批評の領域を広げたりする批評家の仕事」と定義しつつ、反印象主義の立場から隣接諸科学、それも科学的知識の文学批評への応用を肯定している。さらに新批評と構造主義批評を接続する立場にあったノースロップ・フライもまた、一九五七年の『批評の解剖』において、自然に関する知識の集積体を物理学と呼ぶのと同様、文学を学ぶための体系のことを文学批評と呼び、「一科学としての批評」の確立を宣言した。このような「文学の科学」への指向は以後もとだえることなく、のちに述べる構造主義以後のロラン・バルトやジャック・デリダにも受け継がれている。

ただし、エリオット以後、新批評／モダニズム時代の「文学の科学」が明らかにアインシュタイン的な相対性理論と共振していたとしたら、戦後、バルト以後のポスト構造主義批評／ポストモダニズム時代の「文学の科学」はハイゼンベルク以後の量子力学理論に負うところが多く、むしろ科学の根拠自体を疑ってやまない。そして肝心なのは、こうした「文学の科学」が絶えずモダニズムの文学からポストモダニズムの文学へ至る過程で、たとえばフランスのヌーヴォーロマンやアメリカのニュー・フィクション、ラテンアメリカのマジック・リアリズムなどに多大な影響を及ぼしてきたということである。その結果、現在批評と現在小説の境界はかつてほど明瞭ではなくなっている。イタリアの記号学者ウンベルト・エーコが一九八〇年に出版して世界的ベストセラーになり、映画化もされた『薔薇の名前』は、そのほんのひとつの傍証にすぎない。

さて、このように現代文学の本質そのものを形成してきたといってもよい現代批評は、一九六〇年代から七〇年代、さらに八〇年代を迎えて、どのような歩みを進めてきたのだろうか。新批評的方法論の立脚点を批判する姿勢は、いかにして現代批評方法論一般の脱構築を導いたのだろうか。

【新批評から脱構築批評へ】

1

モダニズムはもともとロマンティシズム批判として定着した。今日でも、たとえば作品をめぐる人間情緒的な読みを排し、冷静沈着な分析を好むタイプのモダニズム的な批評は残存しており、人間的条件を回避しさえすれば、ロマンティシズム的な呪縛から免れるはずだと、それこそ人間的に盲信する疑似モダニストは、決して少なくない。ただし、モダニズムの淵源には、まさにエリオットに明らかなように、カント、コールリッジと続く、極めてロマンティックな芸術有機体説の伝統がある。これが新批評にも反映して自律的芸術作品の概念が誕生するのだが、その背景には、作品をいわばロゴス、起源《オリジン》、声《パロール》、神の悟性、無限の理性、人間の理性、論理性、合理性、また人間理性の一形態たる意識といった、一様に形而上的真理の下へ収束する諸概念の充満せる本体論的言語構築物とみなして、その立場から、批評が作品の複合性（ヘーゲル的に言う弁証法的統一性）をもたらす詩的機智《ポエティック・ウイット》（テンション、アイロニー、パラドックス、等）を追究し、究極的には教育的《ペダゴジック》な目論見としても成功していくのを期待する方向があった（なぜなら批評とは、とりもなおさず学生が文学解釈の訓練をする場であるから）。要するに、元を辿れば新批評とは、ピューリタン的聖書直解主義をしっかり踏まえている点で、アメリカ的な、あまりにアメリカ的な産物だったと言えよう。

前述したノースロップ・フライは、右の新批評的形式主義を継承しつつ批判的に発展させた人物である。わけても彼の『批評の解剖』は、構造主義の介入で体系化した深層心理学や文化人類学の成果を最大限応用して神話批評の金字塔を打ち立てている。しかしそれが即、新・新批評とならないのは、フライに至ってもやはり、彼の『世の精神』（一九七六年）、『世俗の聖典』（一九七六年）、『大いなる体系』（一九八二年）が示すように、あくまで聖書的予型論《ビブリカル・タイポロジー》とロマンティシズムを基幹とするロゴス信仰が根強いからだ。神話への信頼からも窺われるとおり、フライの文学宇宙は起源に基づき、完全な秩序を築こうとするものである。ということは、素朴な構造主義特有の閉鎖的・静止的な時間空間になる運命を免れ得ない。だから、フランク・レントリッキアがいみじくも『ニュー・クリティシズム以後の批評理論』と名付けた研究書の中で『批評の解剖』を「詩学的伝統の究極的到達点」であると同時に「かような伝統へのポスト・モダニスト的反応を今後待ち望むもの」と位置付けたのは、実に適切であった（二六頁）。畢竟するところ、フライは新批評を構造主義で補うことで、新批評以後、構造主義以後を決定する礎石となったのである。

こうして、フライ支配の下にあったアメリカ現代批評は一つの峠を越し、一九六〇年代に入る。ここで見逃がせないのが、一九六〇年代中葉の危機だ。

ジョンズ・ホプキンズ大学にて一大シンポジウム「批評の言語と人間科学」が行なわれたのが一九六六年。この場で、当時未だ国際的名声を博する以前にあった元祖・脱構築主義者ジャック・デリダが初めてアメリカ批評界に登場、「人間科学のディスコースにおける構造、記号、戯れ」なる論文を読んだ。それが当時、未だ吟味不充分だったソシュールを徹底批判し、かつフライ以後の主流となりつつあったジョルジュ・プーレに真向から対立し、構造主義以後の到来を高らかに叫ぶものであったため、後述するイェール大学脱構築派に大いなる衝撃を与え、その年の内に〈イェール・フランス研究〉が発刊、一九七二年創刊の〈バウンダリー2――ポストモダニズム文学研究誌〉の先鞭を着ける。ここでデリダが試みたのは、ソシュール以降の構造主義で抱かれていた「中心」があって「構造の構造性」が保たれるという観念を粉砕し、同時にその「中心」をこそ最後のよりどころとしていた新批評的伝統における「ロゴス中心主義《ロゴサントリスム》」へ異議申し立てを行なうことであった。

言語にはもはや還元されるべき同一性などあり得ない。差異性のみがある。新批評的な有機体説は脱構築され、目的だった「教育性《ペタゴジー》」も今やニーチェ、ハイデガーに根ざす「戯れ《プレイフルネス》」に代替される。言うなれば、本来構造主義の神託だったソシュールが構造主義以後の文脈で非神話化されたのであり、その結果、ヘーゲル的「弁証法的統一化」の理念がデリダ的「脱構築的差異化」の方法で転覆させられたのである。衝撃は大きかった。この後、アメリカ批評界に後述するバーバラ・ジョンソンやガヤトリ・スピヴァックらの手で続々とデリダの翻訳がもたらされ、一九七〇年代の知的主流を形成していった事実に目をやるならば、その衝撃の程度は推して知るべしだろう。

何より重要なのは、翌一九六七年をはさむ先覚者ロラン・バルト自身の変容に、デリダが一役買った事実である。具体的には『モードの体系』（一九六七年）から『S／Z』（一九七〇年）への変容に象徴される構造主義から構造主義以後への変容、といってよい。バルトその人がデリダ流「差異」理論の援用に関して明言してもいる。ヴィンセント・リーチに従えば、かようなバルトの変容には、マルクス主義文化批評（歴史・真理を扱う。マルクス→サルトル→ブレヒト）から記号学的構造主義（妥当性・真理を扱う。ソシュール）、さらにテル・ケル脱構築批評（部分的テクスチュアリティ・散種《デイセミナシオン》を扱う。クリステヴァ、デリダ、ソレルス）、ひいては官能的脱構築批評（無限テクスト性・快楽を扱う。ラカン、ニーチェ）に至る道筋を読みとることができる。

2

【アメリカ脱構築派の確立】

俗に「イェール・マフィア」とすら渾名される批評家たち——デリダの他、ポール・ド・マン、J・ヒリス・ミラー、ジェフリイ・ハートマン、ハロルド・ブルーム——を中心に分布することとなったアメリカ脱構築派は、少なくとも一九六〇年代後半に関する限り、前掲雑誌を核に理論的吟味にこれ務めていた。

遂に実践に移されたのは一九七一年、ヒリス・ミラーによるM・H・エイブラムス『自然的超自然主義』（一九七一年）の書評を以て嚆矢《こうし》とする。それは、ミラーの内部においてはプーレからデリダへの宗旨変えであり、人本主義的伝統に巣喰う言語／意味への幻想——言語を指示的と捉え、意味の決定可能性・回復可能性を信じる見方——の脱構築に他ならない（四一六頁）。こうした彼の姿勢は、ポストモダンの時代において諸学・諸芸術に通底する不確定性原理を脱構築批評にも特徴的に見取ったものだ。代表著書『小説と反復』が示すように、起源《オリジン》の概念は反復《リピティション》の法則によって限りなく無効化されてゆく。言い直すならば、起源・目的・連続性といった西欧合理主義的・人本主義的諸概念が、今日、反復・差異・非連続性・開放性・個人エネルギーの自由で矛盾する葛藤・戯れ——ミラー流に言う「水平ダンス」（The Lateral Dance）——に基づく全体像の理解（実のところ誤解）によって問い直されているのである。その立場は、さらにジャンル概念の脱構築を企む。ミラーは、文学を宿主、批評を寄生虫と見たがるような伝統的概念を徹底的に打ちのめし、因襲的な文学／批評なる二項対立の脱構築を目指す。その方向を如実に表現したのが論文「宿主としての批評家」だが、大切なのはこのミラーのジャンル脱構築に賭ける情熱が脱構築派全体の共通意識に等しいことだ。ここでも従前の批評家との差異は明確になる。新批評が作者／作品を区分して作品の自律性を謳った一方、脱構築批評は作品／批評の区分を脱構築して、批評芸術の可能性を夢見ようとする。

これだけでも、ミラーが極めて忠実なデリダ信奉者の一人であるらしいことは容易に察しがつこうというものだが、とりわけ彼の活動で印象的なのは、何と言っても最も早い脱構築批評書『逆さの鐘――モダニズムとウィリアム・カーロス・ウィリアムズの対抗詩学』の著書ジョゼフ・リデルとの間で交わされた「ミラー／リデル論争」だろう。互いの誤解・曲解も横溢してはいたが、それに目をつぶり、成果にのみ着目すれば、ここには建設的な議論があった。これによって恐らく初めて、それまでヴェールに包まれていた脱構築批評の根本的問題が可能な限り明確な形で提示されたからである。

端的に言ってしまえば、「ミラー／リデル論争」とは、脱構築批評におけるハイデガーの位置に関した「ハイデガー論争」と定義できる。リーチにならえば、それは大略以下のように進められた。まず、少なくともミラーには、リデルがハイデガー、デリダ、ウィリアムズを混同した上、古典的な「ミメシス理論」――言語と文学が外界の事物を鏡のごとく映し出せるというアリストテレス流の信念――に基づいているかのように見えたので、これに対し、デリダ的「テクスチュアリティ理論」を対立点として設定する。ミメシス理論とは、つまるところ意味決定可能性を盲信するロゴス中心主義の典型にすぎず、今日、そのような文学・言語観は成り立たない。ミラーにとっては「言語外部にはいかなる起源も目的も持たぬ無限の比喩の連鎖」こそ脱構築批評の規範である。一方、リデルから見れば、自らの方がむしろ純粋にデリダ的であり、ミラーやド・マンの方が作者の地位回復・文学言語の価値安定を企む点で、まだ人本主義的立場にこだわっているかのように映る。

以上の相互誤解を抱えた論争ではあったけれども、けっきょく明白になったのは、第一に双方ともテクストは間テクスト性《インターテクスチュアリティ》を前提とし、テクスト内にすでに自己脱構築的契機を含むと考える次元では共通しながらも、こうしたテクストの自己脱構築性をミラーが「全ての傑作の構成要素」と見るのに対し、リデルが「モダニズム作品にはなく、ポストモダニズム作品に備わる要素」と歴史的見地から定義して喰い違いを示している点。第二に、このミメシス理論／テクスチュアリティ理論の対立というのが、実は前期ハイデガーから後期ハイデガーへの移行、つまり存在論的な人間中心主義（現存在《ダーザイン》）からそれへの批判としての書き言葉を中心とした言語中心主義（存在《ザイン》）への移行を孕んでいる点だ。そこにはいわゆるデカルト的「われ思う、ゆえにわれ在り」からミシェル・フーコー的「われ語る、ゆえにわれ消滅す」への移行がある。ロゴス中心主義は書き言葉《エクリチュール》に代替されてしまう。人間の終焉が決定し、言語の勝利が謳歌される。こう辿ってくると、リーチがあくまでウィリアム・スパノス流の破壊批評《ディストラクション》（前期ハイデガー、すなわち一九二七年刊『存在と時間』にのみ立脚し、あくまで文学を存在に奉仕するものと捉えて、究極的には文学史の「破　壊《ディストラクション》」を企む）とデリダ流の脱構築批評《ディコンストラクション》（後期ハイデガー、すなわち一九三〇年代中期から一九五〇年後期にヘルダーリンその他を論じた詩論・言語論に立脚し、あくまで構造主義以後の眼で存在よりも書き言葉を重視、その「脱　構　築《ディコンストラクション》」を企む）との区別を強調しなければならなかった理由がわかってくる。

これがイエール・マフィア首領格のポール・ド・マンになると、「文学解釈／詩・小説の純粋文学言語との一般的区分を故意に消去」（『死角と明察』viii頁）することで、ジャンル概念そのものを否定し去ってしまう。ここに二項対立の成立可否自体が問われ、ド・マン流に呼ぶところの「危機《クライシス》」(crisis)的状況が批評《クリティシズム》(criticism)の対象として確認される(同三〜八頁)。彼によれば、「作品は繰り返し扱われる度毎に、批評家がどんな部分で、またいかなる手段で作品から逸脱してゆくか、そのさまを示してくれる。その過程において、我々の作品解釈も修正され、誤った見方であっても生産的なものであることがわかってくる。批評家が、自己の批評的立場にあって可能な限り『死角《ブラインドネス》』を目指すならば、それは同時に、可能な限りの『明察《インサイト》』を獲得する瞬間にもつながる」(同百九頁)。つまり彼は、「死角」の中心に、限りなく作者の原点から逸脱する非体系を見出し、その結果得られる「明察」によって、限りなく創造的な読みを行なう誤読を志向する。こうして死角/明察、逸脱/創造の二項対立は危機を経て脱構築され、ド・マン批評の基礎を成す『死角と明察』に反映してゆくのだが、その発展を捉えるためには、彼の「寓喩《アレゴリー》」概念に是非一瞥が与えられなければならない。

論文「時間性の修辞学」でも諒解されるとおり、ド・マンの寓喩定義は独特なものだ。と言うより、彼の寓喩《アレゴリー》観こそ最も緻密なものと読むべきか。ロマンティシズムから新批評へ至る過程で織り紡がれた批評理論における限り、通常、記号表現《シニフィアン》、記号内容《シニフィエ》を軸に、寓喩《アレゴリー》を「一対一」対応、象徴《シンボル》を「一対多」対応とする考え方が支配的であった。しかしド・マンは、寓喩の世俗性に着目し、象徴が超越的・神話的に有機的世界の内で同一化(弁証法的統合)を目指すとすれば、寓喩《アレゴリー》は皮肉《アイロニー》と同じく世俗の「時間的苦境」に置かれているがゆえに、その分、超越的な根源を無限に非神話化してゆく、つまり同一化よりも差異化に向かってゆく運命にあると考える。これは寓喩を一種解釈学的な見地から時間性を軸に捉え返した観点であり、世俗的時空間に囚われた我々がテクストを読むことの本質を、ポスト・ロマンティシズムの文脈で彼なりに再吟味した結果と言えよう。たしかにこうしたヴィジョンの背後には、エイブラムスの「自然的超自然主義」やフライの「世俗的聖書」の影がうかがわれる。しかし、重要なのはその結果、ド・マンの「寓喩《アレゴリー》」概念は――デリダ的「差延《ディフェランス》」(différance)の概念に――限りなく接近していくことだ。

この「寓喩」理念より十年を経過して後、より体系的な整備を試みたのが『読むことのアレゴリー』である。ド・マンによれば、全ての文学は言語の指示性／修辞性を規準とするため、テクスト内部にその二項対立を自己脱構築的に含んでしまう矛盾を持つ。その好例がイェーツの有名な詩行「いかにダンサーとダンスを区別できようか?」('How can we know the dancer from the dance?')だ。フランク・カーモードはかつて、この一文を「ロマンティック・イメージ」の典型として検討した。ド・マンはこの一文を「自己脱構築的文学言語」の典型として検討している。この詩行には文字通り疑問文として「区別の仕方を教えてくれ」と問うニュアンスと、修辞疑問として「区別などできるわけがない」と自ら解答を却下するニュアンスを二重に含み、そのどちらでもあり／どちらでもない。文学言語にはかかる二項対立脱構築が常に前提であるからこそ、つまるところ「作者も批評家も、自己ないし他者のテクストを読み得ない」(リーチ、一八七頁)。ここにも、不確定性原理の文学批評的応用がある。ゆえに「読むことの寓喩《アレゴリー》」とは、一定の結論をどうしても得ることのできぬこと、すなわち「読むことの究極的な不可能性を物語ってくれるもの」(『読むことのアレゴリー』七七頁)と言い換えられる。

こうしたド・マンの「修辞学的脱構築批評」の根本原理を最も明白に露呈することになったのが、デリダの「白い神話学」(一九七四年)とド・マンの「メタファーの認識論」(一九七八年)の間で交わされたひとつの「論争」である。タイトルだけ一瞥するなら、ともにあたかも人文科学の新分野でも開拓するかに見えるふたつの論文。だが、そのめざすところは、それぞれ「神話学」と「認識論」のレッテルを裏切るものだ。デリダはまず、形而上学という名の白い（白人＝インド・ヨーロッパ中心の）神話学の伝統をつまびらかにし、それはたとえばピエール・ルイの『プラトンの諸隠喩』（一九四五年）にも顕著なごとく、「隠喩とは観念を表現し、観念という名の思考内容を再表現する」といった哲学的前提を疑うことがない、と批判する。ことはそれほど単純ではないはずだ。つまり、一方に哲学（観念）を置き、他方に修辞学（隠喩）を置いて、しかも前者に後者を絶対服従させるといったようなヒエラルキーは、そろそろ問い直されなくてはなるまい——デリダはそう考えるところから始めようとする。さて、ド・マンの方もまた、「修辞学を歴史的分野というよりは認識論的分野の中で再考する」企てにおいて、文学と哲学の差異が容易に見極められぬことを結論するのだ——「すべての哲学は文学への道へ追い込まれよう、それが修辞に依存する限りは。したがって、すべての文学もまた、この問題の受け皿として、ある程度は哲学に近づく。こういう言い方はきれいな対称をなして見えるが、しかし実際には、その耳ざわりのよさに見合うほど、居心地のよいものではない。なんとなれば、文学と哲学がいま分かち難く見えたのは、（中略）それらの枠組みにおのおの固有の特質がまったく欠落しているためなのだから」。まとめれば、デリダが哲学の立場からその文学との区分不能性を議論しているとするなら、ド・マンはあくまで文学の立場から、その哲学との識別不能性を検討しているといえよう。そして、こうしたド・マンの脱構築批評にこそ、きわめてアメリカ的なピューリタン聖書解釈の態度にもとづく新批評を、脱構築批評が根本的に批判しつつも継承しようとする身振りが垣間見られる。

もっとも、イェール脱構築派の中には、正確な意味では「脱構築批評批判の脱構築批評家」と呼べる存在もいる。その一人ジェフリー・ハートマンがデリダ、ド・マン、ミラーに関しては「王蛇的脱構築批評家《ボア・ディコンストラクター》」

(boa-deconstructors)と認めながら「ブルームと私はほとんど脱構築批評家とは言えない。むしろ折に触れて反論を書いている」と述べているからだが(ハートマン他『脱構築と批評』ix頁)、それでも彼らのメタ脱構築批評を検討すれば、脱構築批評が限界および可能性としている部分をより明確化できるのは疑いない。

ハロルド・ブルームの意見によると、いわゆる脱構築批評は「文学テクスト上の言語学的・狭義の修辞学的要素を辿り直すことばかりに強調点を置くので、歴史学と心理学を回避するのみならず、無効化している」(リーチ、一三〇頁)ために、彼自身どうしても独自の詩学と解釈学を発展させてゆく必要があった。ブルームの原点はミルトンとエマソンであり、それはとりもなおさず、ロマンティシズムからポスト・ロマンティシズムへ向かう道筋を意味する。そこより出発して、彼は精神分析学、カバラ的・グノーシス的解釈学、及び古典修辞学からヒントを得た上、テクスチュアリティ、インターテクスチュアリティ、そして誤読の諸理論に到達している。その結果導き出されたのが、「誤解」(misprision = mistaking, misreading, misinterpreting)と「修正主義/創造主義」(revisionism)なるキーワードだ。

「誤解」とは、詩人間、批評家/テクスト間で必然的に起こる。なぜなら、本質的に厳密な反復、ないし同一化はあり得ないからであり、同一性とは奴隷状態及び死に価するからだ。差異こそが自由と活力の源なのである。こう考えた彼は、『誤読の地図』で「修正/創造」の弁証法を真の力学として捉えることで、詩的テクスト及びその解釈学的解読に非連続性と差異の概念を導入する。ブルームによれば、いかなる伝統においても強い詩人(自己の自我同一性を守るに充分強力な資質を備えた者)と、彼らがその影響に対し、何とか自己に利するよう転化せねばならぬ先人との間には、複合的にして魅惑的な緊張がある。それは、テクスト誤読の関係性としての緊張であり、そこから先人と後裔の間に間テクスト性が成立し、究極的には『容器を壊す』で示されたような形式＝比喩の脱構築に至る。まとめれば、ブルームの仕事はアウェルバッハ、ノースロップ・フライ、サクヴァン・バーコヴィッチと続く聖書予型論的な修辞学と歴史主義を発展解消させようとする黙示的脱構築批評と言ってよい。

他方、ジェフリー・ハートマンの場合、まず、十九世紀的批評に対しては、「アーノルド的協約」（The Arnoldian Concordat）——批評／創作を厳然と区別する観点——へ攻撃目標を定める。アーノルド的批評観に関する限り、「批評はそれ自体の確固たる創造的可能性を備えたものではなく、焦点は文学作品にのみ絞られ、けっきょく批評の自律性、自由は望めない」（ハートマン『荒野における批評』六〜七頁）。次に、アメリカ新批評に対しては、それが一種の形式主義であるがゆえに文学言語（創作上の芸術言語）しか対象としないのを欠陥とみなす。このあたりは彼の『形式主義を超えて』においてよく理解されるところで、その論理からゆくと、ハートマンの根本にも前述した「修正主義／創造主義」は不可欠となる。それは強調点を批評そのもの、ひいては言語そのものに移す。今や、芸術言語と同じく批評言語が、詩語と同じく批評用語が論議され始めた、というところにハートマンの実感が見て取れよう。

かくして、ハートマンにも脱構築批評家普遍のジャンル脱構築への意識が根強いことが、容易に理解されると思う。では、実際それはいかに行なわれるのか。

リーチは、脱構築批評の方向として、バルト『S／Z』にみられた分節化による一貫性の放棄、すなわち前衛芸術への接近と、それとは表裏一体を成すデリダ『グラマトロジーについて』（一九六七年）に代表される自作を含む批評への批評、開発に可能性を感じている。二〇世紀前半ないしその三分の二がW・B・オコナーの言う「批評の時代」とすれば、それ以降はシュレーシュ・レイヴァル呼ぶところの「メタ批評」の時代だからだ。批評テクストそれ自体が文学的創作として力を持つ。その前には、学者的批評／哲学的批評の二項対立も脱構築されてしまう。こうした立脚点から、ハートマン自身『テクストを救う――文学／デリダ／哲学』で多様な引用を文章／絵画を問わず自由に入り組ませながら、「デリダダイズム」(Derridadaism)なる新語までまさに創造してしまっているのだが、ここで留意しなければならないのは、それが決してイーハブ・ハッサンが『正しきプロメテウスの火』で試みたような実験的なものではあり得ないことだ。

たしかにハートマンは脱構築批評の良き理解者である。だが同時に批判者でもあるのは、彼が最終的に「主体、意図を犠牲にし、無限の自由な戯れ及びゴンゴリズム風のテクストを受容して歴史を遊戯的かつ携帯可能な文脈と解する」(リーチ、二二九頁)ことには背を向け、あくまで主体と意図を重んじてロゴス中心主義も否定しない点にある。とは言え、彼はブルームほどにロマンティシズムの伝統に淫するところはなく、究極的には、アーノルドの見た「荒地」をポストモダニズムにおける黙示的な「約束の地」と捉え返してみせる。ド・マン同様、ハートマンもまた、デリダ的思想を受容しながらも、それを明らかにアメリカ的新大陸の隠喩で語り直す。そして、デリダの「差延」に対応すべき彼なりの用語として――因みに、それはド・マンの「寓喩」、ミラーの「反復」、ブルームの「修正／創造」にあたる―文字通り「不確定性」を大胆にあてはめ、科学的認識／芸術的認識の二項対立脱構築すら目論む。ハートマンのメタ批評＝創造的批評の秘密は、それが現在の文学空間内部で究極的に演じてしまうフロンティア・スピリットの中に求められる。

33

【脱構築されるアメリカ文学】

イェール脱構築派の興味の核は、右に述べてきたことからも推察されるように、まさしく西欧文明批判にあったから、扱う対象も主として長く西欧の書物であった。ルソーと戯れるデリダ、プルーストを洞察するド・マン、ハーディを反復するミラー、アーノルドを批評するハートマン、シェリーを誤読するブルーム――ここで興味深いのは、脱構築批評がたまたまアメリカで隆盛を極めているというよりも、脱構築的発想はいつもすでにアメリカの本質を突いていたのではないかと思われることだ。ミラーは「脱構築が本来的にアメリカの教育制度にフィットするものだった」といい、ルイス・マッキーは「脱構築的読みにアメリカ文学はきわめてふさわしい」という。そもそもジャック・デリダ本人が、ポール・ド・マンを偲んでカリフォルニア大学アーヴァイン校で行なった『追想』(一九八五年)の中で、以下のように述べている。「『アメリカにおける脱構築』という表現は、一種の同語反復である。なぜなら『脱構築がアメリカ』なのだから」。したがって、脱構築批評を受け入れた学者批評家たちが、ほかならぬアメリカ文学そのものを自己言及的に問題にするようになったのは、理の当然であった。その火ぶたを切った一冊としては、一九八〇年、デリダ『散種』の英訳でも知られるバーバラ・ジョンソンが出版した『批評的差異――現代的読みの修辞学に関する論集』を挙げなくてはなるまい。

ジョンソンはまず「批評」と「差異」の類関性を「公平に区別すること」の内に認める。差異を認識すること、それすなわち彼女なりの批評の観念なのであり、そこからあらゆる二項対立——男性／女性、文学／批評、性現象《セクシュアリティ》／テクスト性《テクスチュアリティ》、元型／反復、明瞭性／曖昧性、科学／文学、統語性／意味論、等々——を暴き出し、その各々が欺き合う構造を突きつける。なぜなら「実体間の差異（散文／詩、男／女、文学／理論、罪悪／無垢）は実体内の差異——実体と他ならぬ実体自身との喰い違い——の抑圧に基づくものとして示される」（『批評的差異』x～xi頁）からだ。この理念からするジョンソンの解読の手際がいかにあざやかであるかは、ジョナサン・カラーもよく言及しているので詳述はしないが、わけてもメルヴィル「ビリー・バッド」に関し、純真無垢なはずのビリーが悪魔的なクラガートを撲殺するという部分を重視しながら、そこに記号表現《シニフィアン》／記号内容《シニフィエ》が自己脱構築しあって交叉する十字架小説《クルシーフィクション》（cruci-fiction）を見出す戯れのセンスといい、ポウ「盗まれた手紙」に関しポウを読んだラカンを読んだデリダをさらに読み、記号表現《シニフィアン》としての手紙を記号内容《シニフィエ》を欠如した構造の中の結び目、探偵デュパンをその構造＝象徴的記号世界の反復・脱構築者とみなして象徴主義者ポウ＝デュパンの図式を再定義する手腕といい、彼女は言語、ジャンルはおろか、文学史すらも易々と脱構築してしまう。

　このジョンソンと連動するかのように登場してきたのが、ジョン・カーロス・ロウの『税関を通って——十九世紀アメリカ小説と現代理論』だ。もともとヘンリー・ジェイムズ学者であった彼の目論見は、十九世紀アメリカ小説に二〇世紀理論を巧みに導入して間テクスト的批評の実験を行ない、十九世紀文学論の因襲、ひいてはアメリカ文学史の常識を脱構築しようとする点にある。具体的には、彼はとりわけアメリカン・ルネッサンスのロマンティシズム文学の中に、ポストモダンな文脈ともきれいに間テクスト構造を結ぶ契機をたぐり寄せようとしている。

ここに至って、前述したとおり、脱構築批評家のみるモダニズム以降の文学がポスト・ロマンティシズムの名で通っている現状に鑑みるならば、事情は一層明確となるだろう。アメリカン・ルネサンスは、もともと西欧ロマンティシズムに遅延するかたちで形成されたから、ロマンティシズムをある程度客観視し、再吟味・脱構築できる立場にあった。ゆえに、この時代を最初のポスト・ロマンティシズムと捉えるならば、モダニズムに至る道はまことにはっきりする。それは例えば、ポウ、ホーソーン、メルヴィルからボードレール、ジェイムズ、フォークナーという流れになるだろう。西欧ロマンティシズムを、アメリカをはさんで初めてモダニズムに到達すべきものと根本的に読み直す視点が、ここにある。そして、ポスト・ロマンティシズムである限り、十九世紀アメリカ小説にも当然、ポストモダニズムで顕在化するメタ文学の可能性がある、とロウはにらむ。メタ文学とは自意識的文学、自己批評的・自己脱構築的文学の謂だが、ではそれがなぜこの国のこの時代に生まれなければならなかったのか。理由は簡単。アメリカという国家の性質自体が、文学にもきわめて「根本的な次元でその『遅れ』を意識させ、かつ『独立』『独自性』をかつて西欧文学史にはありえぬほどに切望」(ロウ、二〇頁) させたからだ。畢竟するところ、この筆者は単にポストモダニズムの普遍的了解 (フロイト、ソシュール、ハイデガー、サルトル、デリダ等々) を無節操に適用しているのではなく、確固たるアメリカ国民文学史上の動機を喝破した上で、脱構築批評に臨んでいる。その視座から、彼はソロー、ホーソーン、ポウ、メルヴィル、トウェイン、ジェイムズを、作家研究史をも詳細なまでに踏まえつつ読み直す。言わば、ロウの間テクスト的方法論とは、まさに脱構築批評的誤読と文学史的実証との間で織りなされてゆく。

その他、ツヴェタン・トドロフ系のジャンル理論を踏まえてジェイムズ『ねじの回転』をラカン流鏡像理論を援用しつつ、分析してみせたクリスティーン・ブルック・ローズの『非現実の修辞学』や、身体論も含む記号論によってウィリアム・カーロス・ウィリアムズ、ヘミングウェイ、ゲイリー・スナイダーを扱うロバート・スコールズの『記号論と解釈』、作者・テクスト・読者の間で起こる言語／沈黙の問題をメルヴィルからフォークナー、カルロス・カスタネダに至る系譜の内に考察したブルース・F・カーウィンの『小説の精神——内省的小説と語りえぬもの』など、脱構築的批評をみごとに活かした「読み」の実例には枚挙にいとまがないが、最後に、ジョンソンやロウも含め、これらアメリカ脱構築批評全般に通底し、かつ以後の台風の眼を構成する文脈を指摘しておこう。

脱構築批評は、一つの契機としてさまざまな流れを触発し、覚醒させた。読者論的批評、マルクス主義批評、多元批評、解釈学、受容の美学——その内でも、精神分析批評の復活と、それがアメリカ的必然として伴わざるを得なかったフェミニズム批評やジェンダー研究の勃興は、現在批評に対してもアメリカ文学研究に対しても、最大の潜在的可能性を秘める。

一時代前なら、精神分析批評と言えば、ゲシュタルト心理学よりするリビドー理論が先に立ち、フェミニズムと言えば、社会運動としての女性解放の印象が強かった。けれども前掲ジョンソン、ブルック・ローズからショシャナ・フェルマンへ至る昨今の女性批評家たちの活躍の秘密は、脱構築批評との関連の内にその鍵が潜む。

カラーによれば、フェミニズム批評には三段階がある。それはまず、従前の男性中心的文学批評の支配に対する突破口として現われる。ハートマンは「読むこと」をして「女性観察」に例えたが、女性からすれば

「被観察」を経験するに等しい。女性の経験を基軸とすれば、読書の概念は一八〇度転換されるだろう。デリダ流に言うところの「男根ロゴス中心主義《ファロゴサントリズム》」（Phallogocentrism）（父権中心社会、意味統一性、起源の確実性）の脱構築が企まれる。次に、フェミニズム批評はそうした性差的レベルに留まらず、読者意識、読者／書物の関係を批判して世界変革を導く政治的活動として機能する。男性／女性の二項対立が合理／情緒、真剣／浅薄、反省的／無意識的の二項対立に適用可能と見る素朴な図式はことごとく打破されてゆく。第三に、こうした男根ロゴス中心主義の世界を覆した後、なすべきことが明らかにされる。それは「合理を非合理に転換したり、換喩を隠喩より重視したり、記号表現《シニフィアン》を記号内容《シニフィエ》に優先させたりすることではなく、男性中心世界の生んだ概念をより大きなテクスト体系の一部としてしまえるような批評形式を発展させること」（カラー、六一頁）に尽きる。

その意味で、たとえば前掲フェルマンが、本来ならばフェミニストによって忌避されるようなテクスト、すなわちモリエールによる『ドン・ジュアン（ドン・ファン）』（一六六五年）をわざわざ分析対象に選ぶという身振りによって、世界文学史上最大の女性の敵ともいえる名うてのプレイボーイとフェミニスト批評家フェルマン自身との間の言説的差異を脱構築する戦略ほどに、スリリングなものは少ない。かくして彼女の『語る身体のスキャンダル』は、ドン・ファンが実のところ、女性に色気を感じ、誘惑するよりも先に、まさしく自分の誘惑言語そのものがエロティックになるような存在であるという前提に立つ。彼は多くの女性たちに「結婚しよう」といいつつ、結婚しないことでさまざまな事件を引き起こすけれども、それはまさしく、言語には客観的事実をわかりやすく説明する事実説明言語《コンスタティヴ》である場合と、それ自体が目的化して効果を発揮し、何らかの事件を引き起こしてしまう行為遂行言語《パフォーマティヴ》となる場合があることの証左ではないか。したがってドン・ファンはこうした言語の二重性を熟知しつつ、操作したにすぎないのだ、と断じるフェルマンは、実は自らもイスラエル生まれのイェール大学フランス文学教授という、言語の二重性を身をもって生きてきたドン・ファンの分身にほかならない。目的を限りなく繰り延べてしまう言語効果《スピーチアクト》のエロティクスを語りつつ、フェルマンは結婚ならぬ恋愛の本質を射抜き、あらゆる目的論的思考の奥底に潜む家父長制的メタファーを切り刻む。

精神分析のみならず、言語行為理論を活用した批評が、性差の問題を突き詰めることで読みの脱構築をもたらす——既にデリダの内にこうした志向が見られたことを考え合わせるならば、六〇年代ラディカリズム以降の現代アメリカという時空間を得てこそ顕在化したフェミニズム批評は、まちがいなく旧来の男性中心主義的批評の死角を洞察し、創造的な誤読を試みる批評、いわば脱構築批評すらも脱構築する批評である。最も本質的な脱構築批評とは、いつもすでにセクシュアリティの問題を問い直す批評のことだったのかもしれない。

AFTER NEW HISTORICISM

第二章　外国文学研究の抵抗

～ニュー・ヒストリシズムのあとで～

一九七〇年代から八〇年代前半まで、アメリカ現代批評を支配した脱構築批評は、八三年にイェール脱構築学派、別名イェール・マフィアの首領とも呼ばれたポール・ド・マンが亡くなり、それに引き続き、八七年に戦時中のド・マンの著作が積極的にナチズムへ加担し、明らかにユダヤ人排斥思想を標榜するものだったという事実が暴露されたことによって、確実にその時代的使命を終えた。この経緯は、ポストモダニズム批判でも著名なイギリス作家ギルバート・アデアが一九九二年に物語化し、メタミステリ『作者の死』として評判も呼んだから、よく知られているだろう。ド・マンの盟友であったユダヤ人思想家ジャック・デリダは、ナチズム批判に赴く論調そのものがかつてのナチズムを彷彿とさせることを指摘した論文「貝殻の奥に潜む潮騒のように」（一九八八年）を書く。

だが、さらに注目すべきは、続く一九八九年、デリダが「Interpretations at War――カント、ドイツ人、ユダヤ人」を発表し、ド・マンには一言も触れないものの、ユダヤ教とプロテスタンティズムが対立項どころか、構造的本質を共有するという視点より、いわばファシズムの脱構築を成し遂げてしまったことだろうか。とうとうユダヤ人とファシストの対立すらゆらがせてしまったこの論考によって、デリダはド・マンを歴史化した。ド・マンが試みた理論への抵抗というのは、煎じ詰めれば、わたしたちがものを「読む」とき、一定の解釈を引き出そうとすると、その解釈を内部から突き崩すような抵抗に出くわす瞬間があるけれども、まさにそうした「抵抗」こそが、すなわち文学が文学自身を裏切る瞬間を見出すことこそが、「読むこと」の本質なのだということに尽きる。たしかに、彼があれほど翻訳することと読むことの本質を類推的に捉えていた背景には、彼の一貫したターゲットが、自ら戦時中に加担したナチズムの「全体主義」イデオロギーそのものだったという歴史があるかもしれない。

一見、テクスト中心の精読に終始するかに見えた、その点ではまさしくプロテスタンティズム系新批評の伝統を継ぐかに見えた脱構築批評すらも、イデオロギー的闘争を免れなかったこと。時折しも、西海岸ではスティーヴン・グリーンブラットらを中心とした新歴史主義批評が勃興しており、かくして脱構築は、脱構築そのものが歴史化されてしまった時点で、新歴史主義へバトンを渡す。ジョナサン・カラーらをはじめとする東海岸の批評がデリダを吸収して「文学外部に文学性を発見すること」にいそしんでいた当時、グリーンブラットらの西海岸の批評はフーコーを応用して「文学が登場人物を形成するのと社会が人間自我を形成することの境界を脱構築すること」に意義を見出した。その結果、文学作品そのものの内的差異というテクスト中心の問題よりも、文学作品のレトリックと社会制度のポリティクスの間の記号的相互交渉というコンテクスト重視の問題へ、批評的関心は根本的に移行していく。

その意味で、ベルギー系反ユダヤ主義者だったド・マン本人が戦後、一種のユダヤ的国外離散を余儀なくさせられ、一九四八年にアメリカに移民し、一九五一年にはハリー・レヴィンの手でハーヴァードへ迎えられ、以後、生涯を異国に暮らす外国人として母国語では成り立っていない外国文学の研究に捧げたことは、あまりにも本質的なアイロニーとして響くだろう。まさしく作品内部の死角を暴き出すというド・マン的脱構築ほど、いわゆる外国文学研究そのものの構造を明晰に照らし出す方法論もあり得ない。そしてその時、わたしが思い出すのは、必ずしもド・マン以後の新歴史主義批評家たちではなく、むしろ脱構築以前の段階で脱領域を方法化していたユダヤ系批評家ジョージ・スタイナーのことであり、彼の系譜に連なるもうひとつの文学批評の流れなのである。

1

【外国文学研究と現代批評理論】

ジョージ・スタイナーが来日したまさに一九七四年に大学入学したわたしの世代にとって、やはり彼の代表作といえば『悲劇の死』(一九六一年)であり、『言語と沈黙』(一九六七年)であり、『脱領域の知性』(一九七一年)であるから、けっきょくこの巨大な批評家を積極的に翻訳紹介してきた多くの学問的先達の努力抜きには語れない。中でも、由良君美の力は大きかった。一九八〇年前後の、ポスト構造主義的批評理論の勃興に際して、スタイナー本人はデリダ以外に対する限りネガティヴな立場をとっているが、しかしいまにしてみると、スタイナー理論がなければ我が国における外国文学研究と現代文学批評とは、必ずしも融合しえなかったろう。一九九四年には、文遊社が由良のメタフィクション論を中心に単行本未収録論文を集める遺稿集を企画し、それは一九九五年に『セルロイド・ロマンティシズム』『メタフィクションと脱構築』という二巻本にまとまったが、それらを通読していちばん感銘を受けたのも、由良がスタイナーをモチーフに書き綴った外国文学論だった。

これら由良君美によるスタイナー論は、『メタフィクションと脱構築』第三部に収録されているが、とりわけいま読み返して鮮烈なのは、我が国の外国文学者がスタイナーを吸収するよりはるか以前に、スタイナー本人がひとりの外国文学者にほかならないという、端的な事実の再確認である。実際スタイナーは、ロシア語を読めずともヨーロッパ五ケ国語を駆使してトルストイ、ドストエフスキーの翻訳を読破し、原作に迫ろうとした。由良はそこに翻訳論的可能性を認めたのだ。日本人が外国文学を研究するのと同じく、外国人もまた自身にとっての「外国文学者」であることの意義を認めながら、同時にスタイナー自身もひとりの「外国文学者」であることの意義を認めたのだ。日本人が外国文学を研究するのと同じく、外国人もまた自身にとっての外国文学を研究していること。あたりまえのようだが、これこそしばしばわたしたちの死角を成す。

あるいは、由良がスタイナーとともにバフチンを引き合いに出す時にも、外国文学研究の本質に迫ることを忘れていない。わたしたちはよく、外国文学研究そのものに対してネガティヴな反応に接する。それはたとえば、「外国の文化や文物を研究して、一体なんの役に立つのですか。外国人のようには、どうせ分るわけがないでしょう?」という問いの形を採る。だが、由良は、ひとつの書評のなかで、そうしたスノビズムを以下のように論破する。

「こういう問いをする人は『分かる』ということを、つきつめて考えていないか、または、そのような疑念が吹っ飛んでしまうほど素晴らしい本――それも外国人による異国の文物研究書によって、魂をゆるがされた経験が一度もないかの、いずれかである」(二三二頁、傍点引用者)

この書評は、七三年に邦訳の出版されたミハイル・バフチン『フランソワ・ラブレーの作品と中世・ルネサンスの民衆文化』をめぐる一篇(「怖るべき洞察と博識の書を食べたまえ」、青土社刊『みみずく古本市』所収)。若干わかりづらいかもしれないが、傍点を振った「外国人による異国の文物研究書」という部分はむろん、「外国人による、その外国人本人にとってさらに外国にあたる文学や文化の研究書」を意味する。さて、由良によれば、このバフチンによるラブレー論こそは「外国人なればこそ——他国の最高文物に迫って普遍人類的な「広場の言葉の文法学」に達する」書物だった。「方法を逆駆使しながら他者とつながり、具体的文物の中に自他を超え出る人類的に普遍的なものの姿を、ともに垣間見る認識の興奮を経験すること。知的営為とはそのようなもので、自己感傷的な攘夷とは関係がない」(同二三三頁)。これこそ、バフチン的対話理論の国際的可能性を最も深いところで理解した発言だろう。

たしかに、戦後日本は外国文学を理解することには熱心でも、当の外国における文学者もまた自らにとっての外国文学に惹かれてきたという端的な事実を捨象する傾向にあった。いや、もともと国民文学だとか外国文学だとかいった区別をつける以前の段階で、自分の存在論的・認識論的基盤を根本からゆるがすような何らかの他者を求め、由良のいうようにまさにその他者と接続しようとする気持ちがない限り、一切の文学研究は成り立つまい。かねがねスタイナーが『バベルの後に』(一九七五年)を中心とする翻訳論で主張してきたように、そもそもわたしたちが言語によって意思の疎通を計ろうとする行為そのものが省略と補充に満ち満ちた翻訳作業であった。さらにヴァルター・ベンヤミン以降ジャック・デリダやポール・ド・マンらの脱構築的翻訳論が明らかにしてきたのは、そもそも原テクスト自体が完全なる芸術作品というよりも、あらかじめ分解してしまったひとつの容器の破片にすぎず、翻訳という行為はまさしくその破片を他の破片と継ぎ合わせていくこと——ただしその結果失われた容器の復元という見果てぬ夢にしたがって完全なる隠喩的全体性を回復するのではなく、あくまで換喩的連続性を展開していくことである。

ゆえにベンヤミンを読むデリダを読むド・マンがベンヤミンの『翻訳者の使命』(一九八三年)で暴露す

るのは、原作と翻訳がひとつの失われた全体像を回復するのではなく、原作に対する愛を貫きながらも、翻訳が自らの言語でおのれを形成し、あたかも原作と翻訳が大いなる言語の一部であるかのように認識させることだ。さらにいうなら、翻訳がもともと断片に断片を繋ぎ続ける作用である限り、ひょっとしたら完全なる器とは最初から存在しないのではないかと再認識させることだ。この論理は、ド・マン本人が一九四五年にハーマン・メルヴィルの『白鯨』をフランドル語へ翻訳したという経歴から来る実感かもしれない。あたかも『白鯨』におけるエイハブ船長の復讐物語が挫折に終わってしまうように、けっきょく翻訳とは、決してもとのままには再建築し得ない廃墟の隠喩なのである。そのことは、ド・マン本人がベンヤミン論文タイトルのドイツ語「翻訳者の使命（Aufgabe）」が「翻訳者の断念」とも訳せるアイロニーを、さらには本来ドイツ語でいう「翻訳」**übersetzen** がギリシャ語でいう「隠喩」**metaphorein** の翻訳であるにも関わらず、翻訳は隠喩的な「全体化」ではなく換喩的な「断片化」の方向へ進んでしまうアイロニーを表明せざるをえなかった事情からもわかるだろう。

　ユダヤ人批評家であるスタイナーは翻訳にメシア的・ユートピア的条件を見出したが、ベルギー人であり、戦時中にはナチズム的言説への加担者だったポール・ド・マンにとって、翻訳とはまちがいなくホロコーストに対する深い追悼であり、根本的な回心体験記《コンヴァージョン・ナラティヴ》のひとつであった。したがって、ベンヤミンを読むデリダを読むド・マンをさらに読んだショシャナ・フェルマンは、戦後のド・マンにとって、「告白」すべき「真実＝原典」（ここにナチ加担問題を含めてよい）を無限に忘却＝差異化し、脱中心化するのに「翻訳」以外の手段がなかったことを認めている。

　以上の翻訳論は、わたしたちがふつう自然なものだと思っている文学テクストを読む行為、解釈し、批評する行為そのものと無縁ではない。本論を、わたしは今は亡きド・マンや由良君美に対するひとつの遅すぎた追悼によって始めたけれども、しかし考えてみれば、そもそもわたしたちが文学テクストを読むという批評的行為そのものが、あらかじめ失われた全体的生命をたとえ不完全でも復元しようとする死者追悼的な作業、ド・マンにならえば死者や人間ならざるものに仮面をつけたり擬人化したりすることによってのみ成り立つグロテスクな擬人法《プロソポピーア》のレトリックと無縁ではない。そして、ジョージ・スタイナーというユダヤ系批評家がいまもなお現代文学の世界で屹立しているのもまた、彼が絶えず文学批評の根本に死者追悼的な構造を据えているからであり、まさにその点こそが、今日、新歴史主義批評以後のアメリカ文学研究において、彼の精神が脈々と継承されている証左ではないかと思われる。

2

【ジョージ・スタイナーの性—政治学】

ただし、脱構築批評から新歴史主義批評への道筋を直線的に捉える向きにとっては、その過程におけるスタイナーの位置について、若干の注釈を施さなくてはなるまい。というのも一九八〇年代前半、少なくともイェール学派の総帥ポール・ド・マンが亡くなる一九八三年まで、アメリカ批評界を支配したいわゆるフランス系ポスト構造主義の潮流について、ジョージ・スタイナーが根本的な懐疑心を抱いていたことは、すでに一九七四年の来日時に加藤周一および由良君美と行なった座談会「西欧・社会主義・文化」の段階から一九八〇年の『難解について』や一九八九年の『真の存在』へ至る過程において、彼が一貫して文学批評におけるエセ科学的傾向を断罪し続けてきた点からも一目瞭然なのだから。かつて高橋康也も喝破したように、ジョージ・スタイナーはまちがいなく文学的保守主義に拠って立つ批評家である。

ここで興味深いのは、スタイナーがいわゆる脱構築理論の提唱者であるフランス系思想家ジャック・デリダ本人に関しては、絶えず肯定的な評価を怠らなかったことだ。その理由は、さほど難しくはない。スタイナーの初期の著作からくり返し議論されるソフォクレスの悲劇に、オイディプスの娘の運命を物語った『アンティゴネー』（紀元前四四二〜四四一年）があるが、デリダは一九七四年のアヴァンギャルドな著作『弔鐘』において、瞠目すべき『アンティゴネー』論を展開しているのだから。その結果、スタイナーはデリダの意見に大いに耳を傾けつつ、一九八四年に『アンティゴネーの変貌』を出版することになる。この書物の意義を要約すれば、それはまさしく『悲劇の死』や『バベルの後に』で示された壮大なヴィジョンを八〇年代の視点で自ら読み直してみせた点にあるといってよい。実際スタイナーにおけるアンティゴネーへの関心は、たとえば『悲劇の死』の中でアヌイの『アンティゴネー』がフランス占領下であったからこそ息を吹き返したことを見抜いたり、たとえば『バベルの後に』の中でヘルダーリンの『アンティゴネー』が同時代には不評でも現代では大好評であることを指摘したりした経緯からも、変わらず一貫している。スタイナーはヘーゲルの『精神現象学』をもうひとつのアンティゴネー的悲劇と呼んだが、一方スタイナー自身の『アンティゴネーの変貌』は、ポスト・ホロコースト時代におけるもうひとつの翻訳論と見なすことができる。

では、このテクストを一九九〇年代のいまになって再評価しなくてはならない理由は何か。それは、フーコー的歴史観とは裏腹に、ポスト・ヘーゲル的歴史観に立脚したアメリカの新歴史主義批評が、八〇年代後半から、まさしくスタイナーの理論を発展させるべく、彼のアンティゴネー再解釈をアメリカ文学へ応用し始めたからだ。いや、逆にいうならば、スタイナーの『アンティゴネーの変貌』は、あれほどに博引旁証、世界文学的視野に立った批評であるにも関わらず、アメリカ文学にだけはなぜか言及さえしないという致命的限界を孕んでいたため、まさにそうしたスタイナー的限界こそがアメリカにおける新歴史主義批評家たちに大いなる御業をもたらしたといっても、誤りではない。事実、ニューヨーク州立大学ストーニー・ブルック校教授ニール・トルチンや、カリフォルニア大学バークレー校教授ミッチェル・ロバート・ブライトヴァイザーらの業績を一瞥するなら、必ずしもスタイナー自身には言及していないにせよ、彼らがスタイナー的影響のもとにピューリタン植民地時代からロマンティシズム、モダニズム、ポストモダニズム時代にまで至るアメリカ文学史全般を、悲劇のヒロイン・アンティゴネーを軸に読み替えようとしている壮大な野心が、わかるはずだ。

では、ひとまずソフォクレス自身の悲劇『アンティゴネー』はいったいどのように展開したのかを、あらためて確認するところから始めよう。

アンティゴネーは、くり返すが、あのテーバイの王オイディプスと彼の母にして妻であるイオカステの間に生まれた四人の子どものうちのひとりである。逆にいえば、彼女は、オイディプスの娘にして妹という二重の役割を負わされている。ちなみにソフォクレス劇の発表順ではなく、物語の起こったとおりの時間軸上で並べ変えると、まず『オイディプス王』(BC四三〇年)の物語があり、次に『コロノスのオイディプス王』(BC四〇一年)の物語、そして最後に『アンティゴネー』が置かれる。

では、具体的にアンティゴネーはなぜ代表的な悲劇のヒロインと成り得たのか。まず彼女の苦悩は、オイディプスが天罰の人としてテーバイから追放された時、この愚かなる父が漂泊の旅に出るのに同行し、彼が死ぬのを見届けるところから始まったといえよう。オイディプス亡き後のテーバイでは、彼の息子でアンティゴネーの兄にあたるエテオクレスとポリュネイケスが、一年交替で王位につく予定だったが、約束が守られないため、両者は不仲となり、国を追われたポリュネイケスはアルゴスの王の娘婿となって、逆にテーバイを攻め落とそうとする。その結果、エテオクレスとポリュネイケスの兄弟はお互いに刺し違えて死ぬ。

さて、問題はそのあと、すなわち彼ら二人の葬儀だ。兄弟のあとを継いで王座に就いた伯父のクレオンは、テーバイを死守したエテオクレスの方は手厚く葬ったものの、一方テーバイに刃向かったポリュネイケスの方は埋葬を禁じて野晒しにし、犬や禿鷹に食われるままにする。これを聞いて憤ったアンティゴネーは、クレオンの命令に背いてこっそりポリュネイケスの埋葬を執り行なうが、それが発覚するや否や、クレオンはこんどはアンティゴネー本人を生き埋めにするよう布告する。クレオンの息子のハイモンはアンティゴネーの婚約者であったが、彼女を助けられないことを知ると、父を恨みながら自ら命を絶つ。さらにクレオンの妻も哀れな息子の後追い自殺を遂げる。

さてジョージ・スタイナーは、こうしたアンティゴネーの悲劇が、少なくとも一七九〇年から一九〇五年までの間、ヨーロッパ精神史の最も重要な背景を彩ってきたのではないかと前提する。彼によれば、『アンティゴネー』の意義が確固たるものになったのは、以下に挙げる四つの条件が揃ったからである。第一にジャン・ジャック・バルテレミーの『若きアナカルシスの旅』(一七八八年)がたまたま『アンティゴネー』をフィーチャーしたこと、第二にギリシャ悲劇に傾倒するシェリングがのちに『アンティゴネー』の翻訳でも知られることになるヘーゲル及びヘルダーリンとチュービンゲンにて顔を合わせたこと、第三に西洋演劇史上、これはフランス革命以後の人権、特に女性の権利の主張が高まりつつある時代と合致していたこと、そして第四には同じ時代に生き埋めというゴシック的な主題が『ロミオとジュリエット』にも匹敵するようなセンセーションを呼び起こしたこと。かくして以後のアンティゴネーは、彼女をコーデリアと比べたキルケゴールはもちろん、今世紀の世界大戦を念頭に置いたマルグリット・ユルスナールや、ナチス・ドイツによるホロコーストを前提にしたベルトルト・ブレヒトらのテクストの中へ、確実に影を落とす。そこで明らかになるのは、とりわけアンティゴネーとクレオンの対立から浮かび上がる国家と家族、抑圧と情動、そして男性と女性という対立のドラマにほかならない。

クレオンの家父長制では考えもつかないような洞察を、アンティゴネーは示す。逆にいえば、もしポリスの支配者が共同体の平和を保とうとするなら、エテオクレスのみならず、ポリュネイケスの遺体をもあらかじめ正式に葬っておくのが、真の政治力というものだったろう。そして、まさにこのような認識からアンティゴネーの女性的想像力に共鳴する点において、スタイナーはジャック・デリダに最大限の敬意を払っている。第一部、第二章の末尾で、スタイナーはいう。「『精神の現象学』におけるヘーゲルということに限定するなら、次のようなデリダの推測は魅惑的である。デリダいわく、神が思弁的弁証法で果たす役割は男性的であるといって間違いない。これに対して神のイロニーと自己分裂、その本質を成す無限の不安定性などはおそらく女性特有のものである、と。アンティゴネーが名誉を独占するのだ」(三六頁)。

ここにこそ、デリダ的決定不能性が家父長制批判としてのフェミニズムをいたく刺激したゆえんが認められよう。だが、急いで付言するなら、こうしたデリダ理論を狡猾に吸収したスタイナーは、本書においてさらに、そもそもアンティゴネーの性差を根本的に疑ってみるという、今日ならば性倒錯批評《クイア・リーディング》に近い芸当すら行なってみせる。論より証拠、第三部第五章において、スタイナーは、アンティゴネーによる兄ポリュネイケスの埋葬そのものは元来女性の作業だが、にも関わらずライオス家最後の生き残りとして彼女を見た場合、その行動はきわめて政治的であり、公の闘争に関わるものであり、その水準においてアンティゴネーはまさしくひとりの男性として行動しているのだと断言しているのだから。その意味で『アンティゴネーの変貌』は、何よりもまず性差の政治学に重点を置いた最も斬新な西欧意識史の試みであろう。

とはいえ、ここまで現代批評理論の成果を自由自在に応用しうるジョージ・スタイナーであっても、先にも触れたとおり、なぜかその枠組をアメリカ文学にだけは適応しようとしていない。そこで、スタイナーの死角からアメリカにおけるアンティゴネーを語る批評家たちが出現し始めたことを、最後に再検討しておきたい。

3

【アメリカン・アンティゴネーの可能性】

目下、ジョージ・スタイナーの仕事にも連なる形で、アンティゴネーを主役にアメリカ文学史を書き換えるという壮大なプロジェクトに着手している人物としては、誰よりもまずカリフォルニア大学バークレー校ではグリーンブラットの同僚だったミッチェル・ロバート・ブライトヴァイザーを挙げなくてはならない。特に彼が植民地時代のインディアン捕囚体験記を主題にした『アメリカ・ピューリタニズムと哀悼の意義』（一九九〇年）や続く論文「初期アメリカのアンティゴネー」（一九九一年）は啓発的だった。スタイナーがアンティゴネーを根源的な人間の怒りの火を燃やす存在として、すなわち「エネルギーの原料（The Raw Material of Energy）」（第二章、第八節）として見たように、ブライトヴァイザーもまた、アメリカ文学におけるアンティゴネー的存在の中に冷徹なる言説的制度を内部から突き崩すエネルギーの威力を認めている。

もちろんアンティゴネーが哀悼そのものに関する寓話として解釈されるなら、アメリカ・ピューリタニズム研究の伝統ではサクヴァン・バーコヴィッチが一九七〇年代以来一貫して主張してきたエレミヤの嘆きのレトリックがあるではないか、と反証する向きもあるかもしれない。実際、それを換骨奪胎して、今日ではアメリカ黒人文学におけるエレミヤの嘆きを再検証する動きもあるほどだ。けれど、ジョン・コットンからエドワード・ジョンソンまで第一世代ピューリタンによるアメリカのエレミヤは、あくまでもピューリタンたちに世界の腐敗を嘆き悔い改めるよう共同体全体に強要し、のちの世代の継承者たちはこのレトリックをアメリカ社会を制御する政治的言説として再構築していった。他方、ブライトヴァイザーがエレミヤではなく、あくまでアンティゴネーに焦点を絞るのは、そうしたピューリタン社会全体を政治的に統御する嘆きのレトリックの網の目からはこぼれ落ちてしまうような、社会に決して還元されることなく、あくまで人間個人の内部に胚胎するような存在論的嘆きが確実にあった歴史を浮き彫りにしようとするからである。したがって、ブライトヴァイザーはむしろバーコヴィッチ的な新歴史主義批評を批判するために、必ずしも彼の著書では言及されていないジョージ・スタイナーの影響をまんべんなく摂取しているものと考えることができる。

その文脈において、ブライトヴァイザーが初期アメリカ女性詩人アン・ブラッドストリートの最も大胆な追悼的作品として「一六六六年七月一〇日、焼け落ちる我が家に思う詩」を挙げ、その中で彼女が、なくしてしまった家屋と滅び去ったキリストの肉体との間に結ばれている予型論的関係を喝破した点は注目に値しよう。失ったものが人間であれ、非人間であれ、アンティゴネーのレトリックは制度に囚われない本質的な嘆き、しかし、魂の浄化のためには絶対不可欠な嘆きとして噴出する。

さらにブライトヴァイザーが注目するのは、一六七六年二月に、ニューイングランド植民地に仕掛けられたフィリップ王戦争の巻き添えで子どももどもアルゴンキン族に囚われてしまった牧師の妻メアリ・ホワイト・ローランドソンが命からがら帰還する「捕囚体験記 (captivity narrative)」である。このピューリタン独特の文学ジャンルの形式的特徴については、すでに拙著『ニュー・アメリカニズム』でも詳説したので、いまは多くを述べない。ここで再検討に値するのは、インディアンに囚われている間にメアリの末娘が死亡してしまった時、メアリはその折に沸き起こる悲嘆をどう処理したのかという問題である。植民地時代のアメリカにおいては、死者への悲嘆ひとつをとってもピューリタン共同体執行部の支配的言説によって生産され、制御されてきたが、とりわけ植民地のより円滑な運営のために、特定の自我を抹消して、いかなる個人的事件であろうとも神権制社会全般における意義を持つものと見るウルトラ還元主義が、そこにはひそんでいた。かくして当時のピューリタン社会における最高権力者インクリース・マザーは、あたかもテーバイの新しい王クレオンのように、インディアンとの戦争の意味を制御するため、捕囚体験記を一大プロパガンダとして利用しようと試み、他方メアリ・ホワイト・ローランドソンは、あたかもクレオンに対立するアンティゴネーのように、そのようなピューリタン的言説網の内部に封じ込められた個人的悲嘆を徐々に押さえ切れなくなっていく。このことは、個人的悲嘆に社会的抑圧をかけようとするあまり、植民地時代に個人の葬儀が満足に行なわれなかったという歴史的事実からも判明しよう。

しかしブライトヴァイザーは、そんな社会をあまりにも自明視してきていればこそ、むしろメアリのように一旦インディアン社会を垣間見ることで、いかに従前の自分の生活そのものがピューリタニズムの言説的効果にすぎないものかを痛感する者も出てくるのだと喝破する。本書はこのような言説的圧政をピューリタニズムならではの「解釈学的暴力（hermeneutic violence）」と呼び、その制度に目覚めたメアリが自らを（神意に背いて塩の柱と化した）ロトの妻にたとえつつ、制度内部を脅かしかねない形で突出させる悲嘆を「リアル」と名づけている。このようにインディアンに囚われた女性の内部より噴出する個人的悲嘆は、捕囚体験記を全面的に活用したケヴィン・コスナー主演の映画『ダンス・ウィズ・ウルブズ』の中において、夫を戦いで亡くして喪に服す女性が登場する展開にも、脈々と息づいている。そのような女性のゆらぐ立場を、ブライトヴァイザーはさらに、『精神の現象学』でアンティゴネー論を展開する著者ヘーゲル本人の立場にたとえてみせる。

アメリカにおけるアンティゴネーは、さらにニール・トルチンがブライトヴァイザーに先んじて一九八八年に出版した『ハーマン・メルヴィルの芸術にみる哀悼と性差、創造力』を一瞥すれば、それが一九世紀半ばのアメリカン・ルネッサンスにまで命脈を保っていたのがわかるだろう。この時期にもまだ、死者に深い悲しみを感じても、そうした否定的感情を露呈させるのを禁ずる風潮が残っていた。死者を悼むのは女性の仕事としてあてがわれていたけれども、仮にポウの詩や小説のように死者を悼む男性が登場する場合、それは主人公がいくぶん女性化されているものと見られる。この文脈からトルチンは、メルヴィルが父アランの死を悼む気持ちがいかに作品に表現されているかを、『白鯨』の野蛮人クイークェグや『ピエール』の自殺する作家ピエール・グレンディニングの人物造型の中に見ようとする。

ここで再びブライトヴァイザーの理論へ戻れば、こうしたアンティゴネー的な悲嘆や哀悼の修辞的伝統は、もともとメルヴィルの『白鯨』が息子を亡くしたレイチェル船長のエピソードを含むことからも明らかだし、以後もそれはエマソンやエミリ・ディキンソン、マーク・トウェイン、セアラ・オーン・ジュエット、スコット・フィッツジェラルド、マリリン・ロビンソン、それにトニ・モリスンの『ビラヴド』にまで受け継がれていく。

ブライトヴァイザーはさらにアメリカ文学史すらも超越し、一九八六年のチャレンジャー号爆破事件において、レーガン大統領が亡くなった乗組員たちへの個人的悲しみを抑圧しつつ、彼らの尊い犠牲こそがいずれはアメリカの宇宙開発をますます発展させる礎になるはずだというレトリックを用いていた事実を指摘する。同年一月二八日、スペースシャトル第二五回目の運行にあたるチャレンジャー号は固体ロケット・ブースターの異常のため突如爆発事故を起こし、日系男性、女性高校教師、一般市民らを含む搭乗員七名全員が惜しくも爆死するに至った。事故の直後、しばらくの間乗員たちが生き残っていたという証拠もあるが、アメリカ航空宇宙局はその事実を隠蔽し、ひたすらに嘆きを昇華しつつ、この乗員たちを国家にとって望ましい模範に仕立てあげる。一九八八年にスペースシャトル計画が再開された時には、リック・ホーク司令官がレーガンの演説を巧みに継承し、「チャレンジャー号の事故を無駄にしない」というレトリックにより、計画全体を正当化した。この瞬間、レーガン大統領やリック・ホーク司令官は確実に現代のクレオンであり、チャレンジャー号の犠牲者の遺族たちは確実に現代のアンティゴネーであったろう。

だが、このようにアンティゴネーのレトリックがアメリカ文学史のみならずアメリカ文化史全般におよぶ範囲で応用され、乱用されていくゆえんを考えれば考えるほど、スタイナーの背後に第二次世界大戦があり、映画『ショアー』の背景があったように、一九五二年生れのトルチンや一九五三年生れのブライトヴァイザーの背後にはヴェトナム戦争が介在していたであろうことが実感される。最も現代的なホロコースト体験を踏まえてこそ、アンティゴネーのレトリックにより、植民地時代から二〇世紀末に至る歴史を読み替えていく動機が生まれる。ちなみに、我が国で外国文学と呼ばれる枠組がアメリカでは異民族文学の名で勃興しているが、これらアングロアメリカン以外のアメリカ文学がそろって主題に選んでいるのもまた、ユダヤ的なディアスポラであり、ヒロシマをも一例とするホロコースト体験であるのに思い至るなら、アンティゴネーのレトリックそのものがいま、歴史のみならず、国家をも易々と超える多国籍的かつ多文化的な水準で読み替えられているのが判明しよう。

もちろん、これほどまでにひとつのギリシャ悲劇のヒロインを拡大解釈していく向きについては、無節操のそしりも免れまい。だが、ピューリタンがあたかもクレオンのごとく解釈学的暴力をふるったとしたら、そもそもジョージ・スタイナーが行なったのはあたかもアンティゴネーのような解釈学的抵抗であり、それは制度に対して無節操を演じることでしか達成し得ない。デリダやド・マンによる脱構築的な「翻訳の理論」は、今日、最もポストコロニアリズム的な「抵抗の理論」として読み替えられているが、実はまさにそうした翻訳の身振り内部にこそ、ナチズムの悲劇を記憶しつつ、忘却する嘆きが構造化されている。まさにこの地点において、奇しくも脱構築批評家たちは、ジョージ・スタイナーの企図へ最も接近する。

こうしたパースペクティヴは、さらに国民文学と外国文学とをナイーヴに対比するエッセンシャリズムそのものを批判するだろう。しかし、文学的枠組が歴史的に作られたものだというコンストラクティヴィズムがまた新たなエッセンシャリズムと化してしまう可能性も、わたしたちは見逃すわけにはいかない。その意味で、今日、あらゆる歴史的・国家的枠組を易々と突き破り、自らディアスポラを選び取るアンティゴネーは、伝統的な外国文学という枠組自体を問い直すために、再び神話的想像力の深淵から呼び出される。

AFTER POSTCOLONIALISM

第三章　滅びゆく他者の帰還
～ポストコロニアリズムのあとで～

1

【エキゾティシズム、その定義と問題系】

ふつう異国趣味、または異国情緒と訳されるエキゾティシズム（exoticism）という概念は、少なくとも文学批評理論の枠内における限り、オリエンタリズムほどには普遍化しておらず、むしろかなりの部分、オリエンタリズムという準拠枠によって代替されてきたように見える。いわゆる百科事典の類においても、たとえば『エンサイクロペディア・ブリタニカ』や『エンサイクロペディア・アメリカーナ』はエキゾティシズムをきちんと定義づけてはいないし、いちばん身近なリファレンスとしては、かろうじて平凡社の『大百科事典』がエキゾティシズムの項目にわずかなスペースを割いているにすぎない。

試みにそこにおける記述を参照してみると、西欧近代の側では、一七、一八世紀にトルコとの接触によって始まったオリエンタリズムが、やがて一九世紀における絵画や文学のエキゾティシズムに導入されてロマンティシズムの勃興を促し、世紀転換期にはポール・ゴーギャンのプリミティヴィズムやプッチーニ、一九〇四年のオペラ『蝶々夫人』へ結実していく過程が要約されている。一方、日本においては室町末期から安土桃山期にかけて技術的先進性を持つ西欧諸国への素朴な現実的関心が情緒的関心へ転じて、いわゆる南蛮趣味をもたらしたこと、また大正時代になると、急速な近代化の行き詰まりに対応するかのように芥川龍之介らの耽美的な南蛮趣味が開発されたことが説明されている。

このように平凡社版は、辞典項目としては必要最小限の形でまとめられてはいるものの、しかし『オックスフォード英語大辞典』における多様な用例から浮上してくる最も顕著な特質は、エキゾティシズムがむろん語源的にはギリシア語のエクソティコス（Exotikos）から派生しながらも、二〇世紀中葉のアメリカ英語の文脈では、時にストリップティーズ、すなわちナイトクラブのダンサー特有の性質を指すという意味作用が生じてしまっていることではないだろうか。アトム・エゴヤン監督が一九九六年に発表した映画『エキゾティカ』などは、まさにその典型的な理解から製作されている。すなわち今日、エキゾティシズムはエロティシズムに直結する意味作用を発揮してやまない。その意味で、たとえばポストコロニアリズム時代の今日では、ヴィクター・セガレンからジョージ・モッセ、そしてアンドリュー・パーカーらに至る理論的展開でも明らかにされたように、ナショナリティの問題とセクシュアリティの問題がきわめて複合的な絡み合いを見せる局面でこそ、エキゾティシズムは再定義されなくてはいけないのかもしれない。

それでは今日、なぜエキゾティシズムを軸に帝国と文学の関係を問い直さなくてはならないかといえば、エドワード・サイードが七八年に出版した『オリエンタリズム』以来、西欧近代の帝国主義的視線がいかに非西欧文化を支配しやすいよう類型化してきたかという問題がさまざまに再検討されてきた過程において、すでにオリエンタリズムの言説的準拠枠ではおさまりきらないような諸問題が浮上してきたからだ。そのことは、少なくとも九〇年代に入って、たとえばステファン・タナカによる一九九三年の『日本内部の東洋』やジェイムズ・キャリアによる一九九四年の『オキシデンタリズム』や、リナータ・ヴァッサーマンによる同年の『異形の諸民族』、マリリン・アイヴィによる一九九五年の『滅びゆくものの言説』、それにごく最近ではミカエラ・ディ・レオナルドによる一九九八年の『異形の故郷』などが相次いで出版され、我が国でもある程度その波を受けた業績が登場してきていることからも推察されるだろう。

こうした経緯を踏まえて、最初に便宜上、オリエンタリズム概念の理論的再吟味という視点から、エキゾティシズムの問題系を一応以下の三つの段階に分けて図式化しておきたい。

第一に、サイード的オリエンタリズムの名によって西欧近代植民地主義を代表させ、セクシュアリティとナショナリティの類推を発展させて、ダナ・ハラウェイのようにオリエンタリズムを人類学から霊長類学にまでおよぶ帝国主義的視線全般へ敷衍していくこと。

第二に、そうしたオリエンタリズム批判とは裏腹に、そもそも西欧近代国家のみならず、日本を含む東洋国家において西欧化・近代化・脱亜入欧のために積極的なオキシデンタリズムが培われ、その傾向は何よりも東洋国家内部でオリエンタリズム的言説を半ば必要悪、半ば通過儀礼として反復することでのみ助長されるという逆説的な論理があること。

第三には、まさしくそのように東洋国家内部でオキシデンタリズムと識別不能になったオリエンタリズムの地平に対し、現在のポストモダン英語圏作家が、そもそも洋の東西を問わず、異質なるものへの反発と憧憬がいったいどうして生まれてくるのかを文学的主題に取り上げ始め、新しいエキゾティシズムの展開が見られること。

2

【オリエンタリズムのエロティクス】

まず第一段階に関係するコロニアリズムの文脈から始めるなら、もともとオリエンタンリズムといえば、今日ではいわゆる欧米からいわゆる東洋を凝視する態度一般のように受け止められているものの、しかし、大航海時代を経たコロンブスのアメリカ大陸到達以後には、ヨーロッパの彼方に横たわるアメリカそのものがオリエンタリズムの対象になっていた事実が想起されよう。スペイン系ヨーロッパという「男」に支配されることを待ち望むアメリカという名の「女」が裸で――すなわち現代アメリカ英語の用法ではまさしくエキゾティックな姿で――横たわっているのだというのが、その根拠である。これは、すでにピーター・ヒュームらによって引用されることが多いため、単なるたとえ話のように聞こえるかもしれないが、しかし、前述したように、あらゆる帝国主義的言説空間においては、ナショナリティの問題とセクシュアリティの問題がきわめて複合的に絡み合う。つまり、植民地主義者から見れば、異民族はいわゆる不気味な他者であり、時に植民者を虐待するかもしれないけれども、しかし、まったく同時にそれを女性的存在として割り切り、性的商品化《エロティサイズ》してしまえば、そうした対象なら強姦し、支配してもかまわないという論理が成り立つ。ここでは当然、たとえ強姦という形であっても、ヘテロセクシュアリティである限り、性的再生産が国家的再生産をもたらすという前提が確実に作用しているのである。

スペイン系でなくとも、たとえばピューリタン植民地時代に総督となるウィリアム・ブラッドフォードの

『プリマス植民地の歴史一六二〇～一六四七年』(一八五六年刊行)を紐解いてみるなら、このテクストは実はさまざまな性犯罪のエンサイクロペディアになっているのがわかるだろう。当時は女性の強姦以上に同性愛や獣姦の罪が重かった。しかも、同性愛以上に獣姦の方が重罪と見なされたのは、同性愛とブラッドフォードの共同体理念である男同士の連帯とは内的に連関していた一方、獣姦の背後にはアメリカ・インディアンを初めとする異民族への恐怖がひそんでいたためであった。仮にアメリカがエロティックな女性として表象されたにせよ、その彼女を一旦強引に支配してしまうと、ひょっとしたらこんどは植民者側が復讐され、虐殺されるかもしれないという恐怖があらかじめ胚胎していたことを、このテクストは暗示する。しかし、一旦異民族との交わりが生物学的にも宗教的にもピューリタン共同体のむしろ拡張をもたらすことがわかってくると、この異民族恐怖《ゼノフォビア》と異民族憧憬《ゼノフィリア》はきわめてアンビヴァレントな論理を構成していく。異民族をまったくの他者と見て怖気をふるう視線と、異民族を性的商品と見て、その魅力に取り憑かれていく視線とが、やがて限りなく弁別不能になってくる。

こうした逆説にこそエキゾティシズムの基本的構造が認められるが、ただし、今日いちばん問題なのは、それがオリエンタリズムとオキシデンタリズムの間でずいぶん錯綜した関係を呈し始めたことだろう。

たとえば世紀転換期のアメリカでは、ボストン文壇の大御所ウィリアム・ワズワース・ロングフェローの息子チャールズ・ロングフェローの一八七〇年代以来の日本趣味を嚆矢とし、一八九七年一二月、アメリカはペンシルヴェニア州に住む当時三七歳の法律家ジョン・ルーサー・ロングが『蝶々夫人』という小説を発表したことも手伝って、いわゆるジャポニズムが用意された。とりわけ『蝶々夫人』は一九〇〇年にベラスコが劇化するも、以後はプッチーニが一九〇四年に脚色したオペラ版によって世界的に親しまれていく。アメリカ短篇小説の名手O・ヘンリーが一九〇五年に発表した「未完成の物語」は貧しい労働者階級の娘を主人公にした黙示録的作品だが、その中に早くも「キモノ」が登場するのは、まちがいなく『蝶々夫人』の影響だろう。この世紀転換期、日清・日露戦争の勃発はいわゆる黄禍論とともにジャポニズム言説が広まるきっかけとなり、一九一二年にはキモノ・ブームとともに『蝶々夫人』の国際的人気がピークを迎えている。それが、キモノに象徴される日本趣味とともに、国際関係と性的関係とを類推する視点の自然化に加担したのは、推測に難くない。この世紀転換期に美術および文学の点でアメリカにおけるジャポニズムを決定的にしたのが、詩作手段としての漢字へ関心を抱いたアーネスト・フェノロサやエズラ・パウンドであった。

実際、アメリカ文学史の主流を代表するマーク・トウェインですら、黄色人種やロシア人への恐怖を真っ向から謳った作品「蠅とロシア人」（一九〇四年）や「黄色い恐怖に関するたとえ話」（一九〇五年）を発表しているほどである。すなわち、異質なるものが不気味であればあるほど、その魅惑の方もますます増大する、あるいは異質なるものに憧れながらもまさにその対象を心から憎悪してやまない――これがエキゾティシズムを広く貫く二律背反論理ではなかったろうか。このことは、世紀転換期において、主流文学と通俗文学とを問わず顕在化してくる構図で、それはアンソニー・イーストホープもいうように、ジョゼフ・コンラッドによる一八九九年の『闇の奥』とエドガー・ライス・バローズによる一九一二年の『類人猿ターザン』というふたつの同時代テクストが、ともに「マッチョなアフリカ冒険譚にしてヨーロッパ植民地主義的／ダーウィニズム的イデオロギーの物語」であったことからも判明しよう。そして、そこで提起された問題が戦後さらにフランシス・コッポラの一九七九年の『地獄の黙示録』という形で映像化されると、ヴェトナム戦争のみならず、そもそもエキゾティシズムの構造自体がミイラ捕りをミイラにしてしまう泥沼であるというアレゴリーが表現されていく。

右の構図は、今世紀初頭における『蝶々夫人』のオリエンタリズムが、世紀末にさしかかり、中国系アメリカ人劇作家デイヴィッド・ヘンリー・ウォンの手で究極の捻りを加えられ、一九八八年には中国人スパイとフランス人政府高官の疑似ロマンスを扱う『M・バタフライ』というクイア演劇に結実したこと、さらに、それと限りなく連関する形でヴェトナム系女性映画監督トリン・ミンハが九六年に『愛のお話』を公開したことと合わせて考えると興味深い。つまり、これらポスト蝶々夫人とでも呼ぶべき症候群においては、当初こそ忌避されるか、性的商品化されるかの側だったアジア系の主体が、こんどは従来の西欧近代オリエンタリズム戦略を徹底的に学習し、模倣したうえで逆手に取るという、いわばホミ・バーバ流の擬態戦略と同時に、もうひとつのオキシデンタリズムにもなりうるような構造を露呈するようになるのだから。

3

【オキシデンタリズムのパラドックス】

次に、エキゾティシズム第二段階と関わる日本内部のオリエンタリズムの必然性について、再吟味してみよう。

たとえば世紀転換期において、ギリシャ系アイルランド系アメリカ作家ラフカディオ・ハーンが、どんな足跡を残したか。彼は、一八七〇年には人種間雑婚の禁止されているオハイオ州で黒人女性マッティーとの疑似結婚生活に破れながらも、一八七七年にニュー・オーリンズへ行き、ヴードゥー教ゾンビの取材をし、まさにそのあと一八九〇年には日本へ赴いて、民間伝承の収集成果を『怪談』(一九〇四年)として発表することにより、文学史に銘記されるに至った。アメリカ文学史では小さな扱いでも、日本文学史において『怪談』は、我が国では誰もが知る古典にほかならない。基本的にラフカディオ・ハーンが日本への関心を募らせたのは一八八五年にニュー・オーリンズ万国博覧会で日本展に惹かれた時以来ということになっているが、まさしくそこで培われたであろう彼のクレオール的エキゾティシズムがなかったら、ヴードゥー的ゾンビと日本的幽霊がほとんど切り離せないほど結びつくことは困難だったと確信される。現に彼は一八九五年以来教壇に立つことになった東京帝国大学において「フィクションにおける超自然の価値」という講義を行ない、カトリックの例を出しながら「霊的な《ゴーストリー》」ということばが「宗教的な知識や——超自然に関わるあらゆることを意味している」と語り、そもそも「古今東西の幽霊譚を調べてみれば、すべて夢で見たことのあるものに関わっている」という法則さえ打ち立てた(第六章「東京物語」)。こうした先駆者を持たなかったら、のちに柳田國男の『遠野物語』(一九一〇年)を代表とする民俗学が成立しなかったのは、まずまちがいない。

実際小泉八雲の随想「日本人の微笑」(一八九四年)に応答する形で、柳田は『笑いの本願』(一九四六年)を書いている。言い替えれば、小泉八雲的オリエンタリズムを徹底して学習し、過剰に擬態した結果、今日のわたしたちが日本人の心の核心に迫る体系として信じる柳田國男的民俗学はもたらされている。ポストコロニアリズムの現在では、『遠野物語』は単純に柳田の東北民間伝承への関心を表わすのみならず、むしろ日韓併合の同時代における植民地主義への加担にほかならないとして批判する方向もあるとはいえ、しかし前述したように、もともと小泉八雲的オリエンタリズムから日本的民俗学が出発しているとすれば、それが国家近代化の通過儀礼の一環として、日本内部におけるもうひとつのオリエンタリズムを形成しなくてはならなかったのは、むしろ当然の帰結のように感じられる。そして、振り返ってみれば、ステファン・タナカや姜尚中《カン・サンジュン》もいうように、今日わたしたちが「東洋」として認識している概念は、実際には一八八〇年代に活躍した徳富蘇峰や白鳥庫吉といった植民地主義者が、すなわち西欧型近代国家をめざす日本的主体が日本以外のアジア諸国を、とりわけ中国に象徴される過去の歴史を攻略するために編み出した準拠枠にほかなるまい。この水準において、わたしたちは、これを事実上、日本内部のオリエンタリズムと呼び続けていいものかどうか、はなはだ判定しにくくなってくる。というのも、オリエンタリズムすら西欧的近代化の必須条件として位置づける言説体系は、逆説的ながら、正真正銘のオキシデンタリズムであるからだ。

ラモン・リンドストロームはオキシデンタリズムの本質を、メラネシア植民地史でいう「カーゴ・カルト」、すなわち白人と接しその富に圧倒されたメラネシア人が、この富を自分たちのものだと思い込み、白人文化を異様な形で擬態することにより出し抜こうと試みる一種の狂気を伴ったミレニアリズムの言説に求めている。その論理にならうなら、すでに西欧への憧憬のみならず、西欧の東洋差別的視線すらも暴力的に共有しようとする日本もまた、ひとつの狂気の淵に佇んでいたのかもしれない。ここに、西欧的オリエンタリズムを徹底的に擬態しつつ、改竄することによってのみ成り立つハイパー・オキシデンタリズムが潜む。和魂洋才といえば聞こえがよくても、一方で名誉白人とも侮蔑的に呼び慣わされる主体が日本内部に形成されていったゆえんは、右の事情に求めることができる。

ただし昨今では、たとえば新鋭監督・石井竜也が一九九四年の映画『河童』において、スティーブン・スピルバーグ監督が一九八二年に文字どおり外宇宙からの他者を扱った映画『E.T.』への深い敬意を表しながらも、それを『遠野物語』以来の日本的河童像と巧みに接続してみせた表象技術を、評価しないわけにはいかない。ここで石井は、あらかじめ多国籍的主体ラフカディオ・ハーン＝小泉八雲によって脚色され、自然化された日本的フォークロアと、現代アメリカ人がスプロール化する郊外で次々にもたらすトンデモ本的都市フォークロアとを積極的に循環させる戦略を、みごとに実践した。一見したところ、典型的なオキシデンタリズムに見える『河童』の出典そのものは、あらかじめ日本内部のオリエンタリズムの産物にすぎない。しかし、にも関わらず、この映像はポスト・オリエンタリズムとハイパー・オキシデンタリズムが両者の区分を無効化してしまうような絶妙なる相互駆け引きの過程を、あまりにも美しく示している。

4

【エキゾティシズムのアンビヴァレンス】

では、このように錯綜した日本的エキゾティシズムの構造を物語化するとしたら、ポストモダン文学はどのような戦略を選ぶか。ここで第三段階、高度資本主義時代におけるオリエンタリズムとオキシデンタリズムの積極的な相互交渉について考えておきたい。

アメリカ文化史上では、もともと一九世紀の広告文化において、とりわけ特許医薬品の宣伝において、エキゾティシズムが大きな役割を果たしてきた。さて今日の日本における広告産業でその等価物を探るとすれば、やはりJRが電通とタイアップして大々的に行なった七〇年代のキャンペーン「ディスカバー・ジャパン」（一九七〇年）に引き続き、八〇年代にはもうひとつのキャンペーン「エキゾチック・ジャパン」（一九八四年）が広く浸透したことが見逃せない。実をいえば、これはちょうど東北新幹線が開通するころで、遠野地方の観光ブームも、八二年の村野鐵太郎による映画化『遠野物語』とそれに引き続く「エキゾチック・ジャパン」の広告戦略にその多くを負っている。マリリン・アイヴィは『滅びゆくものの言説』の中で、かつて「ディスカバー・ジャパン」の七〇年代には安保闘争以後の影響で日本的主体を再発見しようとする方向が強かったのが、八〇年代を迎えると、アメリカ文化があまりにもあたりまえであるような世代にとっては、かえって日本こそが最大の異国に映るようになってしまったという皮肉な経緯を、詳らかにしてみせた。今世紀初頭を彷彿とさせる主体の危機を迎えた時代にあって、高度資本主義日本が『遠野物語』の幽霊たちに代表される「滅びゆくもの」へのノスタルジアを覚えたのは当然なのだと主張する彼女の議論の説得力は、おそらくレスリー・フィードラーがアメリカ・インディアンを「滅びゆくアメリカ人」と見なした構図とのアナロジーから来ているだろう。「いいインディアンとは死んだインディアンだ」という西部劇的紋切型は、むろん「いい日本人とは死んだ日本人だ」という形のみならず、「いい他者とは死んだ他者だ」という形で、一定の先住民全般、被植民者全般へあてはまるフォーミュラであるからだ。しかし、そのようなアイヴィの見解を踏まえつつも、わたしはさらにこう問い直したい。かつて一九世紀末の日本近代化論者は西欧に学ぶあまり、日本以外のアジア諸国に対してオリエンタリズムをふるったわけだが、二〇世紀末の高度資本主義者は欧米を脅かすとともに、大都市以外の日本内部諸地方に対してオリエンタリズムをあてはめようとするようになったのではないか、と。

さらに興味深いのは、日本を最大の異国だと見る視線があるなら、アメリカを根本的に日本化して見る視線もありうることだ。ここで、一九五〇年生まれのアメリカ新人作家アラン・ブラウンが一九九六年初頭に発表したデビュー長編『オードリー・ヘプバーンのうなじ』が参考になろう。

舞台は一九八八年の東京。本書の主人公である一九六八年北海道生まれの日本人青年オカモト・トシユキは、マンガ家の卵。本書はそんな彼の恋愛遍歴を物語るが、ただし彼の性的趣味は異国趣味と切っても切り離せない。というのも、トシは九歳の時、映画『ローマの休日』を観て以来、オードリー・ヘプバーンのうなじに魅了されてしまったからだ。したがって、ニューヨーク出身で三〇才になる美しいアメリカ人女性英会話教師ジェーンとも、ほとんど何の抵抗もなく肉体関係を結ぶ。ところが彼女は彼女で対照的に、一五才の時、黒澤映画の『羅生門』に映る三船敏郎の太腿に魅了されてこのかた、アジア系男性の肌にしか性的魅力を感じない。さらにトシの友人として、かつて恋人をエイズで亡くしたポールが登場するも、彼も彼で、むかし三島由紀夫の褌姿の写真を見たことが忘れられず日本人男性専門になってしまったゲイ青年ときている。ここで作者は、一方でフジヤマ＝ゲイシャ＝スシ＝ハラキリに代表されるオリエンタリズムがあり、もう一方ではケネディ＝ウェスタン＝『風と共に去りぬ』に象徴されるオキシデンタリズムがあるという対立を、エロティシズムのさまざまな形の中で巧みに再利用してみせている。さて、主人公の最初のロマンスは、トシとの関係のもつれからジェーンが逆上して、彼のアパートへ放火まで行なうという悲劇で終わるのだが、さらに物語は、折しも郷里で父が亡くなり、悲しみに沈む母が長く隠し続けてきた生涯の秘密、すなわち彼女は日本人ではなく韓国人であり、しかも従軍慰安婦として虐待された過去を持つという秘密を明かして、大団円を迎える。

概略からだけでも、本書がいわゆるジャパネスク小説とは一味異なる現代小説であることが了解されよう。そもそも、日本人は『ティファニーで朝食を』ではとんでもない人種差別的扱いを受けているというのに、どうしてオードリー・ヘプバーンが好きなのだろうか。振り返ってみると、一九五四年の日本で『ローマの休日』が初公開された時以来、日本人観客は、豊満でエロティックなマリリン・モンローと並んで、まったく対照的に華奢でファッショナブルな魅力を持つオードリー・ヘプバーンをも熱愛してきた。そのゆえんは、どこにあるのか。吉村英夫の詳細な研究『麗しのオードリー』によれば、『ローマの休日』の脚本家で当初は名前を伏せられていたダルトン・トランボは赤狩りマッカーシイズムの時代にあって、札付きの危険人物であったにも関わらず、そうした暗い世相に不満を感じていたウィリアム・ワイラー監督は、あえてトランボの脚本を採用し、明るくさわやかなコメディを制作するべく決心したという。もともとベルギー生まれのオードリー・ヘプバーン自身からして、ファシズム思想を持つ父親に捨てられ、反ファシズム思想を貫徹する母親と密着して暮らしてきたという経歴の持ち主だった。平和と民主主義を求める反ファシズム＝反マッカーシイズムのイデオロギーが、アン王女が束の間の自由を求めるという『ローマの休日』の銀幕の陰に潜んでいたのは、疑いようもない。

一方、この映画が日本で初公開される一九五四年といえば、造船疑獄が発覚し、自衛隊が発足し、マグロ漁船第五福竜丸がビキニ沖でアメリカの水爆実験に遭遇するという暗い事件が相次いだ年だった。そうした暗澹たる世相を背景にして、『ローマの休日』がアメリカ人以上に日本人観客を惹きつけたのは、再び吉村英夫によれば、アン王女が手にしたほんの一日の自由、いわば「ほどほどの自由」という、進歩派と保守派双方を満足させる絶妙のバランス感覚が主たる要因ではないかという。王女という地位を振り切り何とかして別人になろうとするオードリーの姿は、まさしく戦後日本における「ほどほどの自由への意志」へアピールした。いってしまえば、肉感的なモンローに比べて、絶えずドレスをまとっているオードリーの方が、日本人女性との類推を打ち立てやすく、日本化しやすかったのかもしれない。そうした日本的受容を踏まえたうえでアラン・ブラウンの小説を読むならば、オードリー・ヘプバーンが表象する「ほどほどの自由」とファッションとも一体化した「ほどほどのセクシュアリティ」とが、日本的主体内部に確実に典型的な戦後オキシデンタリズムをも培っていったことを、忘れるわけにはいかない。

すなわち「オードリー・ヘプバーンのうなじ」という記号が、すでにトシが子どものころから抱いてきた紋切型オキシデンタリズムの限界をはみ出して、父や母の故郷とも折り重なる「どこか別の世界」を意味する形で組み直されているのである。

5

【他者憧憬と他者恐怖】

ミリー・クレイトンは九五年の論文で、日本の広告産業が駆使する外人女性モデルの性的表象を克明に分析し、そうしたアングロフィリア、ないしオキシデンタリズムの裏には、白人女性を魅力的に思う気持ちと同時に、西欧的他者の異国情緒を強調することにより、外国の侵入という心理的恐怖を制御したいという気持ちがあるのではないかと洞察した（ジェイムズ・キャリア編『オキシデンタリズム』所収）。とりわけ彼女は、西欧文化の影響に反応するあまり、日本的オキシデンタリズムがいかに「外人」なる言説を編み出してきたかを克明に追う。こうした視点はさらに、デイヴィッド・ラザルスが一九九〇年代の日本のテレビ・コマーシャルの中に組み込まれた「外人」表象を分析する方法論と、絶妙に共振する。外人たちは、まさしく他者を自然化するというオキシデンタリズム戦略に絡めとられている。現にキリン・ビールのCMに現われるハリソン・フォードは輝かしい著名人というよりもふつうのサラリーマンだし、ジョディ・フォスターは車を、マドンナやショーン・コネリーは酒を、アーノルド・シュワルツェネッガーはドリンク剤を、デミ・ムーアはシャンプーを、シャロン・ストーンは化粧品を、そしてシルヴェスター・スタローンはいうまでもなくハムを売るのに加担する。ただし、彼らの出演は、本国にはほとんど内密だ。何しろ、日本的オキシデンタリズムが他者憧憬と他者恐怖から成るコンプレックスを解消するためにのみ、外人スターたちは日本での副業に甘んじているのだから。それは、前掲アラン・ブラウンを初めとする九〇年代アメリカ作家たちが前提とせざるを得ない文学的主題を成す。

一九世紀末日本では、日本内部にオリエンタリズムを培って、初めて日本的オキシデンタリズムが完成したが、二〇世紀末アメリカでは、日本的オキシデンタリズムについて深く思索してこそ新しいエキゾティシズムが成り立つような物語が、これまでにないリアリティを醸し出しているように、わたしには思われる。

AFTER QUEER READING

第四章　仮想家族の主体形成

~クィーア・リーディングのあとで~

1

【混成主体の世紀末】

一九九六年十一月、アメリカを代表するポップスター、マイケル・ジャクソンが人工授精によって子どもを儲けるというショッキングなニュースが全世界を席巻した。とりわけ〈タイム〉誌のベリンダ・ラスコームの筆になる記事は、この事件のインパクトについてなかなかセンセーショナルな視点から語っているので、以下、全文引用してみよう。

ポップの帝王に二世が！

マスカラ付きの男をパパにするのと、ラトーヤ・ジャクソンを叔母にするのと、いずれも子どもにしてみたら究極の選択だろう。マイケル・ジャクソンといえば、二〇世紀で最もグロテスクな部類の人生を歩んできた人間だが、さてその彼が、とうとう父親になる。いったいどうしてそんなことになったのか、正確なところはわかっていない。母親になるデビー・ロウ（三七歳）はジャクソンの長年の友人で（このスナップ写真は去る四月、ご両人そろって観劇を楽しんでいるところ）、彼との間に人工授精児を儲けたと発言したことがロンドンのタブロイド新聞〈ニューズ・オヴ・ザ・ワールド〉に載ったのだけれど、ただしジャクソン側はその事実を全否定している。デビーの受領額は推定五〇万ドルだが、マイケル本人は、彼女はそもそも子どもを作るためにカネなど受けとってはいないと強調している。「もうすぐ父親になれるなんて、うれしくてたまらないよ。子どものことを考えると胸がドキドキする」——現在ツアー中のアジアから、彼はこんなコメントを寄せた。そして「とうとう夢が叶った」とも。たしかにそうだろう、ただし精神治療の先物取引さえ済ませておけば、の話だが。

（〈タイム〉一九九六年十一月一八日号、六五頁）

マイケル・ジャクソンの「グロテスクな人生」と聞けば、ひとはみな、彼が受けたおびただしい整形手術の噂とともに、児童への性的虐待の噂をも思い出すことだろう。

まず整形手術の噂については、これまでに顔や皮膚の加工についてもさんざん騒がれてきたが、右の記事から一年後、一九九七年の暮れも押し詰まったころには、彼に関する定番の、しかしこんどばかりは史上最悪の整形手術スキャンダルが露呈することになる。これまで七回にもおよぶ施術の結果、美しく尖鋭なる鼻梁が形成されたのはよかったものの、そのあげくとうとう鼻の組織が死に絶え変色をきたし、このうえさらに整形するなら鼻そのものを切除するしかないところまで来てしまったというのである。トレードマークである外科医マスクにしても、オフの日に変装するためというより、とうに黒ずんで肌色テープでカムフラージュしなければならない鼻のてっぺんをしっかり隠すためだった。タブロイド版芸能情報紙〈スター〉一九九七年一二月三〇日付のオリヴィア・アレグザンダー執筆による特ダネ記事「ジャコの整形悪夢」によれば、彼は担当医に向かって「どうか鼻を救って！」と懇願したという。

別の消息筋によると、彼はちょうどその時期、かつて一九八四年のペプシ・コマーシャルの撮影中に火傷を負った左耳後部の瘢痕組織の一部を除去するという困難な手術を受けるのに、二万ドルを支払った。とある土曜日に医師との相談を終えるが早いか、その翌日、公には休業中のビバリー・ヒルズの病院へ黒のバンで乗りつけた彼は、術後、有名人専用に確保された特別病室で一晩すごしている。しかも、その興奮もさめやらぬうちに、こんどは上唇を薄くするというもうひとつの手術を受けるべく、専門医との交渉に余念がない。それは四段階の手術となり、数週間を要するというが、整形手術に関する限りプロの患者とでも呼ぶべきマイケルの決意は堅い。したがって「どうか鼻を救って！」という彼の叫びについても、その惨澹たる鼻の現状を目撃した消息筋は「自業自得」と冷ややかに接するばかりだ。その記事の傍らには、少年時代、まだずんぐりとした鼻と漆黒の皮膚を備えていた頃の彼の写真が、皮肉にも並べられている。

続くもうひとつの噂、すなわち、かねてからの児童虐待のスキャンダルについては、ウォルト・ディズニー・ファンの彼はもともと子ども好きであったため、だからこそこんど自分自身の子どもが生まれることにも狂喜してやまないのだ、という弁護も成り立つ。とはいえ、それが結婚を介在させない人工授精ときては、ペドフィリアの噂をかき消す以前に、またまた新たにグロテスクな神話を書き加えることになるではないか。時同じくして、もうひとりのポップスター、マドンナも正式な結婚という制度を経ないで出産したが、マイケル・ジャクソンに子ども誕生の噂が確実にそれを上回るインパクトをもたらしたのは、何よりもその出産方法に起因する。もちろん彼の方は、さらに噂をもみ消そうとすぐさま当事者デビー・ロウとの結婚を発表するも、にも関わらず、そんな行動はおそらく偽装結婚という名のさらに新たなるグロテスクな神話を生み出すにすぎない。ゴシップを抹消しようとすればするほど新たなゴシップに見舞われかねないという、スーパースターならではのアイロニーが、ここにある。

しかし、正直なところ、わたしが右のニュースを耳にしたときの第一印象は、これもまた現在進行中であるハイテク以後の家族革命をさらに促進するのではないか、というものだった。今日のわたしたちは、マイケル・ジャクソンといえば、ハイテクで身体改造した「サイボーグ」としての印象ばかりが強く、右の噂を前にしても、彼が「父親」になる印象ばかりが先行してしまうけれども、しかし、ここで忘れてはならない最も重要なポイントは、いくら名誉白人的にふるまうポップスターであれ、彼は正真正銘の黒人男性であり、その精子を受けとったデビー・ロウは正真正銘の白人女性であり、生まれてくる子どもは必然的に「混血児」であるという期待の地平であろう。現に一九九七年二月一三日には、待望の長男が生まれることになる。

そのようにまとめ直してみると、自然に以下のような推論のストーリーが導き出されよう。

そう、マイケル・ジャクソンは自らの内なる白人愛好症ゆえにハイテクノロジーによって皮膚をも含む身体改造を行なったが、その野心を最も効率的に実現する手段として、白人女性という名の歩くバイオテクノロジーを介し、生物学的に白人の血を入れた子どもを最も効率的に製造しようとしたのではなかったか。最も二〇世紀的なテクノ・デカダンスを極めたかに見えるマイケル・ジャクソンは、そもそも植民地時代以来、黒人女性奴隷がその悲劇的宿命の中で培った混血児出産の意義を、まったく新たな文脈で甦らせてしまったのではないか。トマス・ジェファソン大統領の愛人だったサリー・ヘミングスしかり、ハリエット・ビーチャー・ストウ夫人に自伝の口述筆記を依頼しながらも、けっきょくは自ら執筆することになったハリエット・ジェイコブズしかり――一八世紀から一九世紀に至る時代のアメリカ黒人女性奴隷たちは白人男性に強姦されたり、弄ばれたりするという悲劇的な経験を潜り抜けながら、まさにその中で、むしろ自ら白人の種子を意図的に奪い取り、少なくとも「白人として通る混血児」を生産するという戦略を練り上げていく。ポストモダン・ハイテクノロジーが技術論的混成主体をもたらすよりもはるか以前に、アフロ・アメリカニズムはすでにそれを異種族間混血主体の形で実現していたのである。

その意味で、マイケル・ジャクソン流の人工授精は――こんどは黒人男性が白人女性の卵子を奪うという形で――アメリカ奴隷制以後の伝統を最も忠実に踏襲した営為にほかならない。ここで、今日ダナ・ハラウェイやトリン・ミンハらの批評理論において、サイボーグ的主体もクレオール的主体も境界脱構築の時代を象徴する概念として特権化されていることに気づくなら、けっきょく自らサイボーグ的主体であるマイケル・ジャクソンと、彼の種子を使って生産される新たなクレオール的主体との間に本質的な違いはほとんどあり得ないこと、だからこそ彼は子どもとの間に最も幸福な親子関係を結べるであろうことが、再確認されるだろう。

2

【ハイテク時代の聖母マリア】

かつて黒人女性作家トニ・モリスンは一九七〇年の『青い目がほしい』（邦訳・早川書房）の中で白人的特徴を渇望する女の物語を綴ったが、他方、世紀転換期を迎えたわたしたちは、茶髪や金髪はいうまでもなく、すでにカラー・コンタクトの効果でいくらでも青い目を手にいれることができる。女性SF作家エイミー・トムソンが一九九五年の『緑の少女』で巧みに造型したエイリアンは色彩を駆使する皮膚言語で意思疎通を図るけれど、たとえばグレッグ・ベア一九九〇年の『女王天使』（以上邦訳・ハヤカワ文庫SF）には、ナノテクノロジーが進展すれば、おそらくは皮膚の色を毎日取換えるのがファッショナブルになるような時代さえ、やがては到来するかもしれないという予感が示されていた。黒人女性奴隷の悲劇の結果として混成主体が生まれる時代はとうに終わり、むしろ自ら進んで混成主体になろうとするような人々が民族的出自を問わず、ひしめくようになったのが今日、ポール・ギルロイが「民族離散の美学」さえ叫ぶ現在なのである。ハイテクノロジーによって多様な主体を楽しむことは、すでにわたしたちの自然風景にすぎない。

してみると、ここでいま一度疑わしく思われてくるのは、すでに時代の典型と化したマイケル・ジャクソンの方ではなくて、むしろ右のような記事をセンセーショナルに書き立てた〈タイム〉誌記者ベリンダ・ラスコームの政治的ポジションの方ではあるまいか。マスカラを付けた男や魔性の女などいくらでもいるし、人工授精が本当に必要な夫婦も枚挙にいとまがない。にも関わらず、このポップスターの行動を何のためらいもなく「グロテスク（原文はbizarre）」と呼んではばからぬこの記者は、おそらくよっぽどの黒人嫌いか、それともよほど人工授精の受容について理解がないか、そのいずれかと見なされても仕方あるまい。とりわけ末尾の文章では「精神治療の先物取引が必要」と断言して締め括っているところなど、逃亡奴隷を精神病患者と見なしていた南北戦争前夜のアメリカにおける白人保守派知識人の言説そっくりそのままなのだ。

この〈タイム〉誌記者の偏見が最終的に浮かび上がらせるのは、何よりも彼女ベリンダ・ラスコームにとって「グロテスク」なのが、「恋愛～結婚～出産」なる異性愛至上主義的同種族内一夫一婦制のフォーミュラをあえて踏もうとしないのみならず、限りなく代理母制度に近い形でカネで子どもを買うような「変態的な道」をマイケル・ジャクソンが選び取った「事実」である。

もちろん今日ではマージョリー・ガーバーのように、ポップスターに代表される有名人という種族は、まさに有名人であるからこそ、高度メディア社会の要請に応え、敢えて例外的な道を歩まねばならなくなるのだというアイロニーを分析する向きもある。「有名人たちは絶えず自分を再発明してやまない。デイヴィッド・ボウイを見よ、マドンナを見よ、マイケル・ジャクソンを見よ。では、彼らがそろって採用している自己再発明手段とは何か。衣装や肉体や髪ばかりでなく、何よりもセクシュアリティを再調整し、再演出してしまうこと、これである」（『バイセクシュアリティ』第五章、一四九～一五〇頁）。ここには、あらかじめセクシュアリティの逸脱した人間がたまたま有名人になっていくのではなく、有名人であり続けるためには逸脱的なセクシュアリティを学習獲得していかなくてはならないという、アンディ・ウォーホル以後流通する、至って倒錯的な論理が前提されている。

しかし、ハイテク社会において、セクシュアリティの本質的多様性が顕在化したいま、変態的セクシュアリティの言説は、むしろ従来自然と見なされてきた西欧家父長制下のヘテロセクシュアリティ社会そのものが実のところいかに不自然に管理され切った制度であるかを問い直すためにのみ、機能する。倒錯的な論理は、従来わたしたちが自然なものと信じてきた論理を批判するためにのみ、稼働する。そう考え直してみるなら、マイケル・ジャクソンを変態扱いする〈タイム〉誌記者の文章は、ほとんど反時代的なほどにセクシスト、かつレイシスト、かつホモフォビア的なものとして読み直せよう。

加えて、こうした保守派が人工授精を「グロテスクなもの」の代表であるかのように解釈せざるを得ない最大のゆえんを探るには、それが同性愛夫婦が子どもを儲ける唯一の技術であるために、目下、同性愛結婚における人工授精を合法化しようとする運動さえ進行中だという文脈を考慮しておく必要がある。ローラ・ベンコフも『家族の再発明』でいうように、人工授精という記号には、いまでは必ず同性愛結婚という含意がつきまとう。ゆえに、〈タイム〉誌記者がこれほどに人工授精を毛嫌いする背景には、同性愛者を含む変態的セクシュアリティ全般への魔女狩り的偏見があるものと断定してもかまうまい。

だが、男であり、夫であること以上に父性を優先させるようなセクシュアリティが、はたしてそれほど変態的だろうか。女であり、妻であること以上に母性を優先させるセクシュアリティは、むしろ広く受け入れられている。マイケル・ジャクソンは敢えてその逆を選び取り、デビー・ロウの中にもうひとりの聖母マリアを、あるいはもうひとつの独身者の機械を見出した。そこでは、彼本人が異性愛者であるか、同性愛者であるかという問いは、カッコに括られる。しかし、まさしくそうした手順を踏むことによって、彼は限りなくキリスト教的な「父なる神」に近いポジションに、自らを置くことができた。

女神よりはサイボーグになりたい――かつて、白人女性ダナ・ハラウェイはこう宣言した。しかし、サイボーグよりは神になりたい――そこにこそ、黒人男性マイケル・ジャクソンの究極的な祈りが潜む。

3

【家族改変の物語学】

もともと異性愛至上主義的同種族内一夫一婦制は、一定の国家が形成途上にあり一定量の国民に対して「生めよ増やせよ」というスローガンこそ至上命令となるような時代に限り、支配的言説と化してきた。たとえば独立革命期のアメリカがそうであり、第一次世界大戦後の日本がそうである。それは高度成長期まで続く。今日のように高度消費主義が蔓延し、多国籍=脱性差=混成主体を当然のものと見なす多文化時代にあって、なおこうした因襲的価値観を保持しようとする動きがあれば、それは一定の失われた全体性を回復しようとするノスタルジアにすぎまい。あくまでも同一種族内部における血縁幻想を基礎に置く純粋無垢の家族的全体像を求める切々たる想い。

だが、すでに指摘したとおり、マイケル・ジャクソン人工授精事件が起こる背後では、美しき黒人女性奴隷たちの宿命を見てもわかるように、むしろ白人の生物学的遺伝子という不純物を敢えて混入させることで黒人である自らも文化的特権階級へ参入しようとする権力への意志が、連綿と培われてきたのだ。もちろん、かつてこうした計画はふつうあくまでもネガティヴな婚外交渉の文脈で片づけられてきたが、今日ではまったく同じことに関して、むしろ黒人ポップスターの側が権力を握り、あくまでもポジティヴな脱結婚制度の方向決定権を持つ。そのことは、ウディ・アレン&ミア・ファロー夫妻のようなハリウッド文化人社会の内部で、多民族的発想から養子を迎え入れることが、まったく不自然ではなくなっている事情とも関連する。わたしの知っているケースでも、ごく最近、一九九〇年代の半ばに、ひとりのマサチューセッツ州アマースト出身の白人男性大学教授が、とある日本の由緒正しい家柄に属する老碩学の養子として迎え入れられた。混成主体時代のアメリカ人ならではの新感覚が、もともと一八九八年の明治民法以前には今日の「近代家族」よりも武家社会的な養子制度が一般的だった日本人の伝統的感覚とあまりにも美しく融合した、これはその歴史的瞬間だと思う。このことは、純粋無垢の家族があるというより、本来家族そのものが高度に制御され歴史的に製造された仮想現実だったことを、わたしたちに実感させる。

そして、まさしく右のような理論的準備を経由してこそ、たとえば一九九〇年代以降、日米双方で囁かれ、文学作品の絶好の主題と化したレンタル・ファミリー(賃貸家族、あるいは家族貸します業?)という文化を、わたしたちは一層理解しやすくなるはずだ。

文学史的に振り返れば、初婚異性愛夫婦の血縁家族という幻想へ根本から挑戦するような混成家族像というのは、アメリカ作家ドン・デリーロが一九八五年に発表した長編『ホワイト・ノイズ』(邦訳・集英社)に典型的に見られる設定だったが、やがて日本作家・島田雅彦が八九年に長編『夢使い——レンタル・チャイルドの新二都物語』(講談社)を発表しており、産業としてレンタル・ファミリーを意識したものとしては、これが時間的にはいちばん早かった。同書で描かれる「みなし子」たちは「みなし親」のところへ任意貸し出しされ、そのため万が一当の生みの母親に再会するチャンスに恵まれたとしても、彼女さえ依頼主のひとりにすぎぬものとみなす。九一年には乃南アサが家族の本質を抉る『ママは何でも知っている』を（九四年にフジテレビ系ドラマ化）、続いて九二年にはレンタル・ファミリーに正面から挑戦した『出前家族』を発表（いずれも新潮社刊『団欒』収録）、九三年にはミステリの女王・山村美紗が短編「レンタル家族殺人事件」を拡大した短編集を出版し、同年以降、テレビドラマでもレンタル・ファミリーものが増大していく。この風潮がさらに比較文学的意義を持つのは、九四年にはアヴァン・ポップ文学を代表するニューヨーク作家ゲイリー・インディアナが長編『レント・ボーイ』（ハイ・リスク）を完成し、そこで昼間は画学生、夜は作家たちの集まるエマソン・クラブでウェイターとして働きつつも電話一本で春をひさぐ男娼（レント・ボーイ）として稼ぐ、典型的なニューヨーク二重生活者を主人公に据えたことだ。島田雅彦もレンタル・チャイルドを本質的にゲイと捉えて、独自のマジック・リアリズムを構築したが、一方インディアナの方は、むしろゲイ男娼を全面に押し出してレント・ボーイと呼び独自のハードゲイ・ハードボイルドを創出した。

この流れは映画史的にも共振しており、折しも八九年には父親がある日を境に母親と化して息子を子育てする吉本ばなな原作／森田芳光監督の『キッチン』が、九二年にはゲイ男性とその追っかけ娘の仮想家族を詩情豊かに物語った中島丈博監督の映画『ＯＫＯＧＥ』がそれぞれ公開されてアメリカでも人気を呼び、翌九三年には台湾系アメリカ人監督アン・リーによる男性同性愛カップルの片割れと女性芸術家の戦略結婚を限りなくレンタル・ファミリーに近い感覚で描く映画『ウェディング・バンケット』が上映されている。

文化史的に正確を期すなら、現実にレンタル・ファミリー産業の萌芽がみとめられるのは『夢使い』発表翌年一九九〇年の秋のこと、企業研修などへの講師派遣を本業としていた日本効果性本部（大岩皐月社長）が実験したのが最初の試みであり、好評だったために継続したところ、一九九二年年頭より新聞雑誌などに紹介されて大規模な産業となった。いまやプロの「エンタテイナー」養成が本格化し、目下同社が老人夫婦や独身男性中心に市場独占するほどの盛況というから、どうやらレンタル・ファミリーは日本的家族観の本質に迫る部分をあらかじめ備えているようだが、にも関わらず、九〇年代半ばまでには、アメリカ西海岸でもレンタル・ファミリーを素材にあしらったコミカルな絵葉書が発売されている。「子作りしたいなら、まずはレンタル・チルドレンでお試しを」と大きく謳うこのカードには、さらにこんなキャプションが付く。「ホンモノのイキのいい子どもをお宅までお届けします。タイプ別、サイズ別、人種別のお好みに合わせて各種豊富な取り揃え。ピクニック同伴に最適」。

わたしの知る限り、血液型占いと並んでレンタル・ファミリーといったら、大半のアメリカ知識人が最もおぞましいものと解する話題の代表なのだが、日本ではむしろ自然に流通してしまっている。しかし、視点をズラしてアメリカ的ゲイ家族や仮想家族といった装置を介在させれば、日米比較文化論的対話の余地は十二分にありそうだ。これをヴァーチャル・ファミリーと呼んでもかまわないが、しかし、それはあくまで家族そのものがいつもすでに仮想現実だったことを痛感させるための装置であろう。日本は近代家族を西欧から輸入したが、今日では、仮想家族の浸透度において、むしろアメリカが根本的に日本化してしまったのだろうか。家族を貸し出す産業があるというよりも、そもそも家族という概念そのものが何らかの借り物だった。何の変哲もない家族ドラマが実験的主題へ収束することが、今日、国際的水準において散見されるのは、それがまさしく近代的制度を問い直すための最短距離であるからにほかならない。

第二部　現在批評のカリキュラム

日々更新され、大量に再生産される現在批評の最前線。その膨大な質量をすべてカバーするのは至難の業だ。しかし、にも関わらず必ず通過すべき批評的テクストは実在する。

第二部ではそのような視点から、八〇年代から九〇年代にかけて、著者自身が熟読し大きな刺激を受けたテクストを慎重に再吟味した一群の「長めの書評」が集められている。ただしここでの筆者の手つきは、ある意味では上出来の物語を心ゆくまで堪能したことを伝える率直かつ無邪気な報告とも寸分変わらないということに、あらかじめ注意を促しておこう。その目論みはただひとつ。それは、批評の中にも物語と同じく血湧き肉躍る冒険に満ち、その水面下では無数の謀略の網を張りめぐらして、じっくりと読み解かれるのを待つテクストが潜んでいるのを明かすことである。その意味で、以下に連なるのは、批評という物語に関する十七の小さな素描にすぎない。

2

現在批評のカリキュラム

第二部

CURRICULUM ONE

第一章 アメリカンペダゴジー

ジョナサン・カラー『記号の策略』を読む

一九八〇年代中葉、カラーが人文科学研究所所長を務めていた時代のコーネル大学は、脱構築以後、最もラディカルな批評理論の実験場だった。批評誌〈ダイアクリティクス〉を中心に、カラー夫人の脱構築右派シンシア・チェイスから新歴史主義の旗手マーク・セルツァー、黒人文学批評の巨匠ヘンリー・ルイス・ゲイツ、それにポストコロニアリズムの重鎮ガヤトリ・スピヴァックまでが集い、批評の未来が着々と練り上げられていた。

Jonathan Culler
Framing the Sign:
Criticism and its Institutions
(Oxford: Basil Blackwell, 1988).

かつて、批評理論といったら左翼系知識人の思想として捉えられた時代があった。いまでもマルクス主義と脱構築を連動して考える向きがあるのは、その証左であろう。それは、理論が最終的に人生論的な実践へ結実するシナリオを前提にする。二〇世紀中葉においては、歴史の進歩を肯定する革新主義思想を選ぶか、素朴な進歩観を疑い、歴史の多義性を強調する反革新主義的コンセンサス思想を選ぶかで、人間性までが測られた。ひとつの理論を長く死守し、生き方の上で実践に移す態度そのものが肯定される一方で、新しい理論へ軽々と衣替えする態度は恥ずべき転向とみなされ非難された。批評理論がイデオロギーと同義語をなす時代が、確実に存在したのである。

しかし今日、アメリカの英語英文学研究においては、ヨーロッパの現代思想を反映した批評理論は教育的方法論とともに研究主題のひとつとなり、それによって博士号請求論文が書かれるほどにまでなった。批評理論は、必ずしも人生に応用し、実践するものではなく、いまやそれ自体が高度に思索的なテクストとして選ばれるようになっている。批評理論は文学をいかに読むかを教えるが、まったく同時に、その批評理論そのものが文学であるということをも教える。アメリカ現在批評の妙味は、このように理論的思索と教育的要請が表裏一体を成している部分に潜む。

このことを考える時、わたしが必ず思い出すのは、批評理論そのものの楽しさを教える達人ジョナサン・カラーのことである。彼は一九九七年のずばり『文学理論』なる絶妙の入門書で、理論《セオリー》とは何かをめぐる最もわかりやすい説明を編み出した。

たとえば、「ローラとマイケルはどうして別れちゃったのかな?」"Why did Laura and Michael split up?"「うん、ぼくの考えでは――」"Well, my theory is that—"と始まる絶妙のやりとりを、カラーは仮設してみせる。ここで「理論」にあたるのは「考え」と試訳した部分だが、カラーはそれがたとえば「ローラはマイケルが口やかましいんでいやになったんじゃないか」といった「推測」を導き出したり、「マイケルがサマンサと浮気したからだよ」といった明白な「事実」を指摘するようでは、「理論」に値しないという。理論はひとつの事件に関する誰にでもわかる単純明快な表層ではなく、あくまで思索を連ねた結果としての複合的な深層を探らなくてはならない。かくしてカラーは、理論を体現する以下のような模範解答を用意する。「うん、ぼくの考えではローラは彼女自身のお父さんに密かに恋してるんだ、それでマイケルじゃあ力不足なんだよ」。

もちろん、この模範解答にフロイトやラカンを経由した精神分析批評の面影を見て取るのはやさしい。だが、ここで肝心なのは、右に引かれた例が必ずしも大学内部のフォーマルな口頭試問ではなく、あくまでカジュアルな日常会話の部分だということだ。文学批評理論の教育が日常会話をも豊かにするはずだというゆるぎない確信が、カラーの筆致より透けて見える。だが、それは彼ひとりだけの問題ではない。アメリカ的制度としての「教育《ペダゴジー》」の問題なのだ。

だが、実際のところ「ペダゴジー」がどのような教育であったかについて、わたしたちはどの程度教育されてきただろうか?

1

なるほど、現代アメリカの批評教育をフランス現代哲学の輸入、すなわち稀薄化の同義語として了解する傾向は、依然大多数《マジョリティ》を占めているだろう。だが、そのような輸入過程上の改竄操作をどのように細部にわたってあげつらおうとも、せいぜい再確認されるのは批判者自らの帝国主義的精神にすぎまい。逆にいえば、今日の我々の批評的出発点は、むしろアメリカにおけるこのような知的植民地化の歴史を、とりあえず所与の虚構とみなしてしまうことにつきる。

だが、そう考え直したあとでさえ、文学批評の飽くなき多様化というアメリカ的現実を解明しつくすことはできない。たとえばデリダ的脱構築が何らかのアメリカ人哲学者へ影響を与えた状況がすべてというなら、そして文字どおり哲学の脱構築こそアメリカ式脱構築輸入の本質だったといいきれるのなら、ことはあまりにも簡単なのだ。思いつくだけでもローティやメギル、それにガッシェのごとく西欧思想史をしっかり踏まえる一群やメレルのように文学理論と科学理論の類推を語る者、マーリオーラのように脱構築と東洋哲学の相似を語る者、そして誰よりも哲学的脱構築の中心的批評誌〈バウンダリー2〉［註1］のグループなど枚挙にいとまがない。

ポスト構造主義的思考の、瞠目すべき成果。

右の盛況をそのように要約してみせることも、とりあえず可能だ。けれども、たかだか瞠目されるぐらいであれば、つまり「目に見える」批評的成果である限りは、それはたとえば七〇年代以来叫ばれた学際主義的境界横断が諸範疇の危機《クライシス》認識すなわち脱構築批評《クリティシズム》によって易々と馴致されてしまったのと大差ないほど無害である。易々と横断できるところにもともと境界など存在していなかったのと同じく、易々と目に見える批評であれば、それはいささかも有害ではあり得ない――要するに、処方箋以上に危機的＝批評的《クリティカル》な効用は望み得ない。

ほどよく目に見える危機から、いつしか目に見えず浸透してしまっている危機へ。その不可視のネットワークを、とりあえずペダゴジーの名で呼ぶならば、ことは少々具体的になるだろうか。

たしかにデリダは文学と哲学の脱構築を目論み、それは彼の盟友ポール・ド・マンも、やがて逆方向ながら発展解消してみせた立脚点であった。しかし、ド・マンといえばヨーロッパ哲学の伝統を背負うと同時に、アメリカ的教育体制のメカニズムへ潤滑油を注ぐ義務をも負った人物である。文学と哲学の脱構築を明快に説明したのは彼の修辞的批評言語であったが、まったく同時に、それを学習可能なモデルへ翻訳して学生たちを説得したのは――その結果七〇～八〇年代批評運動として全米に流通させたのは――ド・マンの教育言語の方ではなかったか。

2

それ自体言語効果《スピーチアクト》としてふるまう教育。あるいは、目下あまりにも事実遂行的《パフォーマティヴ》であるために、かえって不可視の特権を享受している教育。

ド・マンとも親交厚かったジョナサン・カラーが一九八八年に出版した代表的著作『記号の策略――現代

批評とその制度』は、このようなアメリカ文学批評の「制度」を分析するその着眼において、今後決して避けては通れない書物だ。タイトルは、記号に枠組＝意味を与えること（「陰謀を企てること」も掛けている）が、同時に枠組自らは無意味な記号である真相を示唆するという、デリダ流パレルゴンの論理を意識したもの。そしてこの著者カラーについては、大方の読者にとってはいまもなおフランス構造主義一般を初めて体系的に紹介した『構造主義の詩学』（一九七五年）のインパクトが残存しているだろう。実際彼は、いまも「構造主義・ポスト構造主義の秀れた紹介者」として受けとめられることが多い——それも必ず「特に独創的ではない」と但し書きされて。

なるほど、カラーが秀才タイプの学者であるのは証明済みだ。ヴィクトリア朝を専攻する英文学者アンドルー・ドワイト・カラーを父に持ち、ハーヴァード大学を首席で卒業、オックスフォード大学では近現代文学研究で博士号を取得するという筋金入りの経歴。あるいは以後、ケンブリッジ、イェール各大学で仏文学・比較文学を教え、最終的には現在の勤務先コーネル大学へ落ち着くというエリートの職歴。処女作『フローベール』（一九七四年）以降、前掲書も含めて現代ヨーロッパ思潮の解説書が相次いだのも、頭脳明晰な秀才像を固めていく。『ソシュール』（一九七六年、改訂版一九八六年）に始まって、最近では編著『地口論』（一九八八年）に至るまで、彼の「解説」は常に怜悧にして客観的であり、いかなる思潮をも整理し構造化しうるという自信に裏打ちされて見える。だが、そこが問題なのだ。先の論理をくり返せば、たやすく「見えるようなところ」に、カラー流の「解説」の独創は存在していない。深く静かに浸透するものは、必ず「見えないところ」に潜む。

奇しくも本書中カラー自身がまとめている批評潮流の区分には、あたかも現在の彼自身の立場が予表されているようで興味深い。「構造主義に則るならば、批評家は一定の文化的慣習の約束事を説明するのに自分をあくまで部外者の立場に置くことができるけれども、一方ポスト構造主義に倣うなら、いかなる構造分析者もやがては自らが分析している当の構造のただなかに巻き込まれてしまうことが、すでにさまざまな領域において実証されている」(一三九頁)。これほどまでに簡潔明瞭な形で構造主義とポスト構造主義を峻別しえた定義を、私はほかに知らない。

だが、いまの引用が大切なのは、むしろ定義の解像度を超えたところに、そのゆえんがある。ここでのカラーの文章は、なるほどいままでどおり、これ以上明断には書けないほどに明断だ。しかし、『ディコンストラクション』(一九八二年)結論部では構造主義への郷愁断ち切れず、何やらド・マンにゲタを預けたような身振りだった著者が、本書では逆に無条件にポスト構造主義の逆説に身を委ねているのは、つまるところ本書の構造そのものがアメリカ的現在批評を実演しているからである。たしかに本書は、分析者と分析対象が決定不能となりかねないポスト構造主義の論理をより一層明確に枠組化するものだが、同時に、本書が真正面から描くアメリカ文学批評の「制度」において、カラーこそは真先に枠組まれてしかるべき「理論」なのだから。

3

『記号の策略』は四部構成。第一部「制度論」では、大学を皮切りに人文科学の未来や新歴史主義批評の勃興、現代批評から見る宗教の位置などが論じられる。第二部「批評家論」ではウィリアム・エンプソンの複合語観やガストン・バシュラールのイマジスト批評、加えてド・マンの修辞的批評体系が読み直される。第三部「文化の読み」では、脱構築批評と法学の相互関連分析に始まり、観光旅行や廃物《ジャンク》の記号論が展開される。第四部「言語の枠組」では、ハーバーマスの思想や現代小説理論が言語学的なメスを入れられ、最終章では従来話し言葉中心だった言語学を批判して「書き言葉の言語学」が可能かどうか、その展望が再吟味される。

カラーに馴染んだ読者であれば、本書の概要を一瞥するだけで、先行する『記号の探求』（一九八一年）の面影を見て取るだろう。そう、『構造主義の詩学』（一九七五年）から『ディコンストラクション』へ続く流れは、いわば現代思潮の大要を与えてくれる詳細な啓蒙的ガイドブックの試みだったけれども、一方『記号の探求』から本書『記号の策略』へ連なる流れは、むしろ現在批評に付随する諸々の装置をいかに操作したらいかに効率的かを教える、そのための簡便な教育的マニュアルである。もちろん、『記号の探求』は、現在の眼で見ても楽しい批評のオモチャ箱であろう。実際この書物によってこそ、我々は多様な批評操縦を学んだのだ。記号論をいかにテクスト解釈へ応用しうるか、読者反応論はどの程度まで有効か、叙情詩に典型的な修辞「頓呼法《アポストロフィー》」［註2］がいかにディコンストラクティヴな契機であるか、または物語学的な「事件の連鎖《ストーリィ》」と「語りの秩序《ディスコース》」がいかに「二重の読み《ダブル・リーディング》」を誘うか。

しかし、ここで注目したいのは、『記号の探求』が最終章「大学院教育における文学理論」で閉じられる一方、『記号の策略』が第一章「文学批評とアメリカの大学」で開かれる点だ。前者は、記号論以後の文学批評の成果が文学的言説と非文学的言説を問わず世界を「物語として読む」べきものと化してしまった現状を捉え、文学研究が今後諸学諸領域に渡る修辞学的研究へ発展することに、やや楽観的すぎるほどの期待を抱いたもの。後者は、批評理論の進展とともに現実の大学院教育が発展してきた事実を指摘し、今後は文学作品への洞察としての「批評」と論文生産の駆動力としての「制度」という二重の論理が容認されるべきであることを――そして、近年とみに高まりつつある歴史への関心は、畢竟するところ文学史を批評史の側から脱構築する途を辿るはずであることを――説いたもの。二論文の関連は明瞭であり、これは二冊の本が密接に絡み合う事実を裏書きする。そしてその絡みを成り立たせている結ぼれは、まごうことなくペダゴジーへの意志なのである。

本書の巧みな演出は、間髪を入れず、同じころペダゴジーをアメリカの本質に措定して話題を呼んだ書物へ導く。E・D・ハーシュの『教養が、国をつくる。』（一九八七年）が、それだ。ここでのハーシュの議論がカラーの興味を惹いたであろうことは、想像に難くない。というのも、ハーシュは「アメリカ国家の文化はあたかも言語さながら任意的構築物」と捉え、国民の「文化的言語技能《カルチュラル・リテラシー》」の基準を「みんなが知っている言葉ではなく、みんなが同じ言葉を知っているということ」に定めるからである。このような「言語技能《リテラシー》」論はかつてカラーが『構造主義の詩学』において編み出した概念「文学的能力《リテラリー・コンピテンス》」を想起せざるを得ない。なぜなら、「文学的能力《リテラリー・コンピテンス》」の基準こそ「みんなが知っている文学ではなく、みんなが同じ文学を知っているということ」に定められていたからである。

言語技能《リテラシー》——通常「読み書き能力」と訳されるこのペダゴジックな概念こそ、カラー的な「文学的約束事」のリセプターだったと前提するならば、彼による構造主義の摂取自体が初めからアメリカ的な戦略によって、それこそ枠組まれていたことを明かす。ハーシュ前掲書とアラン・ブルームのベストセラー『アメリカン・マインドの終焉』（一九八七年）がニューライト批評とも呼ぶべき共通傾向を持つ点に着目したMLA（近現代語学文学協会）は、機関紙〈プロフェッション〉八八号で一大フォーラムを組んだが、そのとき各論客があげつらったのも、やはり言語技能《リテラシー》の問題だった。要するに読み書き能力不十分な者が全人口の三分の一を占めるお国柄にあっては（一九八八年調べ）、言語技能《リテラシー》こそアメリカ教育制度永遠のテーマであるということなのだろう。そして、一見ヨーロッパ現代思想の輸入に日々邁進しているかに見えるカラーほど、絶えずこの問題の再吟味を水面下の戦略としてきた人間もいない。

ここでもうひとつ、現在のカラーの原動力が思い出される。それは、東海岸の批評に対して常に批判的であり続けたフランク・レントリッキアとの論争だ。かつてレントリッキアは大著『ニュー・クリティシズム以後の批評理論』（一九八〇年）の中でカラーを新批評的伝統の保持者と見なしつつ、「あらゆる文学の受容に文学的制度と文学的能力が前提されるとするなら、その理論はとどのつまり文学的高級読者《エリート》のみを相手にすることになりかねまい」と疑問をさしむけた（一一一～一一二頁）。対するカラーは『ディコンストラクション』の中で「レントリッキアは『ニュー・クリティシズム以後の批評理論』の表題にも関わらず、フェミニズム批評には触れることさえしていない」と再批判する（四二頁）。以後も両者は「構造主義者は作品の反復構造しか聞き分けられない」「社会を教育機能にしようという政治的急進主義者の実行能力には大いに疑問がある」などと、チクチクやりあっている。

だが、カラーの側に立つなら、問題は「文学的能力」が実体論的に受けとめられがちだった不幸にあるだろう。かといって、それを単に機能論の範疇で片づけることもできはしない。カラーの批評体系にいちばん即した言い方を選ぶなら、それはけっきょく、我々の論理逆転のための手段なのだ。文学が文学的能力に先行するのではなく、逆に文学的能力があるからこそ文学の存立が保証されるというパースペクティヴ。それは、『記号の策略』第八章で脱構築を介した文学と法学の相互乗り入れを論じながら、法命題《ルール》から適用基準《スタンダード》が決まるのみならず、適用基準《スタンダード》が法命題《ルール》自体を危うくしかねない可能性を暗示するくだりにも明らかだ。あるいは、第九章にみられる観光の記号論。名所があるからおみやげがあるのではなく、おみやげという記号が名所の信憑性を保証している、と彼はいう。むろん、観光旅行者はお定まりのコースを逸脱したところに最大の信憑性を見出すものだが、しかしその場合のコース逸脱さえ、すでに記号化された信憑性にすぎない。世界をアメリカが記号化し、アメリカをカリフォルニアが記号化し、カリフォルニアをLAが記号化し、LAをディズニーランドが記号化するような現実。その意味で、カラーがとうとうウォーカー・パーシーやドナルド・バーセルミといった現代アメリカ作家のテクストを初めて正当評価し始めているのは、アメリカ的現実に対する最大の正当評価にほかなるまい。

世界はすでに世界に関する言説のうちに絡めとられている——それがカラーの確信であろう。いや、正確には、そのような確信そのものが、すでに世界に関する言説の記号にすぎない。ここに、彼がやがてフーコーに倣いつつ「いまや文学史は批評史の部分でしかない」と断定する根拠が発見される（『記号の策略』四〇頁）［註3］。

文学史——それはカラーにとって、文学を枠組むアメリカ的言語技能の教育史にほかならない。

THE METAPHOR MURDERS

[註1]
70年代よりニューヨーク州立大学ビンガムトン校に編集部を置いて発行されている。イェール学派系の文学的脱構築とは切れたところが特徴であり、まさにその特徴ゆえに主流からは長く無視され続けた。

[註2]
主として間投詞 "O" による呼びかけの効果で死者、あるいは非在者に「顔」を与えるレトリック。カラーは現在、この側面に焦点を絞ったボードレール論を刊行準備中である。

[註3]
たとえば、本書カバーにベラスケス「待女たち」を枠組んだピカソの「待女たち」の画面が採用されている事実は、いうまでもなくフーコー『言葉と物』の歴史に枠組まれたベラスケス「待女たち」を極めて端的に逆照射するだろう。

CURRICULUM TWO

第二章　死角の中の女

バーバラ・ジョンソン『差異の世界』を読む

かつて早朝のボストンの空港で、何とも印象的な場面に出くわしたことがある。それはジョンソンが、自身の母親らしき人物を熱く見送る場面だった。彼女の批評ほど華のあるものは少ないが、その秘密の一端を覗いてしまったような一瞬だった。そう、カラーがあくまでフランス思想を堅実に導入する理論家ならば、ジョンソンは理論を巧妙に実践に移す演技者であり、その両輪をもって、脱構築はアメリカ文化の一部と化したのである。

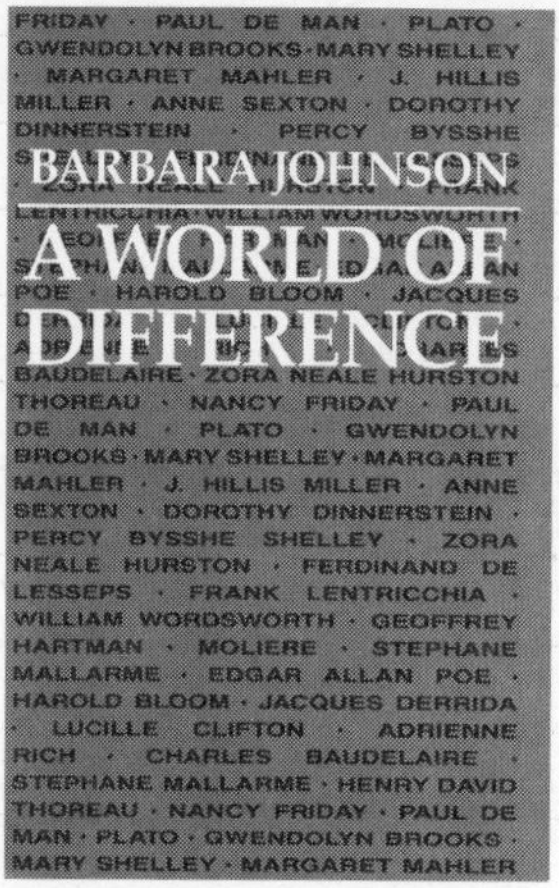

Barbara A. Johnson
A World of Difference
(Baltimore: The Johns Hopkins UP, 1987)

1

ヒトラーの正体はユダヤ人だった——手塚治虫晩年の大作『アドルフに告ぐ』は、このような説を選択して始まる。ナチズム起源に関する転倒。したがって、これを読む者もいつしか、ユダヤ人大虐殺解釈に関する転倒を受け入れているだろう。ヒトラーは必ずしもユダヤ人の劣等性を暴露しようとしたのではない、むしろ自らの出生を必死で隠蔽しようとしたのではなかったか。ユダヤ人大量虐殺とは、あたかも「自己」を忘れるために自己に関する「痕跡」を抹消していくヒステリアなのではなかったか。

だが、まさにその抹消行為そのものが一種の痕跡と化して、むしろ起源にまつわる真実をさまざまに露呈させていく皮肉《アイロニー》をも、『アドルフに告ぐ』は伝えている。アメリカ脱構築批評の立役者ポール・ド・マン亡きあと、いまなお連綿と続く通夜に際して想うのは、たとえば右と寸分変わらぬ講図だ。ド・マンが第二次世界対戦中にナチズムへ傾倒していたことなど、我々は一九八七年、〈ニューヨーク・タイムズ〉紙上の暴露記事を得るまで知らされていない。けれども、一旦明るみに出されてみると、あれほどまでに文学的テクストにこだわった彼の脱構築とは、実のところ彼自身の自伝的コンテクストを絶えず抹消《ディフェイス》する手順だったようにも見え始める［註1］。そして、抹消すればするほど、逆に何かをますます浮上させてしまう不可避のアイロニーが、そこには潜んでいなかったろうか。

反ユダヤ主義者ド・マンの肖像は、当然ながら多くの弟子たちをも困惑させた。脱構築批評の女王バーバラ・ジョンソンは、亡き師匠のスキャンダルに接するや否や、こう思ったという——「ああ、うちの犬たちを早く改名させなくては！」というのも、彼女のペットは、それぞれナチズムともゆかりの深い「ニーチェ」

「ワグナー」の名で愛されてきたのだから。

ジョンソンは、ジョナサン・カラーと並ぶアメリカ脱構築批評最大のポピュライザーである。第一評論集は、フランス語で書かれた『詩的言語の脱構築』（一九七九年）。続いて英語によるデビューを飾ったのが『批評的差異』（一九八〇年）で、本書がいかに彼女の存在を決定的にしたかは、すでに多くの証言が明らかにしている。

カラーの理論的解説とは対照的に、ジョンソンはあくまで論理的分析の道を採った。実際に脱構築という装置を使って作品を読み解く作業だけを徹底した。単なる論理？　単なる分析？　それだったら三〇～四〇年代のアメリカ新批評が唱道した作品有機体説と変わらないではないか――こんな疑問がわくかもしれない。しかし同時に、ジョンソンにとっての論理は修辞と紙一重であり、分析とは脱構築の別名としてのパフォーマンスにほかならない。それらはいずれも、彼女がド・マンから学んだ真理である。そして、ここで重要なのは師匠ド・マンがいかに本質的な「読解不能性」議論を展開しようと、それを弟子ジョンソンが学習する瞬間、誰にでも教授可能な脱構築マニュアルへと翻訳されてしまうことである。そう、これほどまでにシンプルに――「二項対立を解体するには、はざまの差異ではなく、内なる差異を発見せよ。」

このあと、ジョンソンがいかに巧みにポウ「盗まれた手紙」の内に「盗まれた文字《レター》」を読解し、いかに鋭くメルヴィル「ビリー・バッド」が孕む事実説明言語《コンスタティヴ》／行為遂行言語《パフォーマティヴ》の矛盾律を洞察したかは、むしろ以後いかに無数のジョンソン模倣者が頻出したか、その歴史を確認すれば足りる。カラーがひとつの装置の優れた取扱説明書を書いたとすれば、ジョンソンはそれを商品とする優れた流通戦略を書いたといえよう。

2

ド・マンの錯綜した批評体系を、あたうる限り簡便化すること。このことは、ジョンソン自身が一九八七年に出版した第二作『差異の世界』（一九八七年）に最も直截的に表われる。同書所収の論文「緊密なる読解不能性」の中で、彼女は読解不能性を語るド・マンそのひとの文体が文法的に読解不能であるという反復を発見するのだ。たとえば、『読むことのアレゴリー』（一九七九年）の一文。

> Far from seeing language as an instrument in the service of a psychic energy, the possibility now arises that the entire construction of drives, substitutions, repressions, and representations is the aberrant, metaphorical, correlative of the absolute randomness of language, prior to any figuration or meaning. （二九二頁）

言語が人間の道具どころではなく、絶対的に無秩序なものであること。したがって、言語はいかなる隠喩を成すよりも早く、自らの無秩序を隠喩化すること。なるほど大意を摘出すれば、ここに認められるのはあまりにもおなじみのド・マン的言語観だろう。けれど、実際のところ、右のくだりはそもそも要約などという行為を許すより早く、文法自体が無秩序なのだ。ふつう分詞構文の場合、従属節の主体と主節の主体が一致するのが決まりだが、右では従属節の分詞"seeing"の主体と主節の主語"the possibility"が一致していない。独立分詞構文でもないのに、いきなり言語主体が主節から外されている。ほとんど解体分詞構文とでも呼べそうな主体抹消、あるいは文字どおりの脱人間化。ジョンソンはそのような文法破格を認めながらもすかさず、まさにこの文法破格自体が人間主体の減価という主題を文体上反復したものと見る。「意味不分明な構文と、意味を抹消したいと願うがゆえにかえって形式破壊衝動と意味づけられかねない意志と。これら両者の間の還元不能な溝にこそ、読むことの真の謎が記されている」(二四頁)。

この説明は、単にド・マン文体に関する一発見とは片づけられない。彼はたしかに、読解不能性について語りながら読解不能的に書いたのだが、一方ジョンソンは、このようにド・マンそのひとの読解不能性を語るときでさえ、それが批評装置としてどのように演出可能か、その手管《マニュアル》を明確化してしまう。その瞬間、決定的な差異が生まれる。

不明から明快へ。この一歩は小さいようで大きい。気軽に成されたようでいて、実は英断を要した一歩ではないか。というのも、ジョンソンのマニュアルによって我々は初めて、読解不能性もまた記号表現《シニフィアン》であることを、それ自体一種のブラックボックスとして、理解不能であっても使用可能ではあることを伝えられたのだから。このことはとりもなおさず、アメリカ人ジョンソンがド・マンの死角に発見した真実であり、ベルギー人ド・マンによってジョンソンの死角に発見されたアメリカ現代批評の決断であった。

3

『批評的差異』から『差異の世界』への過程は、当然「差異の危機《クリティカル・ディファレンス》」から「多様なる差異《ア・ワールド・オブ・ディファレンス》」への道筋を意味する。具体的には、「容易に理解もできぬ脱構築」を「誰にでも使える批評」にする方針が守られ、特に第二著書では、脱構築をより一層「誰にでも教授できる教科書」にする理念が掲げられている。

たとえば、ほとんどポジション・ペーパー群とも呼びうる第一部は、脱構築の可能性と限界をできる限り明快に説く。彼女によれば、往々にして脱構築は反歴史主義と見られがちだが、それはまちがいだ。デリダのテーゼ「テクストの外には何もない」が真に意味しているのは、むしろ「何ものもテクストでないといえるものはない」という論理であり、それは単に文学と限らず、歴史や伝記の類でさえいつでもテクストと化す可能性を暗示する（第一章「成功以上の失敗はない」一四頁）。ただし、イェール＝男性中心《メール》学派が主張するテクストの不確実性は脱構築自体に権威を与えたものの、逆にフェミニズム批評がいくら女性の不確実性を主張しようと、それはいまなお女性の権威の欠如を保証するものでしかないという現実も認めなくてはならない。最もラディカルとみえる批評においてさえ、白人男性中心の戦略は根強いのだ（第五章「脱構築、フェミニズム、そして教育」四四〜四六頁）。

ここで、ド・マンがいわゆる精神分析批評やフェミニズム批評に加担しなかったことは、強調しておいてよい。ジョンソンにとってド・マンと脱構築は同義語だから、右の論脈で脱構築を批判することは、そのままド・マンを乗り越えるためのレッスンとも映る。けれど、ここで我々は立ち止まらざるを得ない。ショシャナ・フェルマンは、ド・マンが精神分析批評を拒絶したことを「最も精神分析批評家に近い存在が、おそらくは拒絶という形でしかとりえなかった精神分析との複合的対話」だったと解釈している［註2］。なぜなら、読むことは精神分析的転移をその構造とするからだ。同じことは、ジョンソンのフェミニズム解釈にもあてはまる。彼女は、ド・マンの修辞の根本に擬人化があること、彼は人間的主体を消去しながら、その実、修辞法自体を擬人化することで主体転移したにすぎないことを看破する。加うるに、無生物の擬人化によって性差観念が危機に陥ることも。

およそフェミニズムが性差理論の方向へ進み、最終的には性差の脱構築へ赴くならば、ジョンソンもまたド・マンの語らなかった主題のうちに最もド・マン的となりうる発展可能性を発掘したことになる。精神分析批評やフェミニズムは、明らかに彼女たちイェール＝女性脱構築師《フィーメール・クリティクス》がド・マンの死角に発見した可能性といえよう。

このような立場より、第二部以降、ジョンソンは書名にふさわしく実に多様なテクストを読む。本書最大の特徴は、ボードレール、モリエールなどのフランス文学、ポウやソローらのアメリカ文学はもちろん、メアリ・シェリーからゾラ・ニール・ハーストン、アドリエンヌ・リッチに至る英米女性文学の系譜を浮き彫りにした点だ。年代的には、第十三章「私の怪物／私の正体」（初出一九八二年）が原点だろうか。ここで彼女はあの『フランケンシュタイン』を分析し、この長編がいかに作家個人の自伝であり、いかに女性という怪物自身の歴史となっているかを明かすという革新的な読みを展開した。昨今ではガヤトリ・スピヴァックからメアリ・ジャコウバスまで『フランケンシュタイン』にフェミニスト的解釈を加えるのが一種ファッションと化しているが、その火付け役こそこの短い論文なのである。

一方、本書の脱構築的フェミニズムは最終章（第十六章）「頓呼法、擬人化、堕胎」（初出一九八六年）で到達点へ向かう。ここで彼女は堕胎という主題と頓呼法《アポストロフィー》という修辞技術がどれだけ密着したものかを説く。頓呼法、それは間投詞「O」を介して非在の者に声を与える叙情詩特有の手法だが、ジョンソンはたとえば黒人女性詩人ルシール・クリフトンの「我が亡き息子の歌」をとりあげ、生まれなかった息子を人間と仮定《ヒューマナイズ》して呼びかけるのとひきかえに、それを歌う詩人はいかに自ら人間的主体を滅却《ディヒューマナイズ》しなければならないかというアイロニーを詳らかにする。堕胎詩、それは非在が擬人化され、存在が非人間化される修辞的戦闘の場だ。それだけではない。堕胎が公正とされるとき、往々にして妊婦夫婦の「プライヴァシーの権利」が主張されるけれども、そもそも法律はプライヴァシーを守りつつ、同時に単なる父権的約束事という非公正を守ってきたのにすぎない。つまり「公正《リーガリティー》」の概念自体の公正が、根本から決定不能とされる。かくてジョンソンは高らかに歌う。「文学理論上、これまで決定不能性を非政治的に斥ける向きがあったが、こと堕胎論議に関する限り、決定不能性を根本に据えるのはむしろきわめて政治的な行為なのである」（一九三～一九四頁）。

脱構築の歴史的・政治的効用。その姿勢がいちばん表われたのは、第十二章「母としてのマラルメ」（初出一九八四年）だろう。彼女は、マラルメにおける「白」が統語法上の「間」（スペーシング）であるとともに意味論的な「画」（イメージ）である点に着目し、このような存在／非在の決定不能性こそ、知らずのうちに前エディプス期特有の母子分化／非分化同時発生を反復したものだと断言する。母たること、それは決定不能なる条件を満たすことなのだ。したがって、以下の結論が得られる。女性が父権制伝統を破壊しようと試みても男性の立場を代わって占めるだけだが、一方男性自身が父権制伝統をその内部から解体して決定不能に追い込むならば、まさに彼こそは彼女以上に「母」の条件を満たす者にほかならない。

決定不能性を探る試みが、このように性差的戦略にまでその効用を及ぼすとき、ジョンソンはまさしくド・マンの死角を翻訳している。すなわち、ド・マンの母性を再表現している。その傍証が、今年出た『差異の世界』ペーパーバック版への序文だ。ここで彼女は、ド・マン一九四一年の「身の毛もよだつ（思想的）結論」を引く――「なるほどヨーロッパ文明は随所にユダヤ系の痕跡を残してきたものの、その根源性だけは無事だったために、本質的意味においては無傷のままであった。ユダヤ問題解決のためには、どこかヨーロッパから離れたところにユダヤ人植民地を造ればよい。西欧文学全般のためを思うなら、そうしたところで何ら支障はあるまい」（ニール・ハーツ他編『ド・マン戦時論説集 一九三九～四三年』一九八九年、四五頁。英訳ジョンソンxv頁）。

この一節を読むジョンソンは、ただし感情に頼らず、あくまで論理によって考える。若きド・マンはあくまで有機的統一を夢見て国家の「はざまの差異」を強調し「内なる差異」を抑圧したが、脱構築的ド・マンは逆に西欧文明の「内的矛盾」を暴露しながら、現在の自分が過去の自分と食い違うという「自己差異化」をも演じきったのだ、と。

統一体から矛盾律へ。ジョンソンがこうした個人史的転向を強調するとき、我々は必然的に、彼女がド・マンによって文字どおりアメリカ新批評が脱構築へ至る批評史的転換を翻訳しているものと読まざるを得ない。デリダの『散種《ディセミナシオン》』英訳者としても知られるジョンソンは、かつて翻訳者を重婚者にたとえながら、翻訳とはむしろ母国語との愛憎関係を助長しかねない点を指摘した［註3］。同じ意味で、何よりもド・マンを母国語としてきたジョンソンは、いまド・マン思想の根源を拒絶しつつも再受容しようとしている。

[註1]
無論、誰よりもド・マン自身が、自伝というジャンルの不可避的な虚構性をもっとも鋭利に捉えていたことを忘れてはならない。Paul de Man, "Autobiography as De-Facement" *The Rhetoric of Romanticism* (New York: Columbia UP, 1984).

[註2]
Shoshana Felman, "Postal Survival, or the Question of the Naval" *Yale French Studies* 69 (1985): 51-52.

[註3]
Barbara Johnson, "Taking Fidelity Philosophically" *Difference in Translation*, ed. Joseph Graham (Ithaca: Cornell UP, 1985) 143.

第三章　ポストモダンの倫理と新歴史主義の精神

ミッチェル・ブライトヴァイザー『コットン・マザーとベンジャミン・フランクリン』を読む

この名を初めて知ったのは、一九八四年の秋、ニューイングランド文学研究の専門家マイケル・コラカチオの授業に出席していた時だ。しかし、いざ発音を尋ねると、アメリカ人でもよくわからない。一時は研究社の『固有名詞英語発音辞典』どおりに「ブリトヴィーザー」と記したこともあったが、やがて約十年後、カリフォルニア大学バークレー校にて著者の同僚となった友人サム・オッターに尋ね、ようやく真相が判明した次第である。

Mitchell Robert Breitwieser
Cotton Mather and Benjamin Franklin: The Price of Representative Personality
(Cambridge: Cambridge UP, 1984)

ピューリタニズム研究に異変が起きている。現在批評の最先端が、しかもその最良の成果とみなしうる部分が、難なくアメリカ植民地時代の文学史を再編しだしたからだ。伝統と前衛——この、アメリカ文学の根本とも見える葛藤が、アメリカ文学研究の根本においても反復されはじめたのである。そう、研究と批評という葛藤自体をも、解決するよりはより複雑化する方向へ向けて。

1

アメリカ・ピューリタニズムとアメリカ文学批評が分かちがたく結ばれているのは、自明であろう。たとえば今世紀前半、とりわけ一九三〇〜四〇年代を支配した新批評の急進性は「テクスト外を排斥してテクスト自体の読みにだけ専念する」というあまりにもわかりやすい方針に尽きるのだけれど、ここには当然、ルター以来、教会制度を否定して聖書解釈を前景化しようとしたピューリタニスティックな伝統性が潜む。新批評がいくらテクストだけを対象化したところで、新批評というテクスト自体がテクスト外部であるはずの「ピューリタニズム」の介在は拒めなかった。新批評家たちの「方針」がわかりやすかったのは、それがピューリタン精神に訴えたからである。新批評が人気を博したのは、それがアメリカの起源としてのピューリタン的説教に対して、限りなく郷愁の念をかき立てたからである。

アメリカの父祖、ピルグリム・ファーザーズ。だが、一七世紀以後アメリカを実際に築いてきたのは、ピューリタンそのひとというよりもピューリタンの修辞法だった。ペリー・ミラーやアーシュラ・ブラムによる伝統的なピューリタン研究が聖書予型論《タイポロジー》への注目によって成立したゆえんはそこにある。キリストの予型《タイプ》はアダム、アメリカ植民の予型《タイプ》は出エジプト記――このような予型論的比喩体系を完成へ導いたのは、今日最大のピューリタン学者サクヴァン・バーコヴィッチだが、彼の出発点もまた、当時最大の宗教家コットン・マザーにおける歴史意識と修辞技術が主題の地道な博士論文であった［註1］。ただしそのような形でのアメリカ研究は、批評がフランス系哲学の摂取にかまけている間は、ほとんど死角に没していた。

しかし八〇年代後半、脱構築を継ぐ形で勃興した新歴史主義批評は、そんなバーコヴィッチ自身の研究にひとつの派手派手しい転機を与えてしまう。ポール・ド・マンは脱構築に鑑みて「文学批評はいつもすでに修辞学《レトリック》だった」事実を指摘したが、同時にミシェル・フーコー流にいう「我々が知ることができるのは歴史そのものではなく、常に歴史に関する言説にすぎない」という言説が息を吹き返す。歴史とは、つまるところ歴史を描くための修辞法と同義であること。文学作品の言語分析には、そのような作品を可能ならしめた歴史自体の修辞分析が要求されること。だとしたら、ピューリタニズムをピューリタンに関する修辞法の歴史と捉えて長いバーコヴィッチの立脚点も、完璧に保証される。ピューリタニズム、それはとりもなおさず予型論の歴史だったのではないか。半生を費やした自らの研究史に現在批評の裏付けを得たバーコヴィッチは、いま右のパースペクティヴから文学史再編成《リキャノナイゼーション》へ向けて、ケンブリッジ版の巨大アメリカ文学史編纂に余念がないと聞く。

デリダからフーコーへ、文字表現《エクリチュール》から歴史的言説《ディスクール》へ。地理的には、ド・マンのイェール大学を中心とする東海岸の批評から、スティーヴン・グリーンブラットのカリフォルニア大学バークレイ校を中心とする西海岸の批評へ。主題的には、一九世紀ロマン主義から一七世紀ルネッサンスないしピューリタニズムへ。

文字どおりグリーンブラットの同僚であるミッチェル・ロバート・ブライトヴァイザーが一九八四年に出版した第一著書『コットン・マザーとベンジャミン・フランクリン——代表的人格の代価』は、まさにそのような転換史を代表するかのように生まれ落ちた。

2

宗教家マザーと政治家フランクリンの比較自体は、決して目新しい主題ではない。フランクリン自身がマザーの『善行論』の愛読者であった事実ばかりか、ふたりが出会ったという史実も残っている。マザーに潜在していた啓蒙主義的プラグマティズムがフランクリンを得て顕在化し、たとえば『貧しきリチャードの暦』のような著述に生かされたとする見方は、今日あまりにも一般的だろう。ブライトヴァイザー自身もその序文において、マザーとフランクリンの一見したところの相違点よりも同質性を強調している。両者とも、人間個人の内面にこそ最高の主権が潜むものと考え、君主や高位聖職者といった外的な権力制度を時代錯誤とみなしていた。人間の内面的本質と世俗的な自我の関係をいかに解決するか——それが彼らに共通した問題であり、マザーは自我を統治される主体、フランクリンはそれを統治する主体と考えた（七頁）。『マザーとフランクリン』が新歴史主義批評の金字塔となったのは、しかし現在批評的な修辞法がいかに彼らの作品をより魅力的な読み物へと化けさせるか、その巧妙なるテクニックにかかっている。なるほど、いまマザーとかフランクリンとか口走ったところで、それだけでは誰も手を伸ばしはすまい。とはいえ、仮にマザーをトマス・ピンチョンの『重力の虹』のように、あるいはフランクリンをジェイムズ・ジョイスの『ユリシーズ』のように読むことができると聞かされたら、あなたは興味を覚えないだろうか［註2］。本書はそのような関心の持ち主のためにだけ、書かれている。

端的な例が、本書に一貫して流れる「敬虔」（piety）対「自我」（self）の対立項だ。なるほどマザーはこの両者にはさまれたあげく敬虔主義的ピューリタニズムに屈せざるを得なかったのだが、一方フランクリンはマザーの影響を受けながらも啓蒙主義的ヒューマニズムを促進した。敬虔によって形成される自我と、敬虔を棄て主体形成する自我と。むろん、それだけならどうということはない。ピューリタンの見る恩寵の因果律は、教義上、彼らの黙示的時間観と同じくあくまで不可逆直線を描く。神は恵みを与えるけれども人間個人は予定された運命を変えることはできない。これは基礎事項である。このような宗教的図式が、やがて今世紀前半、それこそ新批評の祖T・S・エリオットのいう「伝統」対「個人の才能」なる文学的図式へ換言されたことも、基礎事項である。けれども、ブライトヴァイザー最大の仕掛けは、彼が敬虔を「秩序」に、自我を「エントロピー」に見立てている点であろう（三二頁）。自我という名の認識論的浮動。しかも、当時の会衆派教会主義をパンドラの箱とする比喩があるが、マザーはそれを解放してもなお善悪選別に自信があったわけなので、彼自身はパンドラよりもむしろ「マックスウェルの悪魔」に例えるべきだ——こう著者はいう（一一八頁）。ブライトヴァイザーはピューリタニズムについて、あたかも熱力学の第二法則を語るように語る。

もちろん、著者はマザーを熱力学の先駆者と措定するわけではない。したがって、この試みをして、単に軽薄なポストモダニスト的乱用と片づけるのはたやすい。フラクタルなジョナサン・エドワーズ論やファジイなアン・ブラッドストリート論が出てくるのとどう違うのか、という意見も聞かれるだろう。だが、そもそも慎重な比喩などというものはあり得ない、比喩とはもともと救いようもなく軽薄きわまる乱用の形式ではなかったか。二〇世紀後半の本書執筆時にブライトヴァイザーが熱力学をファッショナブルであるがゆえに採用したのと同様、ピューリタン植民地時代当時コットン・マザーにとっては予型論がファッショナブルであったがゆえに採用せざるを得なかった。そして、あらゆる比喩が説得戦術として最も有効なのは、まさにそれが最もファッショナブルな瞬間なのである。そして、同毒療法や天然痘の種痘をマザーがいちはやく駆使したのも、それがマサチューセッツを支配する比喩体系建設のために何よりファッショナブルであったからだ。彼がサミュエル・シュウォールの反奴隷制パンフレットを攻撃したのも、当時ファッショナブルなものへの着眼において他人に先を越されたからだ。ブライトヴァイザーの主題は修辞法そのものであり、彼の文体は修辞法の本質としての軽薄さをみごとに反復したものといえる。

3

比喩操作、それが政治であるとするならば、マザーの時代を支配した最高のメタファーは「父」であった。父権制は、神権政治でいう敬虔をいちばん巧みに表象する比喩体系だ。これが、出発点である。しかし、一七世紀から一八世紀へ、中世的時代から啓蒙主義時代へ推移する転機にあって、マザーが感じていたのがこのような比喩そのものの危機であったとしても、おかしくはない。『キリスト教徒とその職業』(一七〇一年)

において、彼は自分が父の計画した職業（calling）＝神のお召し（calling）を受け容れてしまったことを告白しつつ、にも関わらず、親が子に職業を無理強いせぬこと、子には少なくとも「妥当な職業」を探してやることを望んでいる。この見解は、力点さえ変えればすぐにもフランクリンの見解と一致する、とブライトヴァイザーはいう。というのも、フランクリン自身〈ニュー・イングランド新報〉その他で主張したように、子はあくまで自分を意識して一人前に成長すべきものであり、親はその歩みを助長してやるべき存在であるからだ（一八七頁）。その意味で、植民地時代というそれ自体「父の時代」の代表者マザーが、アメリカ独立時代というそれ自体「子の時代」の代表者であるフランクリンによって修正されることになるのは、ほぼ運命的であった。

マザー的な敬虔への従属からフランクリン的な自我への独立へ。この転換は、アメリカ史そのものの転換である。宗教者たることをアルファでありオメガとしたマザーは聖書こそ絶対と信じたが、印刷屋として出発しながら多様な職業を経ていくフランクリンにとって、むしろ世俗的な新聞こそ、大衆の声が多様に反映されると信ずるに足るテクストだった。アメリカの中世が一七世紀とするなら、アメリカにおける真のグーテンベルク革命は一八世紀といえる。自我を活字で表象するのではなく、活字が自我を形成するというメディア革命——それは、フランクリンの活字フェティシズムを待って初めて可能となる。グーテンベルクの活字発明は近代的自我の均質性が確保されていく過程を示唆したけれども、フランクリンはさらに紙幣の効用と個人の才能が交換価値となる社会を看破していた。のちに彼がマルクスやウェーバーから引用されるゆえんであろう。

となれば、マザー的な修辞法はフランクリン的な科学性によって一掃されてしまったのだろうか。なるほど、敬虔は追放された。しかし、比喩への意識は、むしろフランクリンの中でより強まったのではないか、というのがブライトヴァイザーの皮肉な解釈である。傍証として、彼はあまりにも有名な避雷針のエピソードに触れる。伝統的ピューリタンの比喩体系において、雷は神の声以外のものではない。マザーも『キリスト教的科学者』(一七二一年)で触れているとおり、稲妻は神の怒りが世俗の自我へ介入してくる記号であって、その恐怖を克服するには自らを超自然の法へ委ねるしかない。フランクリンの避雷針実験は、まさにこのようなピューリタン的修辞法の文脈を得て行なわれた。そして実際、彼は避雷針によって稲妻を操作しながら人々の啓蒙に成功する。

字義的な実験による比喩的な信仰の破壊。誰しもそう思う。フランクリン的な科学によってマザー的な宗教は解体されたのだ、と。プロメテウス的に稲妻＝神の火を人間が手に入れる偉業によって、むしろ人間が神へ近づいたのだ、と。しかし、フランクリンが着目したのは、電気が多様な色・音・匂いを帯びるように見える場合、それは決して電気自体の属性にはよらず、むしろ電流を通す多様な物質の性質によっているということだった。この発見は、彼をして電流を自我、物質を肉体と想定させる。フランクリンにとって、電流と物質の関係は、まさしく個人と社会の関係に翻訳しうるものと化した。宗教的比喩は、解体されると同時に、むしろ一般的比喩として再構築されたのである。かくて予型論的修辞法は政治的説得術によってその機能を略奪されてしまう。

ブライトヴァイザーはいう。

「アメリカ・ピューリタン文学はフランクリニズムによって修正され、フランクリニズムはアメリカン・ルネッサンス文学によって修正されたけれども、それらを関連づけているのは超絶的衝動ではない。むしろ個人の生活を尊重し、修正を謙虚に受け入れる姿勢、それこそが超絶の希求を叡知にまで進展させるものであると認める前提が、この修正史の楔となっている」(二二七頁)。

前掲バーコヴィッチの修正文学史計画が思い出される。ハーヴァード大学で教鞭を執る彼自身は「東海岸のアメリカ文学史」を根本理念に持ち続けるだろう。一方で、このところピューリタン学者にしてもマイケル・コラカチオやアン・キビーなどが続々と西海岸へ転出し、新歴史主義批評をもりたてているのはどういう奇遇なのだろうか［註3］。ブライトヴァイザーをもその一員とする西海岸の批評家たちは、実のところアメリカ文学史研究自体の死角を突き、修正を行なうのに絶好の地政学を代表しているのかもしれない。

[注 1]
予型論的発想は、当然アメリカ救済史の構築を導く。Sacvan Bercovitch, *The Puritan Origins of the American Self* (New Haven: Yale UP, 1975).

[注 2]
このほか、本書にはボードリヤール流シミュラクラ理論の片鱗が見えたり、フランクリンがメルヴィルの「バートルビー」にたとえられたりする場面がある。

[注 3]
Ann Kibbey, *The Interpretation of Material Shapes in Puritanism: A Study of Rhetoric, Prejudice, and Violence* (Cambridge: Cambridge UP, 1986) . 脱構築と新歴史主義批評、それに最先端フェミニズムをゆるやかに結んでみせたピューリタン分析。ブライトヴァイザーと補いあう書物として読めるだろう。

CURRICULUM FOUR

第四章 ディスフィギュレーション宣言

シンシア・チェイス『比喩の解体』を読む

チェイス・マンハッタン銀行の家系に生まれ、兄は著名なコメディアンのチェビー・チェイス。そのため、チェイス家のパーティには、スティーヴ・マックイーンらアメリカを代表する芸能人が数多くつめかけると聞く。七十年代末、イェールの大学院修士課程在籍中に衝撃のワーズワス論で学術誌デビューを飾るとともに、当時、イェール勤務だったジョナサン・カラーと結婚、現在、ふたりのあいだには一粒種のウィリアムがいる。

Cynthia Chase
Decomposing Figures:
Rhetorical Readings in the Romantic Tradition
(Baltimore: The Johns Hopkins UP, 1986)

たとえば、文学部英文科と名のつくところでフロイトを学ぶこと。これは別段珍しくない。精神分析の祖としてのフロイトは、精神分析的文学批評の流れを生んだ。フロイトの弟子マリー・ボナパルトがエドガー・アラン・ポウについて今日までで最も分厚い研究書をものしたことは、すでにそれ自体神話の類に属する。我が国でも「パトグラフィー叢書」なる作家研究シリーズが編まれたほどである。さらに最近「精神というテクスト」から「テクストという精神」へのパラダイム転換（エリザベス・ライト）があったことにかんがみても、あるいはドーラの症例をめぐるフロイトの失敗が、まさに失敗であったがゆえにフェミニズム批評・ヒステリー理論へ甚大な貢献を成したことを振り返っても、フロイトの文学批評的可能性は、まだまだ尽きせぬ魅力を放ってやむことがない。英文科におけるフロイトは今日単なる衒学趣味の対象ではなく、すでに文学批評の古典といえる。

だが、そのような現在史を経てもなお、フロイトが卓越した一批評装置以上の扱いを受けるとなれば、それはいささかショッキングではないか。なるほど、脱構築以後、文学を含む諸々の境界侵犯が所与のものとなって久しい。にも関わらず、アメリカの比較文学科ならぬ英文科で、目下フロイト的精神分析批評ならぬフロイトの著作そのものが文学研究のサブテクストならぬまさしく文学テクストそれ自体として通年科目の主題に選ばれていると聞くなら、いささかの驚きがあるだろう。そんなクラスを担当する英文科教授を狂気の人と捉える向きさえあるかもしれない。

大学の名はコーネル大学、教授の名はシンシア・チェイス。かつて弱冠二十五歳でアメリカにおける文学研究の最高峰〈PMLA〉誌にデビューを飾ったイェールの天才少女は、大学に職を得てからというもの、彼女自身ロマン派の天才たちを読みながらフロイトという狂気をも読む。英国詩人とドイツ人精神分析医の間に、文学と心理学の間に、何ら区別はない。いや、彼女にとっては、むしろそうした区別を施す行為こそ狂気の産物と映っているはずなのだ。

1

チェイスの方法論がポール・ド・マンゆずりの「修辞的批評」であるのは、彼女が一九八六年に出版した第一評論集のタイトルからも容易に察しがつく。『比喩の解体——ロマン主義的伝統の修辞的読解』(一九八六年)と題された同書は、第一部「流動するイメージ——声と比喩」でロマン派周辺の詩作品中心に(キーツ、ルソー、ボードレールほか)、第二部「効果としての過去——物語の二重読み〔ダブル・リーディング〕」でロマン派以後の散文中心に(クライスト、ルソー、フロイトほか)、文字どおり緻密きわまる分析を展開する。だが、彼女のいう「修辞的読解」とはいったい何か。メインタイトルは「比喩の解体」だが、それとこれとはいったいどのように関わるのか。

ひとつには、チェイスが修辞学をつきつめた果てに脱修辞学を仮定しており、しかも両者の関係を一種のメビウスの環状に想定していること。修辞学の根本には、本来脱修辞学的な契機があったという認識である。たとえば、本書全体の祖型として第一部第一章に置かれた「脱修辞化の事故——ワーズワス『序曲』第五部『書物』にみる字義的/修辞的読解の限界」(初出一九七九年)を一読してみよう。ワーズワスの「書物」のセクションは、なるほどチェイスが述べるとおり、「事故に満ちたもの」だ〔註1〕。ワイナンダーの少年が死ぬエピソードがそうであるし、エスウェイトの水死人のエピソードがそうである。ワーズワス自身の伝記的背景に準じれば、水死人のモデルは実在した学校教師である可能性が強いともいう。とすれば詩人は作中自らの教師を殺害したのだろうか。だが、詩人の人生と自伝という表象《レプリゼンテーション》＝再表現の間の亀裂こそ、どのような虚構よりもラディカルかもしれないというのが、ド・マンがチェイスに教えたことだ。人生の出来事が自伝中のエピソードへと反復されるとき、ふつう我々はそのプロセスを一種メタフォリカルな翻訳と見なす。たしかに「翻訳する（translate）」という動詞をドイツ語でいえば"**übersetzen**"であり、この語はそれ自体ギリシャ語でいう"**meta phorein**"を翻訳したものである。これは、翻訳がそもそもメタフォリカルな出発点を持つ作業であることを裏づける。翻訳すること、それはなるほど言語を別の言語で反復する点において、字義的意味を隠喩的意味で反復する作業を類推させるだろう。反復＝隠喩化への意志――これが翻訳の可能性を保証したとするなら、一方チェイスの脱修辞学《ディスフィギュレーション》は「言語が反復されればされるほど、比喩的意味も逐語的意味もともども脱臼・崩壊させられてしまう」（二〇頁）という観点を選ぶ。反復を運命とする限り、言語の形象《フィギュア》は死ぬ。「書物」の部は、したがって人間の死を言語で表象したものというより、逆に言語があらかじめ孕んでいる死の可能性を――ド・マン流にいうならば「言語＝事物照応関係の瓦解」を――自伝的エピソードの方が反復したものと読まれることになる。

なるほど、「書物」の部においては、さまざまな言語が反復されてはその意義を変質させる。たとえば音声を意味する"**sound**"の一語は、やがて水死人のエピソードに至り、むしろまさに長い竿などによる捜索"**sounding**"として、それも「音ひとつない探索」"**soundless probing**"として乱用される。"**sound**"が第一義の響き（ヴォイス）を失って別の意義＝顔《フィギュア》を付与されること、それを我々は濫喩《キャタクレシス》的用法と呼ぶ。ひとつの言語がけっきょく絶対の照応物を持つわけではないという根源的不完全性。その暴露とともに、「探索」"soundings"の作業は水死人の「おぞましき顔」"ghastly face"を浮上させるのだが、チェイスによれば、それこそ「比喩形象《かたち》の解体」が文字どおり顕在化する瞬間であるという。水死人が湖底から引き上げられるとき、我々は同時に、脱修辞化《ディスフィギュレーション》そのものがテクストの無意識から引き上げられるのを目撃せざるを得ない。そもそも我々が「おぞましい」"disgusting"と口にする表現からして、本来「嘔吐を催させる気分」しか指しておらず、「最悪の事物」とは想定されていなかったのだ。ところが"disgusting"が最悪の事物の形容詞として定着してしまったのは、まさに字義《フェイス》が損傷して隠喩と接続された結果、デリダ流にいえば「言語の補綴術」の効果である（デリダの論文「エコノミメシス」)。言語の欠損と表象の過剰。チェイス最終章「パラゴン、パレルゴン」は、ボードレールによるルソーの翻訳を論じつつ、翻訳という行為そのものがこうした言語的サイバネティックスに基づく脱修辞学《ディスフィギュレーション》＝脱形象化であるのを喝破する［註2］。

脱修辞化批評は、だから記号表現《シニフィアン》の戯れに終始するものではない。そうではなく、言語の乱用と修辞の崩壊がいったいどんな論理を内包するものであるのか、あくまでそのいきさつを検証していくだろう。

2

不完全な言語がたまたま存在するのではなく、言語とは当初より不可避的に不完全であり、その欠損をおおい隠す衣装として修辞形式が存在すること。ただし、そのような修辞形式があまりにも所与のものとなっているため、我々は日常、たとえば「椅子の脚」という表現に顕著なように、本来ならば隠喩であったものをいまではすっかり字義と思い込んでいること。ただしマグリット的なシュールレアリスムの過剰性においては、逆にまさしく「脚の生えた椅子」を隠喩でなく字義として誤読するよう要請されていること。

右を脱修辞学の根本とするならば、ことは第二部第七章に収められたデビュー論文「象たちの解体——『ダニエル・デロンダ』の二重読み」(初出一九七八年)にもそっくりあてはまる。チェイスはこのジョージ・エリオットの長編のうちに、いわばソフォクレスの『オイディプス王』がすでに内包していたような、物語学的逆説の典型を見るのだが、ワーズワス論で彼女がこだわった言語の字義性/隠喩性の循環は、ここにおける物語の原因/結果の循環をも照らし出すだろう。たとえば『オイディプス王』の場合、オイディプスが父王を知らぬ間に殺していて、これも知らずのうちに母と結婚するというのが通常の「事件の連鎖《ストーリィ》」だが、これを文字どおりそのまま並べたのでは、何の盛り上がりもなければ発見の驚きもない。したがって、物語作者は少なくとも主人公オイディプスだけには真相を隠し、最後になって最も効果的にすべてが発覚するような順序に、いわばひとつのドラマティック・アイロニーのかたちに「語りの構成《ディスコース》」を仕組む。一方チェイスは、同様なストーリイとディスコースのからみが『ダニエル・デロンダ』に顕著だという。デロンダはユダヤ人として生まれたが、この小説の妙味は、そのような主人公の出生の秘密が、物語の展開とともに明かされていくところにある。冒頭から出生が明かされては何の興味もわくことはない、むしろ物語の効果から逆算する形で出生という起源が設定されたのだ。作中メイリックの書簡の言葉を借りれば、デロンダの出生はもちろん彼の現在を保証してはいるものの、同時に彼の出生は物語全体から逆産出された結果、要するに「効果の結果」である。「事件の連鎖《ストーリィ》」を言語の字義性にたとえるならば、「語りの構成《ディスコース》」は字義が隠喩化を受け入れる過程に相当する。だが、我々が往々にして字義を隠喩と、隠喩を字義と誤読してしまうように、物語においてどこからどこまでがストーリイを成し、どこからどこまでがディスコースの仕業であるのか、にわかに読み分けるのは難しい。オイディプスの父殺しや近親相姦さえ、単に物語学的要請だったふしがみられる。我々は、ストーリイを軸とする読みとディスコースを軸とする読みをからみあわせ「二重の読み《ダブル・リーディング》」に徹底するしか道はない。そして、そのような作業こそ、いうまでもなく物語の脱修辞学《ディコンポジション》なのである。

3

ポスト記号論及びポスト物語学としての脱修辞学が、精神分析と密接な関わりを持つことには、多言を要すまい。記号の無意識を探り、語りの効果を探る批評——それはまさに、フロイトが臨床医として実践した言説の形であった。分析医は患者を読む。症例というテクストにおける死角=無意識を読み、驚くべき明察を示すことで患者を納得させ、治療を完遂する。ところが、実際に行なわれているのは、むしろ患者の告白する記号断片群を巧みに隠喩化し、物語の効果を踏まえて翻訳=秩序化する作業なのである。それは、患者というテクストの中に医師が自分自身というテクストを読み込む転移の結果にほかならない。この転移がいかに首尾よく運ぶか、患者に与えられる真実の効果＝虚構がいかに強力であるか、説得力を持つかによって、治癒の程度は決まる。

ド・マンは精神分析にはほとんど関心を示さなかったが、チェイスはド・マンにおける「事実を引き起こす言語（パフォーマティヴ）」への興味を、転移が発揮する「説得力」と関連させて考えた。これは「目前の事実を説明する言語（コンスタティヴ）」とは逆で、それまで何もなかったところに言語自体の力が事件を引き起こしてしまう効果"positing"を指す。チェイスが『比喩の解体』以後に発表した論文「パフォーマティヴとしての転移」（一九八七年）では、かくして転移さえひとつの修辞形式《トロープ》として位置づけられる［註3］。分析医が患者を治癒すること——それは決して患者の医学的真実が解明されるからではなく、むしろ医師が症例の断片を翻訳するその時の物語学的効果が患者を言語的に納得させるためだとすれば、たしかに転移はひとつのレトリックだ。この見解は、同時に翻訳というものの本質さえ再発見させてくれる。翻訳としての転移は、一言語の意味を単に愚直に他言語へ移行させるどころか、逆に他言語によって原語を物語化してしまうような、それによって記号効果を稼動させてしまうような修辞学であり、脱修辞学なのだから［註4］。

ところで、本書サブタイトルにいう「修辞的読解」自体がすでに十分「修辞的」なのにお気づきだろうか。むろん一昔以前であれば、これは即座に、旧修辞学を再利用する《レトロフィット》「修辞的批評」の素朴な延長線上に位置づけられよう。ところが現在では、それとともに我々はどうしても認めざるを得ないのだ、チェイスの批評そのものがいまひとつの修辞と化し、いわば「読解という修辞」を実演してしまっていることを。

我々はテクストの修辞法を読んでいるのか、それとも我々の読みの性格自体がテクストに修辞的な顔を与えているにすぎないのか？　それとも、それらはまったく同時に起こっているのか？

修辞的読解をめぐるこのようにパラドクシカルな問いは、もちろんド・マンのいう「読むことのアレゴリー」に、あるいはバーバラ・ジョンソンのいう「読むことのレトリック」に端を発している。たしかに新批評の伝統は、アメリカの英文科全般にいわゆる「テクスト精読《クロース・リーディング》」の義務を定着させた。しかし、テクストだけに密着するといっても、その「読みかた」自体が時代の甚大なる影響を受けていないとはいいきれない。脱構築以後の場合は、なおさらである。修辞的読解は、なるほど過去の作品テクストの死角＝無意識を突く。けれども、それと同時に、ポスト構造主義以後の展開があって初めて可能になった同時代的コンテクストの意識をも露呈せざるを得ない。けっきょく我々に読むことができるのは、そのような時代的推移に限られるのだろうか。批評ファッションの変転にほかならないのだろうか。かつてドナルド・ピーズは、ド・マン的な「時間性の修辞学」の本質を「歴史的時間というより、ファッショナブルな時間推移に近い」点に求めたが［註5］、ここでチェイスのいう「効果としての過去」が生きてくる。ソフォクレスが、エリオットが、フロイトが実演したような「現在によって過去を産出する物語学」は、ひょっとしたら現在批評の、いや、批評というジャンルにあらかじめ託された預言なのかもしれない。

批評自体がディスフィギュアされざるを得ない地点に、いま我々は立つ。

[註 1]
初出。*Studies in Romanticism* 18 (Winter, 1979) 冒頭の表現に拠る。

[註 2]
Jaques Derrida, "Economimesis," trans. Richard Klein, *Diacritics* 11.2 (Summer, 1981): 19-25.　デリダはこの発想をカントの『判断力批判』から得た。

[註 3]
Cynthia Chase, "Transferance as Trope and Persuasion," *Discourse in Psychoanalysis and Literature,* ed. Shlomith Rimmon-Kenan (London: Methuen, 1987) 211-32. 転移"Übertragung"を翻訳"Übersetzung"としてずらそうとするこの論文構成自体が脱修辞化のレトリックを駆使した好例。

[註 4]
Ibid. 214.　ここでチェイスは既にジャック・ラカンが転移、すなわち隠喩であり、一種の言語効果《スピーチアクト》でもあるものと見た事実に着目し、そのような認識こそ「修辞言語の本質としての脱修辞性へ到達するもの」と評価する。

[註 5]
Donald Pease, "Critical Communities," *Criticism Without Boundaries*, ed. Joseph Buttigieg (Notre Dame: U of Notre Dame P, 1987) 105-6. ただし、この言及はウィリアム・スパークスらポスト・ハイデッガー派の時間観とド・マンを中心とするイェール脱構築派の件の時間観（歴史を重んじる）とを対照させる目論見で成されている。尚、チェイス自身のド・マン論は『比喩の解体』第一部、第四章を参照。

CURRICULUM FIVE

第五章　善悪の長い午後

トビン・シーバース『批評の倫理学』を読む

アメリカでいちばん倫理的なものは何か。ＷＡＳＰ的価値観（白人アングロサクソン・プロテスタント）と共和制価値観が融合した成果を、今日わたしたちはネイティヴィズムと呼ぶけれども、それではご多分にもれず宗教と政治がいちばん倫理的なのだろうか。しかし、「こうならざるをえない」という気持ちが国民的無意識の水準で最も切実に稼働するのが何にもまして物語学の領域だとしたら、ハリウッド映画ほど倫理的な体系はありえまい。

Tobin Siebers
The Ethics of Criticism
(Ithaca: Cornell UP, 1988)

歴史の問題と並んで倫理の問題は、つい最近まで、あまり人気がなかった。少なくともアメリカの文学批評に関する限り、たとえば「テクスチュアリティ」とか「セクシュアリティ」といった話題に比べて、倫理がやや地味なニュアンスを帯びていたのはたしかだろう。その不人気は、脱構築《ディコンストラクション》批評がそのピークをすぎてもしばらくの間、概ね八〇年代前半あたりまで続く。

しかし、不人気だったからといって、倫理が議論されなかったわけではない。卑近な例を挙げるなら、何よりもノースロップ・フライによる現代批評古典中の古典『批評の解剖』（一九五七年）の第一エッセイは、「倫理的批評」と題されていた。ここでフライは、「新しい批評の流行が特定の作家を持ち上げ、特定の作家をおとしめる」一方、倫理的批評は絶えず「評価を高めることだけが正しく、おとしめることはすべてまちがっている」とみること、すなわち「無差別の包容性」としての多元主義をその信条とすることを指摘している。

今日、新歴史主義《ニュー・ヒストリシズム》批評が明らかにしたのは、ディコンストラクションを超える視点というよりも、むしろアメリカ的批評変転の構図そのものがいかに批評史的要請によって支配されてきたかという過程であったが、現在の倫理的批評もまた、むしろ一見非倫理的と映る批評の構造そのものがいかに倫理的要請によって操作されてきたものか、まさにその道筋を示す。ウェイン・ブースやJ・ヒリス・ミラーの最近の仕事は、こうした路線の舗装工事にほかならない［註1］。そしていま、我々はトビン・シーバースの『批評の倫理学』（一九八八年）という新たな、しかもとびきり刺激的な論考を得た。

1

たとえば、詩人が詩論を書く。詩論の形式を採って、美学的尺度について書く。これは、めずらしいことではない。前世紀にはポウの「詩の原理」(一八五〇年、死後発表)が人間の認識能力を「純粋知性」「審美眼《テイスト》」「倫理意識」の三つに区分し、詩は何よりも美を扱うがゆえに、審美眼によってのみ創作されるべきジャンルであることを明言したし、今世紀に入るとT・S・エリオットが「伝統と個人の才能」(一九一九年)の中で、文学的伝統を通時的に歴史を成すものではなく共時的に同時併存する秩序と見なし、加うるに作家は自己の個性を主張するより個性を滅却すべき存在と定めている。そして、ポウは名詩「大鴉」で、エリオットは名詩『荒地』で、それぞれの美学を実現してみせている。そこに、何ら倫理的解釈の介在する余地はないように見える。

ただし、この美学には死角が潜む。というのも、ポウが詩作に審美眼を「義務」づけたり、エリオットが詩人に個性滅却を「要求」したりするそれぞれの判断自体は、審美眼どころかまちがいなく一定の倫理観によって構成されているのだから。端的にして皮肉な事実というべきだろうか。振り返ってみれば、なるほど一九世紀前半、アメリカが物心両面におけるヨーロッパからの独立を完遂しようと躍起になっていた当時、ポウほどにその批評の中で文学的独立を「強要した」作家もいなかったし、二〇世紀前半、現代文学が物心両面における前世紀からの独立を達成しようと尽力していた当時、エリオットほどにその批評の中で芸術的進歩を「理念化した」作家もいなかった。作品の美学を主張すればするほど、その主張行為そのものが、美学的どころか倫理的になっていくのを回避することはできない。

シーバースの『批評の倫理学』が出発点とするのも、右にいう美学と倫理学のパラドクシカルな関係性だ。著者はこの図式を哲学・人類学・精神分析・フェミニズム・文学批評といったさまざまな領域から、それこそ多元的に問い直す。文章は明快そのものであり、パラドックスにパラドックスを積み重ねていく手法も韜晦というよりは洒脱、論旨構築の要領のよさを裏づけるものだろう。こう書くと誤解を招きそうだが、むろんシーバースはこれら多様な分野から倫理的要素だけをピックアップして小器用にまとめたわけではない。彼自身序文を兼ねる第一章でいうように、本書の背後には、多様化のエスカレートした現代批評状況に何らかの一貫性を発見するには「倫理学だけが有効」とみる信念がある。各方法論は、決して互いに「イデオロギー闘争している」のではなく、むしろ倫理の問題を介しつつ「共同戦線を張っている」のだ、と彼は見る(一三頁)。

ここで戦争のメタファーが用いられたのは、単に修辞的なギミックではない。戦場、それは人間の問題と言語の問題を常にアナロジカルに考える、いわばたゆまぬ翻訳作業が著者の根本に潜むことの予兆なのだ。ポール・ド・マンであれば擬人化《アンスロポモルフィズム》とでも呼んだに違いない修辞法。けれども、シーバースが展開するのはレトリックを使用してもレトリカルに終わることもなければ政治的《ポリティカル》に走ることもない、あくまで倫理的批評を再考しようとするスタンスと呼べるだろう。

その姿勢は、古代から倫理的批評の歴史を説きおこす第一章から典型的にみられる。なるほど、プラトンは文学を悪と判定し、続くアリストテレスはプラトン的倫理観から逃れようとするあまりに批評と倫理を分割しようと試みながら、けっきょくはふたりとも文学をその暴力性によって判断しようとしていた。対するに、カントは文学をあくまでその自由度によって判断しようと目論んだ。ところが、ここに重大なパラドックスが潜む、と著者はいう。カントによれば、美が美として認識される根拠は人間の美的基準が普遍的であるためである。ここには、徹底して個人的な偏見を排斥し、美学における人間的平等を「自由」の名のもとに理想化する視点がみられる。けれども、個人個人で美的尺度の偏らない世界を指向することそれ自体が、きわめて倫理的に偏ったヴィジョンなのではないか。

なるほど、文学が自由を目的とする限り、それはあらゆる倫理的要請から逃れなければならないが、その倫理的要請の最たるもの、それは自由以外のものではない。美学と倫理学がほとんど淫らにからみあうスキャンダル。文学が文学であるための倫理的純潔性を保つためには、文学批評はほかならぬ倫理性を駆逐しなければならないという皮肉きわまるパラドックス。倫理は倫理自身と食い違う。かくて、シーバースはニーチェに則りつつ、こう断定する。「文学が最終的に倫理から逃れるためには、まさに倫理こそが文学《フィクション》でしかないものと割り引く手段しか残されていない」(三一頁)。これをディコンストラクション以後に典型的なレトリックと判断することは可能だ。けれども、そのように判断した瞬間、我々はのっぴきならない罠にはまりこむ。というのも、シーバースがこののち本書全般にわたって繰り広げるのは、いってみれば判断という行為そのものに関する記号論であるのだから。

2

ポウからエリオットへ、そしてアメリカ新批評へと続く批評的伝統の根源へ遡行するなら、カントの『判断力批判』(一七九〇年)に行きあたる。一九世紀中葉、アメリカ・ロマンティシズムの時代がエマソン率いる超絶主義思想の時代でもあったことはよく知られているが、その背景において、すでに当時輸入されつつあったカントの三批判(純粋理性・判断力・実践理性の三機能に関する批判)が影響を及ぼしていたことは、先に引いたポウ的な三区分からさえ如実に判明するだろう。カントは人間を自律的存在と捉え、新批評は詩作品を自律的存在と考えた。これはのちのポスト構造主義の文脈において、「作者の死」転じては「人間の死」という命題が言語自体の、その自律性の検討をより一層深めることになるプロセスに等しい。そして、ここで大切なのが、いずれの場合にも、批評はある種の「暴力」からの解放である点で、まぎれもなく「倫理的」たりえていたという事実である。新批評は詩作品を作者という暴力から解放し、新解釈主義は作者の権利を守るために芸術至上主義という暴力に抵抗した。だが同時に、暴力とは、前作『メデューサの鏡』(一九八三年)で人類学的方法論への造詣を隠さず、本書でもルネ・ジラールを援用しているシーバースにとって[註2]、自然から文化への移行が文字を媒介に成される時、必然的に浮上する形態である。第四章では、まさにそのようなパースペクティヴが、ルソーからレヴィ・ストロース、デリダへ至る系譜の中に看破される。彼によれば「倫理体系が外部の暴力を根絶しようとする時、その根絶行為自体がひとつの暴力を発生させてしまう」(九二頁)。

暴力を批判する暴力、それが倫理なるものの正体なのだ。倫理は暴力を防ぐその同じ刀で、秩序という名の暴力をふるう。ここに、倫理の根拠とはそもそも限りなく非倫理的であるという根拠がある。ところが、シーバースによれば、そのような人間的倫理のないところに批評は成り立たない。というのも、批評とはけっきょく「判断」に尽きるためである。ポウは寓喩を批判することで最も寓喩的な判断を下したし、エリオットは個性を批判することで最も個性的な判断を下した。そもそも判断とは暴力という名の倫理であると同時に、任意という名の批評なのである。

振り返ってみれば、カントは、判断力の根拠を自然法則と究極目的の間をつなぐ「技術＝芸術」に求めたが、その連結行為自体が倫理的にして任意的な判断に準拠していた。ここで倫理の根拠が任意性（arbitrariness）であり、その語義はいまでこそ何ら法の支配によらない専断（unrestrained in the exercise of will 一六四二年の用例）であるが、語源としては裁定者の支配（dependent on the discretion of an arbiter、一五八一年の用例）を意味していた生成史に着目してもよい。ここでは、法の裁定者だけはただひとり、法から免れた任意性の使い手だったという、それこそ無法きわまる逆説を再現することができる。それならば、文学批評は文学の倫理から免れる判断によってのみ、倫理的＝任意的たりうるのかもしれない。

倫理的批評とは、したがって、判断について判断する批評のことである。

3

第七章でフロイトからラカンに至る「倫理的無意識」の問題を論じたシーバースは、ほぼ必然の道筋として、第八章「性差の倫理」へ到達する。フェミニズム批評は周縁性によってこそ保証されている、けれどもフェミニズム批評を押し進めれば押し進めるほど、周縁性は危うくなりかねない――著者は再びパラドクシカルな論法を回復する。たとえば、ボニー・ツィンマーマンはレズビアン批評の要求する周縁性を、必ずしも男性優位主義に押しつけられたためでなく、むしろレズビアン自ら主体的に選択したものだという。シーバースはこれに触れて、このようなレズビアン批評の自己抑圧は、同時にレズビアン以外を逆抑圧する立場を採りうると述べる。男性優位主義は、なるほどひとつの神話を作ったが、かといってフェミニズムが反神話を作ろうと判断すれば、それは元の木阿弥ではあるまいか。フェミニズム最大の存在理由は、暴力と排外主義に関して、たゆまぬ倫理的な問いかけを続けていく点にあるのではないか――そう彼は結論する。

最終章（第九章）「核批評の倫理」もまた、フェミニズム批評に劣らず、いま最もあぶない文学批評の可能性を語るものだ。シーバースは、核時代があって文学批評がそれに対応するという見解を採らず、むしろ文学とはもともと核戦争とメタフォリカルな相似関係にあることを指摘する。文学が破壊的であることは、デリダのいうとおり「文字が暴力である」なら、いまさら復唱するまでもない。文学が今日、核戦争レトリックにおける無意識を演じているのも、たとえばトマス・ピンチョン『重力の虹』におけるV2ロケットやフレドリック・ジェイムソンのいう「言語の牢獄」のイメージを連想するなら、容易につかめるだろう。しかし、この章でシーバースの洞察に感銘を受けたのは、そのような核戦争のメタファー群を彼が列挙しているくだりで、ヒリス・ミラーの一節「あらゆるミメシスは破壊的である」と並び、ド・マン一九六九年の論文「文学史と文学的モダニティ」より以下の一節が引かれていたからだ。「よき文学史家になるために念じておくべきなのは、文学史とは実際の文学とほとんど関係がなく、文学的解釈とは実のところ文学史なのだということであろう。ことは文学に限らず、歴史的知識の根拠にしても経験的事実どころか、文書化されたテクストにほかならない、いくらテクストが巧みに戦争ないし革命の仮面で装っていようとも」(『死角と明察』、一六五頁)。

ド・マンが「仮面で装う」(masquerade)という比喩的動詞を好んでいたことは、たとえば『読むことのアレゴリー』(一九七九年)第三章でも「偶然の比喩が必然の比喩の仮面で装う」(六七頁)という表現があることからも推測できるが、ここで重要なのは、むしろ「仮面で装うこと」がそこはかとなくかもし出すメランコリーの情緒である。

シーバースは論文「ド・マンという悲嘆」の中で、ド・マンの文章が絶えずメランコリックに響く理由を、彼が決して悲嘆の対象を明らかにしなかったことに求めている。第二次世界大戦中、反ユダヤ主義者としてナチズムに加担したことが暴露されたド・マン。アメリカ移民後は、そのような過去について決して人に漏らさなかったド・マン。このとき、悲嘆の対象としてのユダヤ人を隠蔽し続けたことが、むしろ彼の言説に一貫してメランコリーの効果を与えたのだ、とシーバースはいう。だからこそ、歴史的テクストが「いくら戦争や革命の仮面で装っていようとも」ド・マンは口を割るまい、と自ら決断したのである。それは文字どおり、最も倫理的にして批評的な判断であった［註3］。

暴力的過去の隠蔽と、禁欲的読解の促進。ジョナサン・カラーは構造主義批評がいかにポスト構造主義批評へ展開せざるを得ないか、その倫理を示したが、トビン・シーバースは倫理的批評がいかにディコンストラクション以後を再歴史化しうるか、まさしくその構造を解き明かそうとする。

[註1]
Wayne Booth, "Freedom of Interpretation: Bakhtin and the Challenge of Feminist Criticism," *Critical Inquiry* 9 (1982): 45-76; J. Hillis Miller, *The Ethics of Reading: Kant, De Man, Eliot, Trollope, James, and Benjamin* (New York: Columbia UP, 1987). ミラーにおける読むことの倫理に従うなら、読者は何も判断せず、ただテクスト上の言語が自己矛盾を暴露していく様を追跡すればよい。だがこの立場を採る限り、批評家にさしたる自由はなく、単に「言語の檻」に入れられるに過ぎない、とシーバースは批判する。(38頁)

[註2]
Siebers, *The Mirror of Medusa* (Berkeley: U of California P, 1983). 本書の翌年、やはりシーバースはコーネル大学からも一冊、*The Romantic Fantastic*を出している。当時、ミシガン大学助教授(英文学・比較文学)。

[註3]
"Mourning Becomes Paul de Man," *Responses: On Paul de Man's Wartime Journalism*, ed. Werner Hamacher et al. (Lincoln: U of Nebraska P, 1989) 363-67. ナチズム問題露見後のド・マン論集として、最新のもの。詳細な年譜のほか、デリダ、ロドルフ・ガッシェ、シンシア・チェイスら38名の論文を収める。シーバース論文は『批評の倫理学』第五章のド・マン論を全面加筆改稿したもの。

CURRICULUM SIX

第六章　闘争するエレミヤ

ジェイン・トムキンズ『煽情的な構図』を読む

読者反応論批評は、たとえばフランス系新批評やドイツ系受容美学と密接に関わるものと信じられている。だが、実際のところ、ウェイン・ブースらの『フィクションの修辞学』（一九六一年）など六十年代初頭以来の業績をたどっていくと、むしろその淵源はアメリカの方にこそ求められる。読者に重点を置く批評は、アメリカ的民主主義のひとつの表明であり、まさにその点において、アメリカン・ルネッサンスの精神と絶妙に連動する。

Jane Tompkins
Sensational Designs:
The Cultural Work of American Fiction 1790-1860
(New York: Oxford UP, 1985).

一冊の本を買う前に、あるいは読み進むうちに、著者のプロフィールが気になり始める。これを書いたのは、いったいどんな人物だろうか。しかし、学位論文ならいざ知らず、一般の批評書において詳細な著者情報が読めることは、ほとんどない。ただし、欧米であれば冒頭に「謝辞」のページが来るのがならわし、謝辞の対象が必ずしも著者の経歴まで暗示しているとは言い切れないが、いくばくかの貴重な情報が盛り込まれていることも多い。

たとえば、こんな「謝辞」を読んだら、あなたはそれだけで本の著者に興味を覚えないだろうか。

「誰よりも感謝したいのは、経済面その他で私を全面的に支えてくれた夫である。彼こそは、私に無数の批判と助言を惜しまなかった。しかも、何度もおつかいに行ってくれたり、レストランで御馳走してくれたり、そればかりか私がぐずぐずしているうちに休暇の計画まで立ててくれた。くじけそうになるとびしばし叱咤激励してがみがみ指導鞭撻してくれたのも彼、そしてプレゼントをたくさん贈ってくれたのも洗い物をしてくれたのも彼だった」

書き手はジェイン・トムキンズ、読者反応論《リーダー・レスポンス》批評からフェミニズムを経て、現在では新歴史主義批評《ニュー・ヒストリシズム》に手を染めているデューク大学英文科教授で、十八・十九世紀アメリカ小説を専門とする。この謝辞が読まれるのは、彼女が一九八五年に出版した第三著書『煽情的な構図――アメリカ小説の文化的機能・一七九〇～一八六〇年』。一方、トムキンズが「夫」として呼びかけているのはスタンリー・フィッシュ、いうまでもなくアメリカ読者反応論批評最大の草分けにして、アメリカ近現代語学文学会（ＭＬＡ）の年次大会では彼自身の批評体系を研究するシンポジウムが組まれるほどの大御所だ。そのポスト構造主義理論を踏まえたラディカリズムは最近ついに文学と法学の境界さえ無効にしてしまい、目下の彼は作品講読と法解釈双方の課目を、同じデューク大学で担当している［註1］。

もっとも、いまトムキンズの謝辞から引いたのは、フィッシュに関するゴシップ趣味に起因するものではない。実際、このような謝辞の書き手がどのような著作をまとめたのか、そんな興味に惹かれて本書を読み始めた人々も、決して少なくなかったはずだ。けれども、いちばん肝心なのは、ここに彼女自身の「家庭性」がストレートに表現されており、それは大衆小説を中心にアメリカ文学史における「家庭の問題」［註2］を再考しようとする同書には、あまりにもフィットしているという暗合だろう。

1

『煽情的な構図』第一章はナサニエル・ホーソーンの文学的名声がいかに確立したか、その背後のネットワークを語るところから幕開けし、終章第七章は再びホーソーンに戻って、彼の同一の短編でもアメリカ文学傑作選収録の際の編集自体でいかに印象が変わってしまうか、いかに制度が文学的価値を産出するか、その時代別の規範変動について語りつつ幕を降ろす。間を満たす各章には、チャールズ・ブロックデン・ブラウンやジェイムズ・フェニモア・クーパー、ハリエット・ビーチャー・ストウ、スーザン・ウォーナーといった、従来の文学史で軽視されてきた面々に関する再考察が並ぶ。性別・ジャンルを問わず多岐に渡る顔ぶれが選ばれてはいるものの、しかし著者の目論見はただひとつだ。「天才」の手になる「内在的美質」を備えた「傑作」が「超歴史的」に「不滅の輝き」を帯びるという評価が従来の因習的文学史観であったが、何を措いてもこうした誤謬を根本から転覆すること、これに尽きる。端的にいうなら、テクストを読むとき我々が潜在的特徴と思い込むものは、むしろ時代的・地域的コンテクストによってあらかじめ決定された読者の立場に過ぎない――これがトムキンズの前提である。仮に彼女の見解をさらに図式化してしまうなら、こうもいえようか――作者のテクストなど存在しない、読者のコンテクストだけが存在する、と。

フィッシュ流の批評方法は、テクストが読者を操作するのか、読者がテクストを産むのかというたゆまぬ葛藤を描き出しながら、ついにはテクストも読者も共に一定の文化的・文学的約束事を共有する解釈共同体の産物なのだと主張したものだ［註3］。ところで、彼のいう解釈共同体をもっと拡大して社会的・政治的・経済的ニュアンスを付すならば、トムキンズのいうコンテクストの機能とほぼ同一視できる枠組となる。コンテクストもまた、読者に作用することでテクストを変貌させるからである。こう考えると、読者反応論から新歴史主義への道筋も一層明確化するだろう。

たとえば、トムキンズがホーソーンで本書全体を枠組んだことは、右の事情を典型的に例証する。この作家がアメリカの文豪であり、その作品がアメリカ文学の古典であることを疑う者はめずらしい。けれども、それは必然というより偶然ではないのか。トムキンズはその傍証として、ホーソーンの人間関係を挙げた。彼は一八二八年から三六年の期間に多くの短編を雑誌発表しているけれども、このころにはさして関心を払われることがない。というのも、匿名で書かれたことや作品の質が他作家の雑誌短編と弁別不能であったこともさることながら、ホーソーンについての予備知識を持つ者が少なかったことも理由として指摘できる。

彼が評価されはじめたのは一八三六年のこと、当時最も権威のあった年刊〈トークン〉誌の編集長サミュエル・グッドリッチが、他の編集者たちの目に初めてホーソーンの意義を確認させたことによっている。もちろん、トムキンズはこう但し書きする——「グッドリッチがすぐれた鑑識眼を持っていたということではない。ただ、彼にはホーソーンにとって好ましい評価を創造する力があった」（八頁）。逆にいえば、グッドリッチがホーソーン受容のコンテクストを造って初めて、その時点までに書かれていたホーソーン短編のテクスト群も存在を認められることになったのである。

そればかりではない。トムキンズはホーソーンが一八三七年に出版した第一短編集『トワイス・トールド・テールズ』にしても、その評価獲得においては人間関係のコンテクストが見逃せないという。初期の絶賛に近い書評の書き手には、ホーソーンにタダ原稿を多く書かせた〈セイラム・ガゼット〉紙の編集長や、ホーソーンとはボードン大学でクラスメートだった当時の文壇の大御所ヘンリー・ワズワース・ロングフェローらがいる。むろん、そのような人間関係が必ずしも好意的書評を生むとは限らないが、ホーソーンの場合には確実にポジティヴに作用した。少なくとも「彼らがネガティヴにホーソーンを評価していれば、むしろその方が奇妙に映ったであろうコンテクスト」が、あらかじめ用意されていたということである（九頁）。

2

コンテクストが違えば、読者反応も違う。トムキンズは、さらにそのころ評価されたホーソーン作品が、今日名作とされる「牧師の黒いヴェール」や「ヤング・グッドマン・ブラウン」「メリマウントの五月柱」などの短編ではなく、むしろ「尖塔からの眺め」「小さいアニーの散歩」「町の水道のおしゃべり」といったスケッチの類であったことを指摘する。ホーソーンの宗教的主題よりも、当時の読者には彼の家庭的様式の方が興味を惹いたのではなかったか。日常的なるもの、あるいは家庭生活ふうのものを観念化する方向が特徴的なのではなかったろうか。

ここでトムキンズは短編「優しい少年」（初出一八三二年）に対する一九世紀同時代の評価と、百年以上のちの現代における評価とを対照してみせる。この作品は、父を処刑されたクェーカーの少年イルブラヒムがピューリタンのトバイアス・ピアソンに拾われることで、ピューリタンによるクェーカー迫害の構図がエスカレートしていくプロセスを描く。ピューリタンの慣習に黙従する少年の優しさ《ジェントルネス》と同時に、周囲の偏見もかまわず彼を育てるピアソン夫妻の優しさをも示した佳品である。ところで、同時代の批評家アンドルー・ピーボディは一八三七年の文章で、この優しい少年イルブラヒムがピアソン家に引き取られてから「陽光が家族の一員になったよう」(domesticated sunbeam) と形容されている点に深い感銘を受けたと告白する。というのも、一九世紀アメリカを社会史的に検証すれば「家族の神話」とでも呼べる規範構造が浮上するが、その範疇では、子どもこそ家族を団結させる霊的な力であるとする見方が支配的であり、やがてこれが予型《タイプ》となってアメリカ国家全体の統一が理想化されたのだから。この意味で、ピアソン家はアメリカの中の一家族ではない、むしろ家族としてのアメリカを表象＝再表現する人々として現われる。

一方、現代的な視点はこれをどう読むか。リチャード・アダムズの一九五七年の意見が引き合いに出され、彼がイルブラヒムの意義を「やがて克服されるべき幼年期」の象徴として解釈しているのが紹介される。同時代のピーボディが作品の一節に着目しながら、子どもは子どもであるというだけで一家の中心と捉えたのとは裏腹に、二〇世紀のアダムズは物語全体を一種の成長譚とみなし、子どもから大人へ——無垢から責任へ——至る過程を重視する。むろん「陽光が家族の一員になったよう」といった表現は無視されてしまう。いや、このような細部を読まないことこそ、二〇世紀的にホーソーンを読むコンテクストのためには不可欠の条件だったというべきだろう。

これは誤読ではあるまい。むしろ、二〇世紀が「優しい少年」を一種の教養小説の枠組から正しく読んだように、一九世紀にしても——作者ホーソーン自身を含んで——一七世紀アメリカの宗教的事件を一種の家庭小説の枠組から正しく読んでみせている。何らかの歴史的正解があって、それをズラす現代的誤読があるといったような図式は、もはやトムキンズにあてはまらない。

たとえば、第二章・第三章において彼女が説き明かすのは、チャールズ・ブロックデン・ブラウンのゴシック長編『ウィーランド』（一七九八年）や『アーサー・マーヴィン』（一七九九〜一八〇〇年）が孕んでいた政治小説としての可能性である。事実、ブラウンは『ウィーランド』脱稿後、一部を当時副大統領だったトマス・ジェファソンへ送っている。物語は一見政治とはまったく無縁に見えるけれども、ウィーランド一家における狂気と虐殺は、当時、独立後のアメリカ国家がフランス革命と同じ国家的な狂気と無政府状態の道を辿らないよう懸念したブラウンなりの政治的寓話ではないか。そこには革命と進歩の効果に対する根源的な懐疑が表明されているのではないか。だからこそ、小説自体も直進的な「進行」にゆらぎを見せているのではないか。『アーサー・マーヴィン』の方も、一見正反対に成功神話を紡ぎ出しつつ、革命後の被害を経済力で補填する道を見つけ出してはいるものの、やはり根底には共和党的理念への批判があるのではないか。

だからこそ、ここではあえて医学が称揚され、肉体ならぬ政体の治療が暗示されているのではないか――こうトムキンズは結論する。

右の手順を一応まとめてみれば、おそらくトムキンズの本質をジャンル再考に求める読みかたが成り立つだろう。第四章で展開されるクーパー論は、彼の「皮脚絆物語《レザーストッキング》」を煽情小説とも人類学小説とも、はたまた民族統合小説とも読み、第五章のストウ夫人論は、彼女の『アンクル・トムの小屋』(一八五二年)を感傷小説・奴隷廃止小説であると同時に「エレミヤの嘆き」をパラダイムとする黙示小説とも読んでいる。リアリズム的な細部構築は、実は客観描写どころか一定のパラダイムに即したきわめて修辞的な産物なのである。旧約のエレミヤが来るべき神の怒りを予期したように、ストウ夫人は個人の救済をアメリカ国家全体の救済史にまで拡大しうる予型論的構図に依存している。サクヴァン・バーコヴィッチの男性作家中心主義は『アメリカのエレミヤ』の中でストウ夫人を除外したけれども、むしろバーコヴィッチ的な尺度はストウ夫人のために設定されたようなものだ、とトムキンズはいう[註4]。

第六章「もうひとつのアメリカン・ルネッサンス」は、スーザン・ウォーナーの感傷小説『広い、広い世界』が一八五〇年の出版と同時にアメリカ文学史上を襲う爆発的ベストセラーとなった事実を検証し、その背後には感傷小説が宗教的な教訓小説の構造を再利用していること、当時の女性は世間から家庭に閉じ込められたのではなく、むしろ家庭を女だけの聖域として占拠することにより、フェミニスト神学とでも呼べるものさえ確立しようとしていたことを説き明かす。ここには見えざる信仰復興運動《リヴァイヴァル》が表象され、見えざるアメリカン・ルネッサンスが大衆小説中心に再構築されている。もちろん、ここでのトムキンズの標的が、やはり男性作家・主流文学中心にこの時期のアメリカ文学の潮流を「アメリカン・ルネッサンス」と命名した

F・O・マシーセンであるのはいうまでもない[註5]。マシーセンとバーコヴィッチ、このアメリカ文学史の規範制定者たちと真っ向から闘争すること、それが規範再構成を叫ぶ新歴史主義状況下におけるアメリカ文学研究者トムキンズのコンテクストであることを確認すれば、『煽情的な構図』の箱庭的な要約は完成してしまう。

しかし、それにも増して本書を力強くも魅力的にしているのが、随所にはさまれたトムキンズの自分史であることを忘れることはできない。クーパーを語る彼女は、自分の受けた教育ではこの作家に近づきにくく、同僚からあるクラスを引き継ぐとき初めて『モヒカン族の最後』(一八二六年)を読んだと告白し、一方ストウ夫人を語る彼女は、かつてこの作家の異母姉妹イザベラ・ビーチャー・フッカーの所有になる家に住んだことがあり、それはまさしく女性運動華やかなりし一九六九年のことだったと回想する。トムキンズそのひとがいかに旧式の文学史観に束縛されていたか、いかに無意識のうちにもうひとつの文学史の入口に立っていたかを示す、これは実にパワフルな証言といえるだろう。

批評家自身の、自分史のモザイク模様。それは、あたかも著者の「謝辞」が著者自身を通して読者反応論者フィッシュのもうひとつの顔を浮かび上がらせたように、やがて批評史そのもののもうひとつの顔を彫り起こすかもしれない。スキャンダラスだろうか? いや、まさにその瞬間を、我々は煽情的《センセーショナル》な構図と呼ぶ。

[註1]
客観性と解釈の問題をめぐり、法学者オーウェン・フィスとの間で「フィス対フィッシュ論争」が戦わされたことは有名。そのあたりの事情を含む学際的研究に以下の書物がある。Sanford Levinson and Steven Mailloux, *Interpreting Law and Literature: A Hermeneutic Reader* (Evanston: Northwestern UP, 1988).

[註2]
トムキンズの感触では、現代の批評家は、たとえば文学における人気・情緒・宗教性と並んで家庭性をおとしめる読者教育を施してきたが、実はそれらすべての要素と女性差別感情は紙一重であるという(『煽情的な構図』123頁)。なお、同じ話題を担う日本人の手になる書物としては、以下が最良であろう。佐藤宏子『アメリカの家庭小説——一九世紀の女性作家たち』(研究社、1987年)。

[註3]
フィッシュの体系については、ジョナサン・カラーの分析に詳しい。Jonathan Culler, *On Deconstruction* (Ithaca: Cornell UP, 1982) 65-75. 邦訳に富山太佳夫・折島正司訳『ディコンストラクション』(岩波書店、1985年)。

[註4]
Sacvan Bercovitch, *The American Jeremiad* (Madison: U of Wisconsin P, 1978). バーコヴィッチ自身、最近は新歴史主義に興味を示しており、編著や文学史の編集に余念がない。

[註5]
F. O. Matthiessen, *American Renaissance: Art and Expression in the Age of Emerson and Whitman* (New York: Oxford UP, 1941). 新批評的形式論と民主主義的理念を融合しながら、一八五〇年代を中心に「天才」の「傑作」が持つ「不滅の価値」を分析した。

CURRICULUM SEVEN

第七章　モビィ・ディックとは誰か

マイケル・ギルモア『アメリカのロマン派文学と市場社会』を読む

わが国において、アメリカ研究夏期セミナーはひとつの良き伝統を成す。かつて七〇年代までは同志社大学が、八〇年代から九〇年代半ばまでは北海道大学が、そして九〇年代半ばからは二十一世紀初頭までの予定で立命館大学が、それぞれ舞台を提供し、アメリカからの招聘講師とのあいだに、さまざまな実り多い対話および神話を築いていった。そして九一年の夏、札幌クール・セミナーが招聘し、一躍人気を獲得したのがギルモアだった。

Michael T. Gilmore
American Romanticism and the Marketplace
(Chicago: The U of Chicago P, 1985)

アメリカ現代批評の問題は、そのまま全米各大学における文学部教育の問題である。けれど、その結果、とりわけ脱構築批評以後もたらされた最大の影響がいったいどこにあらわれたかといったら、何より大学院生や新進研究者の就職事情につきるのではないか。具体的にいえば、境界侵犯がかくまでも日常化してしまったご時世だから、専攻領域ひとつとっても、なまじな学際性、なまじなズラし方では、雇う方もおもしろがらなくなったという事態が大きい。たとえば、単に文学と精神分析といった組み合わせではもはや具体性が薄い――ズバリ「買い手がつく可能性《マーケッタビリティ》」が低いのである。もっと特定し、もっと斬新にしなければいけない。文学と法律、文学にみる肥満のイメージ、男性作家同士の共作が生み出す官能戦略、そして黒人レズビアン・バンパイアSFに見る政治的無意識……何でもいい、そんな具合に。脱構築されるのは、文学テクストならぬ文学カリキュラムそのものなのだ。

たとえば、アメリカン・ルネッサンスに限定した文学史的一時代の研究に限っても、事情は変わらない。一九世紀前半、アメリカ・ロマン派の活躍で国民文学が確立したこの時代は、最近とみに再評価の気運が高まっているが、増大する研究書の中にも、明らかに現時点でマーケッタブルたらんと意識したものが散見される。リーランド・パーソンの『美学的難問――ポウ、メルヴィル、ホーソーンにみる女性像と男性的詩学』やデイヴィッド・レヴァレンツの『アメリカン・ルネッサンスにおける男性性』などは、いかにも意表を突いた主題の力作だった［註1］。

しかし、わけても新歴史主義批評の代表作として記憶にとどめるべきものとしては、マイケル・ギルモアが一九八五年に出版した『アメリカ・ロマン派文学と市場社会』（一九八五年）を挙げなくてはならない。これまでにも、たとえば雑誌文学《マガジニズム》の視点から一九世紀文学産業の一面を説き明かす試みがないわけではなかったが、それよりひとまわり広いパースペクティヴから当時の文学的言説と市場的機構のインターテクスチュアリティを立証してみせる説得力において、本書はいまも他の追随を許していない。

1

アメリカン・ルネッサンスの時代、それもとりわけエマソンが牧師をやめた一八三二年からホーソーンが四大ロマンス最終作『大理石の牧神』を発表した一八六〇年に至る期間は、まさしく農本社会から市場社会への革命的転換期と一致する。これが、ギルモアの出発点である。きわめて人間的かつ階級的な師弟関係、雇用者／労働者関係が、いわば非人間的かつ非個性的な分業体制に取って代わられる時代――そうした状況下、作家はどのように文学生産者たりえ、作品はどのように文学的商品たりえたか。

事実、一八一五年以降には、それまで不便だった交通が、道路の改修と運河や鉄道の建設によって格段の違いをみせるとともに、輸出や銀行の体制も整った。人口の方も、一八二〇年から一八六〇年の間に一千万から三千二百万へとはねあがり、都市人口の割合も八倍増えた（二頁）。円圧印刷機をはじめとするテクノロジーの進歩により、廉価での出版部数拡大が可能になるとともに、一八五〇年までには、白人の大人の九〇パーセントが読み書き能力を持つようになった。一九二〇年から三〇年の間に出版されたアメリカ人作家による小説出版点数は一〇九冊だったが、四〇年代に入ると一気にほぼ千冊の大台に乗り、しめて一千二百五十万ドルの売り上げを記録した。誰の目にも、出版は産業と化したのである。時あたかもジャクソン大統領の統治期と重なっており、資本主義の利点と限界がこれほどあらわになった時代もなかった。

したがって、ギルモアはこう前提する。いわゆるアメリカン・ルネッサンス作家たちは、まさにこの大転換期をくぐりぬけながら、資本主義的出版体制に対して時に適応しつつ、時に抵抗してみせるというアンビヴァレントな姿勢を表明してきたけれども、まさにそのような姿勢そのものを、我々は彼らの作品群の構造に読みとることができるのではないか？

なるほど、当時、ホーソーンがせいぜい五〜六千の読者を獲得できれば上出来と思っているときに、スーザン・ウォーナーやマリア・カミンズといった女性大衆作家は四万部規模のベストセラーを軽々と放っていた。もちろん、彼女たちを中枢に据えている文学史は、いまも決して多くはない。けれども、同時代にあって、彼女たち同様の商業的成功を望まない作家はいなかったし、現にホーソーンそのひとが女性作家群に対し「いまいましい物書き女ども」と罵倒しながら、一方で「ファニー・ファーンの小説は大いに楽しませてもらった——彼女はまるで悪魔が取り憑いたみたいに書ける人だ」ともってまわったホメ方をしている。つまり、このように錯綜した女性作家評価を導いている錯綜した気分こそ、一九世紀中葉における主流文学者たちの共通した準拠枠だったのではないか——ギルモアの立脚点を単純化すれば、こうなるだろう。そして実際、ホーソーンの『緋文字』やエマソンの『代表的人間』（一八五〇年）、メルヴィルの『白鯨』（一八五一年）やソローの『ウォルデン』（一八五四年）といった、いまでも名作と語りつがれる作品群のうち、ほとんどは大して売れなかったし、売れてもそこそこ、女性作家たちの大衆小説ベストセラーには及ぶべくもないというのが相場だったのだから。

2

そのせいか、本書にみられるギルモアの眼は、絶えずアイロニーに満ちている。なるほど、彼はジェイン・トムキンズのように女性作家によってアメリカン・ルネッサンスを再構築しようなどとは考えていない［註2］。目次に並列された作家名・作品名を一瞥する限り、それらはすべて、英文科必修テクスト群と呼べるほどに常識的なものだ。にも関わらず、彼の目論見は、常識的作品の内部に潜む常識ならざる死角を暴き出し、結果的にアメリカ・ロマン派に共通する「曖昧性」が、実はいかに作家たちの「錯綜した気分」によってもたらされた効果であるのか、その点を詳らかにする点にある。もっと砕いていうならば、彼ら男性作家たちが感じていたのは芸術的完成と商業的妥協のジレンマから来る、文学史上において自分たちがマーケッタブルか否かという「錯綜した気分」だったのではないか。まさにその点が何らかの形で創作に構造化されてしまったからこそ、作品が「曖昧な効果」を売り物にするに至ったのではないか。

その意味で、第一章のエマソン論は有益なアウトラインを与えてくれる。この超越主義を代表する思想家は、政治・教育・宗教のすべてが交換経済の影響をこうむっていること、資本主義がいわゆるヒューマニズムを無効化してしまうことをよく認識するあまりに、たとえば禁酒や奴隷制廃止といった改革運動の類にしても、たちまち商品化され、交換されるうちに当初の本質を見失ってしまうものと考えた。しかし、ギルモアはここで、エマソンの超越への意志が交換経済さえも超越しかねない可能性を示す。エマソンにとって、商品の毒を超越するには物質を観念化して、しかも貨幣ではなく意味と交換しさえすればよい（二九頁）。いわば、エマソンは市場の毒性を克服するために市場に典型的な同毒療法を再利用したといえる。自然（病気の毒）と文化（市場の毒）の間に二重構造を築くこと――それは、ギルモアが市場経済的考察の彼方に夢見る象徴主義の方法論そのままだ。そして、ルカーチやフレドリック・ジェイムソンに則る限り、象徴主義とはまさしく「資本主義的生産が人間性を放逐してしまったこの世界において、何とかモノに意味を再付与しようとする文学的想像力の営為」にほかなるまい（一六頁）。

これは、第二章で引かれるソローの『ウォルデン』を連想させる。「このくだもの（ハックルベリー他）の本当の風味を味わうには、買ってもだめ、ましてや商品として育ててみてもだめだ」［註3］。彼の市場経済への反抗がよく表われた箇所だが、それと同時に『ウォルデン』におびただしく記される生活費のメモは、あたかもマザーからフランクリンへ至るピューリタン的倫理と、その帰結としての資本主義精神が露呈したものではなかったろうか。ソロー内部の矛盾？　ギルモアはこの構造を普遍化して述べている。「『ウォルデン』というモダニスト作品は、まさにモダニティを否定して始まる。――だが、逆説的ながら、この作品の成功は、まさにこれが敗北的なテクストであった点に潜むのだ」（三五〜三六頁）。著者はさらに、『ウォルデン』が歴史を超越できたのは出版社のせいで、文字どおり出版が五年ほど「遅延した」せいであること、このようにしてソローは絶えずアイロニカルな形で自らの否定する市場経済に巻きこまれていたことを指摘する（五一頁）。

本書は、したがって文学作品をすべて交換経済から翻訳するという、それこそ単純な交換関係ないしマルクス主義文学批評の産物ではない。それどころか、ここで企まれているのは、本来文学作品の内部でいかに交換経済的な意味作用が反復されてきたか、そのいきさつを明らかにすることだ。ギルモア自身はついに触れないけれども、このことは、前述した同毒療法の伝統が、そもそもピューリタン的想像力の産物だった事実を思い起こせば一目瞭然だろう。

3

エマソン、ソローの思想を論じた二章に交換経済論理の雛型を認めるならば、続くホーソーン、メルヴィルの諸作品を論じた五章では、いよいよ文学市場との関連において、意外なテクストの死角が切り開かれていく。

たとえば、ホーソーン一八四四年の短編「ラパチーニの娘」。ラパチーニ博士の庭園に住む美しい娘ベアトリーチェは、彼の実験的な有毒植物栽培の影響で全身が毒に染まった存在なのだが、恋する若者ジョヴァンニはその思いを断ち切れず、彼女に解毒剤を渡す。ベアトリーチェは「恐れられるより愛されたい」がゆえに、その薬を飲み干すけれども、彼女にとって毒が生命を保証していたのと同じく解毒剤は死を演出するものだった――。

このプロットはまさに、当時のホーソーン文学そのものの運命ではなかったか、とギルモアはいう。というのも、そのころ、一八四二年に結婚したホーソーンではあったが、第一短編集『トワイス・トールド・テールズ』が一八三七年版／四二年版ともども不振に終わり、彼は絶望のどん底に突き落とされていたのである。ラパチーニの庭園は、だからアメリカ資本主義世界、ジョヴァンニはそこにおける愚鈍な読者、そしてベアトリーチェはホーソーンの文学芸術そのものであり、その内部に注入された毒は、作品がマーケッタブルになり得ないという作者自身の苦境そのものではなかったか——これが、ギルモアの読みかたである。彼は、さらに『緋文字』解釈において、ホーソーン最大のジレンマを、作家として人気を得たいと願いながら、一方で、そう易々と真実を公けになどできるものかと考えてしまう錯綜に仮定する。それならば、前者の傾向を偽善者の牧師アーサー・ディムズディル、後者の傾向を彼と不倫に陥るヘスター・プリンが代表しているとみなせるのではないか。メルヴィルの『白鯨』を論じた章でも、ギルモアは白鯨を資本主義的アメリカ、エイハブを超絶主義者の典型と見立てつつ、イシュメールこそ、書きながら多様な文体のうちに主体を消失していくメルヴィルそのひとではなかったか、と読み込む。その消失には、交換経済の果てに消失する人間性そのものさえ照射されている。

著者ギルモアは必ずしもこれら物語群に市場世界の寓喩を設定しているわけではない。むしろ彼自身がもうひとつ、いわば市場世界そのものに関するもうひとつの物語をきっちり語り終えようとしている。それは、イシュメールに読み取られた非人間化のモチーフが、最終章「代書人バートルビー」の分析で、クライマックスを迎えるところに明らかだ。バートルビーもまた、法律事務所で筆耕という「書くこと」にたずさわる人間であった。この点に着目したギルモアは、原本を写す行為のうちに、まさしく現実模倣《ミメシス》の原理に立脚する「リアリズム小説の創作」と通底する側面を看破しながら、バートルビーがある日を境にあらゆる仕事に対して「気が進まないのですが」(I would prefer not to)とくり返すのは、メルヴィル自身がリアリズム小説を根絶しようとする決断に等しい、と考える。バートルビーはそのようにして資本主義社会の交換経済へ一撃を食らわせたのであり、メルヴィルにしても、資本主義の落とし子であるリアリズム小説を回避しつつ、きわめてモダニスティックな文学への道へ足を踏みいれた。そこに読者がいるかどうかはわからない。だが、だからこそ物語の結末は、かつてバートルビーがワシントンの郵便局員だったとき、宛先不明の配達不能郵便《デッドレター》の処理係だった事実を暴露するのだ、と批評家はいう（一四五頁）。

かくてギルモアは、アメリカ・ロマン派の物語が長いこと死角に追いやってきたコンテクストを、それもまた新しい物語であるかのように語り終える。だが、同時に判明するのは、本書自体もまた、多くの批評的物語を死角に沈みこませていたということだ。索引にさえ浮上しないが、フーコー、デリダ、マーク・シェルなど、ギルモアの批評的主体を形成してきた物語作者は数多い。もちろん、彼らはもはや言及の必要さえ感じられないほど、ギルモア自身の奥深く浸透してしまっているのかもしれない。あたかも後期資本主義経済が、もはやそれと気がつくことさえないほど我々自身の肉体に流通してしまっているように。

むろん、死角そのものに意味はない。肝心なのは、そのような死角によって何が可能になったかという一点だ。たとえば、マイケル・ギルモアは死角を死角として隠蔽し続けたことで、確実に本書のページ数削減に貢献した。その結果、A5判ペーパーバック一八〇ページ品質保証付という、まことにスマートかつコンパクト、加うるにマーケッタブルな一冊ができあがった。本書の文学的市場社会論を読む者は、何を措いてもこの形式美だけは忘れてはなるまい。

[註 1]
Leland S. Person, Jr., *Aesthetic Headaches: Women and A Masculine Poetics in Poe, Melville, Hawthorne* (Athens: The U of Georgia P, 1988); David Leverenz, *Manhood and the American Renaissance* (Ithaca: Cornell UP, 1989).

[註 2]
本書第二部、第六章「闘争するエレミヤ」参照。

[註 3]
Robert Sayre, ed., *Thoreau* (New York: The Library of America, 1985) 461.

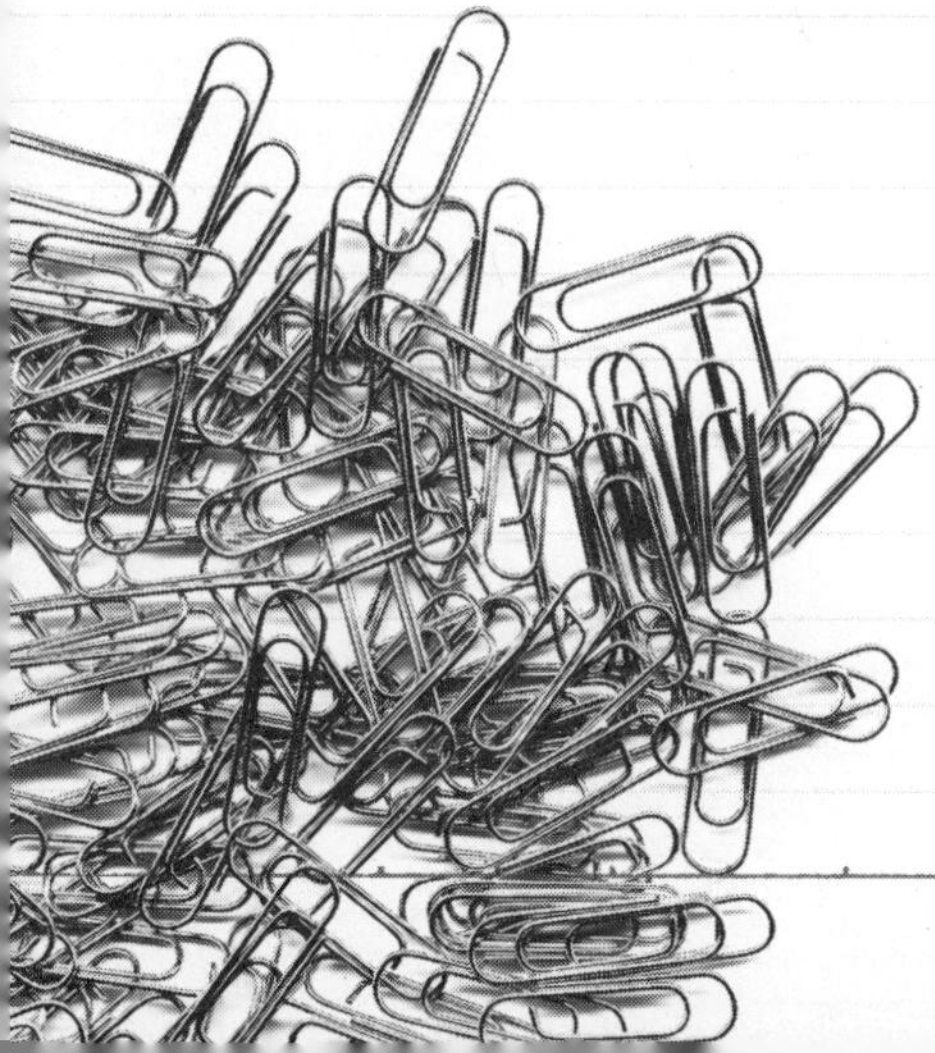

CURRICULUM EIGHT

第八章　リパブリカン・マインドの終焉

キャシー・デイヴィッドソン『書物言語の革命』を読む

かつて神戸女学院大学で教鞭を執り、第一著書ではアンブローズ・ビアスを扱いながら故・西川正身東大名誉教授に謝辞を捧げている彼女は、正統的アメリカ文学者であるうえに、大の日本びいきであり、さらにファッション雑誌の常連ライターとしても広く知られる。十年近く前、火事で貴重な資料が焼失したそうだが、しかし九四年に再来日した折には、タビサ・ギルマン・テニーの知られざる遺稿が発掘されたことに興奮を隠していなかった。

Cathy N. Davidson
Revolution and the Word: The Rise of the Novel in America
(New York: Oxford UP, 1986)

「ベストセラー小説を書く唯一の秘訣は簡単だ。読者がページをめくり続けるようにすればいい」――かつて、『007』原作者のイアン・フレミングはこういった。むろん、あらゆる名言のご多聞にもれず、このセンテンス自体は何も「説明」していないのだけれど、少なくとも質問者に二の句を継がせないだけの「効果」を持つ。それ以上問うことなど――いや、そもそもベストセラーについて問うこと自体が――野暮の骨頂と実感させるだけの破壊力を備えている。言語が何らかの話題を「説き明かす」のではなく、その発話自体で他者に対して何らかの「力の行使をなす」こと、これはまさしく言語効果《スピーチアクト》のお手本だろう。

しかし、最近特に思うのだが、言語効果理論にもリミットがある。極端な話、T・S・エリオットに「ベストセラー小説を書く唯一の秘訣は簡単だ、読者がページをめくり続けるようにすればいい」といわせたところで、フレミングと同様の効果どころか、むしろ逆効果が得られるに過ぎない。どのような人格が、どのような言葉を発するか。この関係が、問題だ。

そんなことを考えていた折も折、たまたま映画にもなったレイモン・ジャンの『読書する女』(一九八六年)を読んだ。読書する女、それは生来の美声を生かして本の朗読を職業にし、主として希望する個人を相手に巡回するヒロインを指す。マルクスからマルキ・ド・サドまで、客が所望するテクストは多岐に渡り、主人公マリー・コンスタンスはあらゆる注文に答えて音読してやるのだが、おもしろいのは、読書行為自体がひとつの言語効果となって、さまざまな「事件」を引き起こしていくことである。しかも、他の誰でもない、美声に恵まれ魅力あふれる彼女だからこそ不可避のものとなる事件群。

どのような作家がどのような作品を生むかに限らず、どのような作品がどのような読者によって演じられるか、それが問題なのだ。

1

キャシー・デイヴィッドソンという若手女性学者が、第一著書であるアンブローズ・ビアス論に続き、一九八六年、『書物言語の革命――アメリカにおける小説の起源』という力作を世に問い、一躍学界の注目を集めたのは、同書がまさしく右にいう読書の関係論を、新歴史主義の観点から批判的かつ徹底的に組み立て直す作業だったからである。

デイヴィッドソンは一九四九年生まれ。長年ミシガン州立大学で教鞭を執ったが、八〇年代末には学術誌〈アメリカ文学〉編集主幹に抜擢されたため、同誌編集部の置かれるデューク大学へ移籍している。以前、脱構築批評といったらイェール大学～コーネル大学～ジョンズ・ホプキンズ大学の三角形と相場が決まっていたが、新歴史主義批評は新たにデューク大学～カリフォルニア大学バークレー校～ダートマス大学の三角形を構成しはじめた。その中でも、現在最強と呼べるかもしれないのが、スタンリー・フィッシュ&ジェイン・トムキンズ夫妻やフランク・レントリッキア、それにフレドリック・ジェイムソンを擁するデュークのスタッフ陣であり、デイヴィッドソンは中でも女性若手アメリカニストのナンバーワンといえよう［註1］。

『書物言語の革命』は、表面的に読む限り、アメリカ独立革命後における小説興隆史の裏にはいかなる作家～作品～読者～出版者の相互関係が作用し、しかもそれがいかに性差・階級・人種に加え、教育程度によって大きく左右されてきたものか、そのプロセスを社会学というよりは民族誌学の方法論にヒントを得て徹底的に論じた一冊だ。タイトルの「革命」は、だから独立革命と同時に、そのほか三つの「見えない革命」、すなわち、いわゆる産業革命と、読書経験そのものにもたらされた革命、加うるに、たとえばヘイドン・ホワイト的なメタヒストリーなど、ポスト構造主義批評の装置がもたらした方法論上の革命を指す。その結果、彼女は文学史規範としての「読者の歴史」を——それもとりわけ女性読者をはじめとする「少数派読者の歴史」を——決して周縁的ではなく、むしろ本質的なものと措定する。第一部では、したがって、独立革命以後の小説ジャンル形成にどのようなイデオロギー的・ジャンル論的・教育論的問題がからんでいたかが照射され、一方第二部では、彼女が限定した一七八九年（それはW・H・ブラウンの筆とされるアメリカ最初の小説『共感力』が出版された年だ）から一八二〇年前後までの時代に、感傷小説と悪漢小説、そしてゴシック小説がどのように社会的諸言説を逆照射したかが分析される。ジェイン・トムキンズは、一旦ポウ、ホーソーン、メルヴィルを核とする主流文学史規範を認めたうえで、その背後の社会史や同時並列していた女性文学史を解明したが（本書第二部第六章参照）、一方デイヴィッドソンは、そうした主流文学的規範を切断するためにだけ、革命直後からアメリカン・ルネッサンス以前までの期間に対象を限定したといってよい。

　このように本書全体の構想を要約しただけでも、デイヴィッドソンがいかに既成の批評方法論を批判的に発展させようとしているか、その気概がうかがわれようというものだ。むろん彼女にしても、たとえば、新歴史主義理論どころか昨今のフェミニズム批評自体の骨格が、いわゆる読者反応論の枠組みに多くを得ていることについて、認めるにやぶさかではない。けれど、彼女はフィッシュ流、あるいはジョナサン・カラー流の読者理論を踏まえつつも、彼らのイメージする「読書」があくまで大学《エリート》教育レベルにおける「解釈共同体」「文学的能力」を前提とする点に再考の余地を見い出す。それでは、「伏在する読者」はどうなるのか。作家によって対象と仮想されながらも、実際のところ自分たちの読書についてはとうとう書きとめることのなかった読者たちを捨象してもかまわないというのか。だが、かといって先行するジャニス・ラドウェイの

『ロマンス小説を読む』（一九八四年）のように、実際ロマンス読者たちにインタビューするわけにもいかない。デイヴィッドソンの相手は現代人ならぬ二百年以上前の人間にまでさかのぼるのだから［註2］。

そこで彼女は、フランスやドイツで発展した書物史研究の学際的方法論に準拠しつつ、当時の読者の日記や書簡、それに読者が買った本でいまなお現存しているものを網羅するとともに、その余白に何らかの感想なり署名なりが書き込まれていないかどうか、その本の予約購読者リストはどのような分布を示しているか、ひいては当時の巡回図書館システムがいかに貸本、ひいては本の購買をファッショナブルにしていったかといった問題を、細かく調査分析してみせる。そしてそのプロセスにおいて、そもそもアメリカでは、「読み書き能力《リテラシー》」増進の「教育」がいかに白人男性中心の言説によって支配されてきたか、まさにその結果として、いかに女性や黒人（奴隷）が被支配者の立場に甘んじさせられてきたかが浮かび上がってくる。

2

ここで、少なくとも一八世紀から一九世紀の初頭まで、アメリカ人の文学教育形成において最大の力を発揮したのも、やはりピューリタニズム社会を根底に置く解釈共同体であったことを、強調しておかなくてはならない。アメリカ各地の牧師たちは、たとえば小さな村や町に配属された場合、そこで唯一の神との接点であると同時に、唯一エリート大学で古典教育を受けた人物として、村／町一番の蔵書家と仮定された。牧師たちが人々に説いて聞かせたのは、したがって聖書に限らず、科学や哲学ほかの諸学一切であり、むろん牧師以外の学識者がいたにせよ、村民・町民の大半にとって、牧師こそ権威《オーソリティー》、「彼の説教こそが最初にして最後のテクスト」だったのである（四二頁）。ところが、やがて社会に小説が蔓延し、購入しやすくなってくると、人々はむしろそちらの方を楽しみ始める。小説を読むには初歩的な読み書き能力さえあればよく、高度な古典教育は必要ない。だいたい当時の民衆にしても、徐々に必要最低限の読み書き能力は身につけだした。そして、まさしくこの変化が、誰よりも牧師の権威を大きく脅かしていく。その意味で、デイヴィッドソンは、前掲ブラウンの『共感力』の中に登場するホームズ師こそ、まさにこのような牧師の典型であるものと信じて疑わない。というのも、そこにはホームズ師が延々と高邁なる新思想を展開している最中にさえ、一部の女性の会衆＝読者層たる信者たちがイギリス作家ジョン・ゲイの『寓話』やローレンス・スターンの『トリストラム・シャンディ』を隠れて読みふける姿が、アイロニカルに描き出されているのだから。

作家と読者の間をつなぐ牧師の権威《オーソリティ》はもはや失墜し、小説メディアはむしろ作家と読者の直接的関係を促進する。小説、それは本来大衆的形式として商品化されていたせいで、もともと作家主権《オーソリティ》に従うよりも、読書行為の中でのみ（再）生産されるものと前提されていた（四三頁）。一八五三年の時点で、この傾向は普遍化し、ユニテリアン系の雑誌の書評者も、大衆出版の隆盛が宗教的関心の稀薄化と密接に関連しあっていることを指摘している。聖書はもはや絶対でなく、単なる「書物の一冊」と化す。むしろ一九世紀初頭には読み書き読本の類が重宝された。一層能力を増して自由な思考法を得た人々は、書物を選択すること、すなわち消費することを覚え、自らの読書法自体のうちに資本主義的衝動を確実に刷りこんでいく（六九～七二頁）。

マイケル・ギルモア流にいう市場経済の時代のアメリカ文学。だが、デイヴィッドソンは、市場経済とともに小説が流通し、まさにそのことが大衆の読み書き能力増進に最も貢献した事実を見逃さない。

33

しかし逆にいうなら、右の状況は、読み書き能力そのものが使用価値として把握され始めたことを意味する。経済が文学を流通させるとともに、読み書き能力自体が経済的価値で診断されるという転倒。だが、このあたりのダブル・ロジックこそ、デイヴィッドソンが内に秘めるフェミニズム批評最大の兵器なのだ。それは第二部で各ジャンルの小説を分析する際に最大の威力を発揮する。

たとえば、第六章では女性読者の社会学が論じられているが、そこで著者は、独立革命後のアメリカにおいて、いかに出産時に死ぬ女性が多く、一方一九世紀後半からはむしろいかに出生率が低下していくか、その対照の妙に注目している。統計によれば、一八〇〇年当時でアメリカ女性一名につき七・〇四人の子どもがいたが（流産・死産を除く）、これが世紀の半ばまでに二三パーセント下落し、一九〇〇年までにはその半数に減少した。デイヴィッドソンは、適切な避妊法もない時代にこのような減少が起こったことを、女性の役割が確実に変換されたことによるのではないかと推測する。別の統計によれば、出産率が二五パーセント減少した当時、読み書き能力を持つ女性は二倍に増大したという。つまり、女性の読み書き能力転じて知的能力が増せば増すほど、出産＝生殖の制御意識が働くようになったのではないか、それならば、感傷小説が流行し、それによって女性の読み書き能力が、ひいては避妊が助長されたと推測したところで、まんざら冗談とばかりはいえないかもしれない、とデイヴィッドソンはいう（一一七頁）。

第七章の悪漢小説《ピカレスク》分析にも、この論旨は継承される。当時のピカレスクには、単に悪漢《ピカロ》のみならず女悪党《ピカラ》を扱うスタイルのものも含まれていたが、たとえば著者が紹介・分析している作品の中で今日いちばん興味深いのは、タビサ・ギルマン・テニーによる『ドン・キホーテ娘』（一八〇一年）であろう。主人公は、それこそ読書する女ドルカシーナ・シェルドン。彼女は富裕な独身中年女で、とにかく大衆小説の読書に没頭するあまり、ドン・キホーテよろしく物語の出来事をすべて現実と思いこむばかりか、現実生活においても、他人の言葉をすべて文字どおりに受け止めてしまう傾向があった。その結果、ある既婚の男によって結婚詐欺に遭いそうになり、すんでのところで助かるも、それは手痛い経験としてドルカシーナの心に傷痕を残す。「もしあたしがきちんと教育さえ受けていたら――」と彼女は嘆く。そう、ここでもまた、教育が問題になってくる。というのも、彼女は母親と早くに死別し、自身俗悪な小説の趣味を持つ父親に育てられたせいで、小説の趣味も彼の思う壺にはまってしまったからだ。それならば、この物語は「バカな女が同じぐらいバカな小説を読みふけることへの風刺」に過ぎないのか？　おそらく本書の「教育」テーマが風刺しているのは、それ以上に「欠陥教育と女性操作を旨とし、女性に判断力を与えるなど余分なことだと考えるあまり、実際に分別に欠ける女性を生んでしまっている社会全体」なのだ、とデイヴィッドソンは結論している（一八七頁）。書物《テクスト》の歴史からスタートした彼女の論旨は、絶えずこのように歴史という書物のスリルを垣間見せてくれる。

かくまでも壮大な『書物言語の革命』を樹立してしまったデイヴィッドソンは、今後どのような方法へ向かうのだろうか。ひとつ予想されるのは、このような批評方法を抱く彼女なら、現在隆盛をきわめるニューライト系保守派の教育論に対して、徹底批判を加えるだろうということだった。案の定、彼女の最新編著『アメリカの読書形成』では、アラン・ブルームの『アメリカン・マインドの終焉』(一九八七年)がいわゆるエリート教育にしか注意を払っていないのを批判し、E・D・ハーシュの『教養が、国をつくる。』(一九八七年)が「アメリカ人の基礎教養」としてリストアップしている項目群も、けっきょく白人中産階級の、それも「中年男性」のためのものに過ぎないと揶揄している(同書九〜一二頁)[註3]。

何よりも我々が自己の教育と思いこんでいるものを、その根底から疑ってみること。それがデイヴィッドソンの考える教育である。そしてそれはまた、アメリカ批評教育の可能性をも、ほぼ確実に再発見する視点を成す。

[註 1]
ほかに著者は、アメリカ初のベストセラー小説と数えられるスザンナ・ハズウェル・ローソンの『シャーロット・テンプル』ほかの復刻版の編者でもあり、代表的な編著には、後述する論文集 *Reading in America: Literature and Society* (Baltimore: The Johns Hopkins UP, 1989) がある。

[註 2]
Janice A. Radway, *Reading the Romance : Women, Patriarchy and Popular Literature* (Chapel Hill: The U of North Carolina P, 1984; rpt. London: Verso, 1987). なお、ラドウェイもデイヴィッドソンと時期同じくしてデューク大学に移籍している。

[註 3]
ブルームとハーシュのニューライト批評が学界に巻き起こした論議は、ロバート・スコールズによる書評（*College English* 50）に始まり、近現代語学文学協会（MLA）の機関誌による特集（*Profession* 88）でピークに達した。

CURRICULUM NINE

第九章　支配する文法

リー・クラーク・ミッチェル『物語の決定論』を読む

ミッチェルはストーリィとディスコース双方のレベルにさまざまな反復が現れることによってドライサーの作品のナラティヴ・スピードが極端に低下することを分析した。ただし折島正司は、こうした物語技法が「肝心な出来事の不可避性の雰囲気を高める」というミッチェルの主張は全否定する。「私の関心は、もっぱら話の中身のレベルで振子状の前進不能が生じることにある。ナラティヴ・スピードの低下は、それに伴って起こる副次的な現象である」（『機械の停止』一一八〜一一九頁）。

Lee Clark Mitchell
Determined Fictions: American Literary Naturalism
(New York: Columbia UP, 1989)

たとえば、世の中には、他人に迷惑さえかけなければ何をやってもよいという正論と、自分さえ関わり合いにならなければ楽しめる現象のふたつしかない、と考えてみる。すると、そういえば「他人に迷惑はかけない」と言明したはずの人物が無意識に他人に迷惑をかけたりするのがリアリズム小説ではなかったか、とか、一方「関わりにならなければおもしろい」事件にいつしか個人が巻き込まれ、逆に周囲からおもしろがられたりするのが自然主義小説ではなかったか、とか、いろいろ思いは尽きないものだ。

リアリズムか、自然主義か。人間か、環境か。主体的決断か、客観的決定論か。「人生かくあるべし」か、「とってもかわいそうな人生」か。ことがすべて選択肢で割り切れるのなら、それはとっくに議論されつくした問題といえよう。ヘンリー・ジェイムズは一旦個人の主体性を認めたうえで現実を洞察する芸術家的「想像力」を称揚したものだが、一方エミール・ゾラは、実証哲学の影響から、あたかも外科医が死体解剖するような科学者的「観察眼」を重視した。ならば、芸術をとるか科学をとるか——ふたつの文学モードの差異を論ずるとなると、結局このような古典的大問題を呼び起こしてしまいかねないところが懸念されるようになる。

では、新歴史主義批評の勃興によって、今日にわかに自然主義の再評価が進みはじめている事態は、どう考えればよいか。リアリズムではなく、はっきりと自然主義を選びとる方向。たしかにリアリズムこそ小説の王道と見る向きがある一方で、とりわけアメリカ自然主義小説の場合、それは「劣悪な文学」と読まれる傾向が強かった。その傾向が一種の誤読であるとするなら、見過ごされていた自然主義小説の本質を掘り起こすという意味で、再評価の機運は妥当なものといえるだろう。

だが、それだけではない。そもそも自然主義小説は二者択一の結果として選択されたというよりは、むしろリアリズム対自然主義という二項対立を無効にするためにのみ、追究され始めたというべきである。その背後には、現実を小説が、世界を言語が写しとる際の「表象《レプリゼンテーション》」を考え直すのに、自然主義小説が最適だったという事情を考慮しなくてはならない。

1

リー・クラーク・ミッチェルが一九八九年に出版した『物語の決定論――アメリカ自然主義文学』は、それこそ現象的にみる限り、ウォルター・ベン・マイケルズやマーク・セルツァー、レイチェル・ボウルビー、それにL・S・デンボーら脱構築以降の批評家による自然主義文学研究に連なる。ミッチェルは、一九四七年生れのプリンストン大学英文科教授で、アメリカ研究プログラム主任。先行する著書としては『消えゆくアメリカへの証言』があり、ヘンリー・ジェイムズやウェスタンに関する論考も少なくない。同僚のエモリー・エリオットが新歴史主義的ヴィジョンのもとに編集したコロンビア版合衆国文学史[註1]の中でも、自然主義小説の章を担当するほか、ケンブリッジ大学の「ニュー・エッセイズ」シリーズでは、スティーヴン・クレイン『赤い武勲章』論集の編者も務めている。要するに、アメリカ研究家としてもリアリズム／自然主義文学研究家としても、はたまたポスト構造主義理論家としても、すでに年季の入った論客なのである。

したがって、本書の論点も決して晦渋なものではない。むしろ手練れらしく、まとめてしまえば数行で足りるほどに、明快きわまる。

結局こういうことだ。アメリカ自然主義小説は、もう長い間、劣悪なスタイルを持つものとして断罪されてきた。しかし、本当にそれは見たとおり「劣悪」であるのか。なるほど、よく指摘されるのは、まず人物造型が機械的だということ、次に反復過剰だということ、そして文章が体をなしていないということ、この三点だろう。だが、それらにしてもほんとうに「欠陥」といえるのか。リアリズム小説の延長として自然主義小説をとらえる伝統は根強いけれども、しかしむしろ自然主義小説はリアリズム特有の「倫理的自我」を破壊してやまないポスト・リアリズム小説ではないのか。右に「欠陥」としてあげられた諸点にしても、自然主義が自然主義を確立するためのパワーを生み出す諸条件にほかならないのではないか。

ミッチェルはだから、本書であえてオーソドックスな政治経済的背景の考察をオミットする。その点については、彼はすでに別の論文(前掲『コロンビア版アメリカ合衆国文学史』所収の「自然主義と決定論の言語」)で述べているため、ここではむしろ、自然主義小説の文体をフォルマリスト風に分析していくのが主眼となる。自然主義小説と常にワンセットでとらえられる決定論なるもの、これは何よりも言語の決定論ではないのか。一見欠陥と見える要素も、実はまさしくこのような意味における決定論的構造に即した効果ではないのか——これがミッチェルの骨子を成す。

2

一九世紀後半、南北戦争をはさんでアメリカは変容した。戦時中の成金ブームがきっかけでアメリカは旧き良き理想主義を失い、若者たちは一獲千金を夢見て道徳的に退廃していった。それとともに、文学もロマン主義からリアリズム／自然主義への転換期を迎えた。時代の寵児は、マーク・トウェイン。彼こそは、当時の風潮を皮肉って黄金時代ならぬ「金ぴか時代《ギルデッドエイジ》」なる新語を発明した張本人であった——

こうまとめるのが、文学史の常識である。アメリカの大学英文科でも、専攻を決める際「南北戦争以前《アンテベラム》／南北戦争以後《ポストベラム》」で行なうシステムが支配的だ。もちろん、このような便宜的な区分に憤る向きには、アメリカの伝統をあくまでロマンティックなものに求めるリチャード・チェイスやトニー・タナーを、あるいはいちばん新しいところで、折衷案「象徴的リアリズム」の可能性をひねり出したピーター・ハーイを、とりあえずおすすめしておくしかないだろう［註2］。

だが、ミッチェルは、右の歴史的区分に何らかの妥当性を認めたうえで論旨を展開している。彼によれば、ロマンティシズム小説がリアリズム小説に取って代わられた裏には、かつて自由な個人が謳歌された時代から、徐々にそのような人間像を空虚化し、個人さえ一事件に過ぎないものとみる時代への移行プロセスがある、という（三三頁）。自然主義は、したがって個人の価値をカッコに入れ、個人の自由さえすでに何らかの決定論によって支配された結果に過ぎぬ運命を物語る。しかも、そのような運命とは、まさに登場人物を取り巻く時代でもなければ環境でも遺伝でもない、ズバリ彼らを語る言語の力で決定されてしまう、というのが著者の主張だ。

事実、第二章でジャック・ロンドンの「焚き火」（一九〇六年）を読解する部分では、文体上、たとえば単語にしても時制にしてもいかに反復が多く、そのためいかに物語の進行が妨害されているかが吟味される。それは、ピューリタン的「平明体《プレーンスタイル》」どころか単なる「平板な文体《フラットスタイル》」に過ぎないものと片づけられがちだ。けれども、まさにそれこそ、一旦文体で方向が決定されたら登場人物には何もなす術がないという、いわば言語決定論の効果なのではないか。

極地的な寒さにさらされて衰弱しきった男は、あたかも自分の肉体がもはや自分でないかのように感じており、「小枝に手を触れても、本当に自分がそれをつかんだのかどうか、しっかりと眼で確認しなければならないほどだった」。そのうえ、「自分の手がどこにあるかをつきとめるのに自分が眼で探さなくちゃならないなんておかしなものだな、と彼は感じた」"It struck him as curious that one should have to use his eyes in order to find out where his hands were."

ミッチェルが注目するのは、ここで「自分の手」（"his" hands）と「自分が眼で探す」（"one" should have to use his eyes）「彼は感じた」"it struck him"）といった短い文脈の間に、ほとんど筆のすべりとさえ思われるほどの代名詞の不統一が目立つことだ。「彼」のことは"he"で統一するのが当然であるのに、「自分が眼で探す」の主語は"one"になっている。だが、これを単に文章のまずさと見てはならない。肉体がモノと化した彼自身を反映するかのように、代名詞自体が「彼」を"he"からひきはがす行動に出たのだ、と著者は読む。加えるに、この小説には「彼は何も思い悩まず——何も思いはしなかった」という否定形が多いうえに、そもそも彼の「思い」（thoughts）からして、浮かぶ（occur）ものではなく、頭に（物理的に）入ってくる（enter into his head）ものとして表わされている。要するに、寒さが浸透する以前の段階で、主人公を表現する言語自体が彼を主体ある人間ではなく、単なるモノとして扱っていたのではないか——ミッチェルの論理を徹底させれば、あたかも風景ならぬ言語がすでに彼を凍えさせていたのだと確信できる。

第三章はシオドア・ドライサーの『アメリカの悲劇』（一九二五年）を論ずる。主人公クライドと、彼がやがて棄てることになる恋人ロバータとの間に一種の二重自我《ドッペルゲンガー》関係が見られるという仮説から、反復理論が応用される。ロバータという分身が死んだということは、したがって野望家クライド自身、人間的には死んだということだろう。だが、著者はさらにいう、そのような内的必然性以上に、クライドを描写する文章そのものが彼の主体性を奪うよう展開したのだ、と。彼は出世のためにロバータを殺すか殺すまいか悩んだあげく、決定的瞬間にはその意志が曖昧になるのだが、その場面は主語・述語の連結がゆるめられ、不定詞・分詞・同格だけから成る修飾モードに転化している。ということは、まさにその文法的ゆらぎこそ、クライドの自由意志を危うくした元凶ではなかっただろうか（七三～七四頁）。

あるいは、フランク・ノリスの『ヴァンドーヴァの野獣』（一九一四年）を扱った第四章では、主人公の思考の病が、いかに抑圧的な言語構造そのものによってもたらされたかが緻密に分析される。ミッチェルはとりわけ結末の、ヴァンドーヴァと子どもが見つめ合うシーンに注目し、子どもの方はまだ言語を大人のように「自然な」ものとしてとらえてはいないが、かといって大人になりさえすれば「制御という虚妄」以上のものを手にできるかといえば、必ずしもそうはいいきれないということを、アイロニカルに指摘してみせる。また、クレイン『赤い武勲章』（一八九五年）に触れた第五章では、一旦敵前逃亡を図った青年兵がいかにその名誉を挽回していくかという物語の中に、「視るもの」と「視られるもの」の交換関係が看破されている。そこには、エマソン的超絶主義哲学でいう「すべてを見そなわす透明な眼球」としての自己が措定されているが、著者は、にも関わらずそのような視力／洞察さえ、社会的解放を導くどころか、すでに一種の内的制約によって決定済みの形態に過ぎないと断ずるのだ。自然主義の言語が決定論的だったというよりも、そもそも言語決定論はすでに超絶主義的ロマンティシズムさえ支配するほど決定的だったと考え直す方が正しくはないか——このようなニュアンスを匂わせるとき、ミッチェルのラディカリズムはもはや自然主義小説の文体を「拙劣」と噂してきた歴史さえ、瞬時にして抹消しかねない。

3

そして、最終章。実のところ、『物語の決定論』が最も過激をきわめるのは、この部分かもしれない。というのも、これまで比較的綿密に、いわゆるテクスト精読《クロースリーディング》に没頭してきたミッチェルが、ここに至っておそらくは方法論的な本音といいうるものを、忌憚なく吐露しているからである。

彼の標的は、概ね三方向に分類できる。

第一に、アラン・トラクテンバーグを中心とする歴史家たち。彼らは、折しも「金ぴか時代」を研究しながら、あくまでハイ・カルチャーにこだわったため、「時代研究には不可欠なはずの自然主義作家たちロー・カルチャーの代表者に対して、ついぞまともにとりあったことがない」（一二〇～一二一頁）。

第二に、マイケルズを中心とする新歴史主義批評家たち。彼らは、トラクテンバーグらを否定しつつ、表象の問題を再考し、しかも金本位制を主題に政治経済的考察を展開しているところは立派だけれど、それでも「自然主義小説の無骨な——しかし本質的な——文体を評価できるだけの形式論的背景に欠けている」(一二二〜一二三頁)。

第三に、イェール大学を中心とする脱構築批評家《ディコンストラクショニスト》たち。実は本書を読み始めてまもなく、ミッチェルの反復へのこだわりからみて、かつて文字どおり『小説と反復』[註3]なるイギリス小説論を書いたJ・ヒリス・ミラーなどはまっさきに攻撃されるのではないかと見込んでいたのだが、案の定、ここではミラーと彼の盟友ピーター・ブルックスがそろって矢面に立たされる。彼らの限界は、リアリズム小説を論じる限り伝統的な「自我」や「動機」や「小説構造」を反復するしかないことであり、自然主義小説を選ぶなら、そうした条件がむしろ反復によっていかに崩されていくか、そのプロセスを目の当たりにすることになるのだ、と著者はいう(一二八頁)。この点を踏まえた結論は説得力に富む。「我々は自分たちがいかにも自由な人間であるかのように考えがちだが、自然主義小説が教えてくれるのは、まさにその逆こそ真理ではないのかという可能性なのである」(一二九頁)。

この結論で、著者が指し示す「我々」とは、まずまちがいなくポスト構造主義的発想が「自然化」した現代社会の住人たちを指す。自然主義小説の構造を他人ごとだと思って楽しむ我々自身、いつその構造の部分を演じることになるかわからないのが二〇世紀末の「自然」だろうか。してみると、ミッチェルもまた、単に自然主義をポスト構造主義で読んだにとどまらない。むしろ脱構築以後の批評理論そのものが、彼にとってもうひとつの自然主義たりえたのではあるまいか。

[註 1]
Emory Elliott, ed. *Columbia Literary History of the United States* (New York: Columbia UP, 1988).

[註 2]
Peter B. High, *An Outline of American Literature* (London: Longman, 1986). 大学生用アメリカ文学史として、類書の中では抜群。

[註 3]
J. Hillis Miller, *Fiction and Repetition: Seven English Novels* (Cambridge: Harvard UP, 1982).

CURRICULUM TEN

第十章　病としてのミメシス

ウォルター・ベン・マイケルズ『金本位制と自然主義の論理』を読む

一九八〇年代初頭、東海岸のアメリカ批評界はイェール、コーネル、ジョンズ・ホプキンズ諸大学の三角形から構成されていた観がある。これらは当時最もスリリングな批評書を出版する大学出版局のありかであり、デリダらが来米すると必ず巡回する地点でもあった。マイケルズの属するジョンズ・ホプキンズのあるボルティモアはポウゆかりの町。チェサピーク湾岸では、巨大なオタマジャクシ状の怪獣ネッシーが出るという噂が聞こえる。

Walter Benn Michaels
The Gold Standard and the Logic of Naturalism
(Berkeley: U of California P, 1987)

文学批評がファッションとみなされだしたのは、いつからか——フォームとしてでもなく、スタイルとしてでもなく。もちろん一九七〇年代後半から八〇年代前半における脱構築の「流行」はいまなお記憶に新しいし、その論理を借りるなら、そもそも文学批評はいつもすでにファッションではなかったかとさえ問い直せる。フランスからアメリカへ輸入されたポスト構造主義「思想」は、なるほどさまざまに熟練した紹介者たちの「啓蒙」を経て、脱構築的文学批評を応用する「教育」を促進していったけれども、そのような制度化のプロセスは、ひょっとしたらアメリカにおける文学批評そのものの宿命なのではあるまいか。

その再確認には、さまざまに錯綜した批判者たちに耳を傾ければよい——いわく「脱構築は誰でも使える批評に堕落してしまった」、いわく「薄味にされた脱構築インダストリーなど、果たしていつまで保《も》つことか」、いわく「ポスト脱構築が登場する日を期待するばかり」。脱構築の方もこうした批判に適切な答えを編み出せなかったというのが現状なのだが、ここで肝心なのは、これら「苦情」の対象としてはあらゆる批評モードが「代入」できるという一点である。新批評から神話批評、マルクス主義批評からポスト構造主義批評に至るまで、別段本質的にファッショナブルな批評が存在するのではない。むしろ啓蒙と苦情から成るアメリカ文学批評界の言説の方が、あらゆる批評をファッションとして演出してはさっさと廃棄し、廃棄してはさらなる新ファッションを渇望していく制度として存在するのだ。文学や文学批評が本質的に隆盛したり衰退したりするのではない。それらもまた、アメリカ資本主義的再生産システムの「効果」にほかならない。脱構築から新歴史主義への歩みは、まさしくその側面を射程に入れる。

こう考える時、たとえば脱構築批評をファッションとみなす先の「苦情」の言説自体、すべて「流行」「産業」「代替」「稀薄化」「簡便性」「耐久性」「新製品待望」に集約される資本主義的再生産の隠喩で語られているのが判明する、しかもネガティヴに。デリダ系ないしド・マン系に代表されるアメリカ東海岸の批評が最終的な打開策を持ちえなかったのは、テクスト中心に「修辞学を読むこと／読むことの修辞学」に固執し過ぎた脱構築の限界だったかもしれない。一方、フーコー系ないしヘイドン・ホワイト系に代表される西海岸中心の新歴史主義は、スタンリー・フィッシュ以後の読者反応論やガヤトリ・スピヴァックらのマルクス主義／フェミニズム的脱構築を再回収しつつ、「歴史のテクスト性／テクストの歴史性」（ルイス・モントローズ）を再吟味する。文化の新詩学（スティーヴン・グリーンブラット）として、あるいは文化唯物論（ジョン・クランチャー他）として、この批評は再生産の文化を読むとともに、そもそも文化自体が再生産の字義的な効果であることを強調していく、あくまでポジティヴに。この点に、脱構築と新歴史主義の連続性と非連続性が潜む。前者が文学／哲学関係を解体した手管を、後者は文学／歴史関係の解体に応用している点には連続性があるが、前者が「再生産」の隠喩によって批判されやすかったのに対し、後者は同じ「再生産」を字義的な制度、すなわち我々が実際いまここで読み進む文学作品／文学批評など文字どおりの書物群をもたらすにも作用している産業システムとして最大級に評価するのだ。文学さえ読書産業のコンテクストでのみ可能な商品であること――この方向は、たとえば〈アナール〉学派のフランソワーズ・パレンや〈アメリカ文学〉編集主幹のキャシー・デイヴィッドソン、それにイギリスにおけるレイチェル・ボウルビーらの業績に、すでに顕著にうかがわれよう。

芸術と産業――これまでこの両者については、ふつうロマンティックな「天才」が不可欠な前者がリアリスティックな「貨幣」が不可欠な後者に優先することになっていて、確実な階級差別イデオロギーが支配的だったけれども、一方新歴史主義は、資本主義体制に抵抗するかのような芸術さえ、すでに産業の必然として生み出してしまうネットワークを追究する。脱構築がロマン主義文学の解体を好んだのに対して、新歴史主義が自然主義文学の再読を格好の素材に選んだのは、それがアメリカ市場社会を主題化する文学だったと同時に、そのような文学形式こそ新歴史主義全盛のアメリカ文学批評市場内部で大きな「市場価値」を備えていたせいだ。ウォルター・ベン・マイケルズが一九八七年に論文七編を収めて出版した本書『金本位制と自然主義の論理』は、その意味でフィリップ・フィッシャーやマーク・セルツァー、リー・クラーク・ミッチェルらの仕事と並び、八〇年代アメリカ文学批評史における過渡期の気分をよく表わしている。

まず構成が挑発的だ。自然主義文学を扱うのであるから、たとえばシオドア・ドライサーに二章が(『シスター・キャリー』論と『資本家』論)、フランク・ノリスに三章が割かれるのは当然としても(『マクティーグ』論、『ヴァンドーヴァの野獣』論、それに『オクトパス』論)、ナサニエル・ホーソーンに一章が提供され『七破風の屋敷』が現実(reality)ならぬ不動産(real estate)を軸に分析されているのは、誰しも気になるところだろう。ホーソーンといったらひとまずアメリカ・ロマンス作家の典型としてアメリカン・ルネッサンスの文脈に片づけてしまうところなのに(事実このホーソーン論の初出は、マイケルズ自身が共編者をつとめたアンソロジー『アメリカン・ルネッサンス再考』である)、本書では市場社会の勃興と不動産所有権の問題にからんで、ハリエット・ビーチャー・ストウ夫人の『アンクル・トムの小屋』における奴隷制論理との興味深い対比が成される。もちろんアメリカ・ロマン主義時代と市場問題についてはマイケル・ギルモアが、もうひとつのアメリカン・ルネッサンス作家としてのストウ夫人についてはジェイン・トムキンズがそれぞれ考察しているけれども、マイケルズは「モール家とピンチョン家の対立にはふたつの経済機構、すなわち労働者階級と金権貴族階級の対立が見えるが(中略)、最終的には労働とも財力とも無縁に、土地財産所有権そのものの問題に収斂していく」(九二頁)といい、「このロマンスは皮肉にもアメリカ土地市場に加担してしまっている」(一一〇頁)という。こうして、ホーソーンのロマンスというジャンルが、自然主義的コンテクストに投げ込まれざるを得なかった理由が姿を表わす。

だが、それ以上に看過し得ないのは、著者が序論「作家のしるし」をいきなりアメリカ・フェミニスト作家の走りシャーロット・パーキンス・ギルマンの「黄色い壁紙」(一八九二年)の読解からスタートしていることだ。しかも主人公の女性にみられるヒステリー症状について、マルクス的商品フェティシズム理論に鑑みつつ、それが女性の病でも医師の病でもなく、むしろモノとヒトの二項対立的前提が崩壊した資本主義時代における「中産階級市場特有の病」(二五頁)にほかならないことを指摘する。ちなみに、最終章「行動と偶然——写真と文学」ではイーディス・ウォートンの『歓楽の家』のヒロインであるリリー・バートがいかに市場社会から逃れようと試みつつも、かえって自己の市場価値=希少価値を増大させてしまうかを論証するのに、前世紀から今世紀への変わり目の時点における写真論や精神分析、あるいは自動書記の諸言説を再構築する。つまり、前世紀後半の内観心理学では執筆活動といったら「絶対的な自己制御のエンブレム」でありえたのが、今世紀になると「自己制御喪失のパラダイム」へ変貌してしまうのだけれども(二四一頁)、その背景にはいかにカメラとペン/タイプライター、写真撮影と執筆活動、機械と表現、偶然と決断、ひいては賭博と実業が記号的相互干渉していたかが、多様な角度から検証される。ギルマンの主人公は、最初まったく個人的なレベルで「ものを書きたいのに書く権利を禁じられた」ヒステリー女性であるが、彼女が夫に閉じ込められるニューイングランドの貸家が実は土地財産所有権をめぐって係争中であることは、この家屋そのものを所有権主張者という「幽霊たち」に取り憑かれたヒステリーの場所として性格づける。彼女は家屋、家屋は彼女――ここでは女性の肉体そのものがモノと交換しうるばかりか、文字どおり「市場的交換の場」が成立しているのだ（一三頁）。物質の抽象性と人間の物質性が交錯しだした一九世紀的言説において、ヒステリーはまさしく隠喩としての病と呼べよう。一方ウォートンのヒロインは、肉体同様、テクストが書き手の制御を離れるという二〇世紀的言説の典型的産物と読まれる。「リリーはいくらウォール街を嫌っても、まさにその瞬間、ことごとく投機活動に参与してしまうことになる」（一二八頁）。

ここで、第四章「契約の現象学」が、ノリスの『マクティーグ』を論じながら所有欲／被所有欲に憑かれたヒロインであるトリナをマゾヒストとして特徴づけ、その情緒的矛盾が「自己を誰かに売る／所有してもらう権利を所有したい」倒錯に根ざしているのを喝破したことが思い出される。「マゾヒストが愛するものは、まさしく資本主義者が愛するものと同一なのだ」（一三三頁）。一般に性倒錯《クィア》と受け止められがちな傾向は、この市場社会における限り、実は何よりも正常な自我のありかたではなかったか、とマイケルズは問う。してみると、ギルマン流のヒステリーの病気にしたところで、実は資本主義世界の健康ではないだろうか。それが、ウォートンの描くリリーが実感する人生ではないだろうか。女性作家を序論と終章に据えた本書は、ロマン主義どころかフェミニズムの潮流さえ自然主義文学史の論理によって再吟味するだけの可能性を備えている。新歴史主義批評は、かくしてアメリカ文学史をポジティヴに修正し、再生産していく。

もっとも、何よりも倒錯しているのはマイケルズの論理自体かもしれない。彼は、倒錯の論理そのものを倒錯させ続ける。ドライサー論などは、まだしもバランスのとれている方だ。『シスター・キャリー』において「キャリーは飽くことなき性質を体現することで資本主義体制下の欲望する肉体」なのであり、よって「女性のセクシュアリティそのものが資本主義の生物学的等価物であるかもしれない」こと（第一章五六〜

五七頁)。ハウェルズは文学と実業の差異を解体するヒントを与えたが、欲望三部作第一作『資本家』を描くドライサーは「資本主義的産物を自然と見るばかりか、さらに自然のすべての現象を資本主義的に考えた」こと(第二章、八三頁)。もしくは、ノリスの『オクトパス』では「法人組織とは決して擬人化されたモノなのではなく、むしろその物質性内部の非物質性がヒトとしての本質をもたらすもので(中略)そもそも自然主義でいう人格とはすべて法人的/構造的である」こと(第六章、二〇五、二一三頁)。

論理の倒錯に次ぐ倒錯をくり返すマイケルズが、しかし最終的に圧倒的な説得力を得るのは、著者自身がかつて脱構築で獲得した方法論を、新歴史主義の文脈において改良再生産する瞬間である。その典型が、第五章に置かれた本書表題作「金本位制と自然主義の論理」だ。この論文でマイケルズが注目するのは、本来黄金があってその表象が貨幣であったはずが、金本位制が採用されると、吝嗇家が黄金を愛するのはそれが貨幣を表象しているためであることになるという論理である。「表象が自然ならざるものによってのみ成り立つのなら、ここでは自然が人工と誤読されていることになる」(一七一頁)。一旦この図式が成り立てば、人間はもはや表象の逆説から逃れられない。金本位制における黄金の地位は貨幣でもあれば自然でもあるため、物々交換中心の交易経済と契約関係中心の貨幣経済との差異は抹消されてしまう。ちょうど同じ一九世紀末には、実物そっくりの紙幣などを表象するジョン・ハバールらトロンプルイユ派の芸術家たちが跋扈しており、ノリスも『ヴァンドーヴァの野獣』で彼らの技法の小説的再生産を試みた。人工が自然と化すのみならず、逆に自然をほとんど人為的な産物と誤読すること――その誤謬自体を所有したいという欲望が、経済システムの基本である、とマイケルズはいっている。しかし、この時、彼は字義的な黄金と隠喩的な貨幣という対応の修辞的バランスを金本位制が危うくしかねないという、一種の脱修辞化を看破しているだろう。

比喩形象の解体、それは彼の盟友マイケル・フリードの美術研究法でもあるが、同時にさかのぼって、ド・マン以後最も典型的な脱構築手法であった。このあたりに、マイケルズが今日「右派ニュー・ヒストリシスト」と呼ばれ（ジェラルド・グラフ）、新歴史主義から非歴史的な効果さえ引き出す論者とされるゆえんがあろう。いわれてみれば、なるほど彼の文体にしても具体（embody）への意志と解体（disembody）への意志が不断に交錯して織り成されている。

あるいは、これこそ再生産システムの文学を語るマイケルズの批評そのものが、アメリカ文学批評産業から修正／再生産された最大の証拠だろうか。さもなくば、そう結論づけてすませようとする我々の書評者的主体そのものが、表象を脱修辞化として、再生産を表象として誤読を余儀なくする後期資本主義的イデオロギーの産物に過ぎないのか――にわかには判定しがたいこのアポリアは、なるほど人をヒステリックにさせる、マゾヒスティックにさせる。だが、むしろここではじめて病としてのミメシスが問われ始めることも、決して否定することはできない。

CURRICULUM ELEVEN

第十一章　帝国は逆襲するか

ガヤトリ・スピヴァック『別の世界で』を読む

初めてスピヴァックに出会ったのは、八五年秋。テキサス大学オースティン校に勤務していた彼女が、コーネル大学で一学期間セミナーを受け持った時のこと。卒業生であるだけに、ここでは彼女は大歓迎される。公開講演の司会に立ったカラーは、こう切り出した。「彼女自身に尋ねたところ、こう教えられました。わたしの名前の発音は、精神分析 Psychiatry と同じだ、と」。すなわち正確にはガイヤトリと表記すべきなのかもしれない。

Gayatri Chakravorty Spivak
In Other Worlds: Essays in Cultural Politics
(New York: Methuen, 1987)

一九八〇年代末、インド系英国作家サルマン・ルシュディはどうやら一命をとりとめた。

誇張し過ぎに聞こえるだろうか？　けれど、イスラム教冒涜の書『悪魔の詩』の書き手としてホメイニ師から「死刑宣告」されたこの作家が、一夜にして世界一有名かつ悪名高い作家となり、無数の刺客に狙われた事件は、いまも記憶に生々しい。しかも、同師の死をはさみ、彼自身は徹底した保護を受けつつ、ようやく生き長らえることができたのだから、これはやはり「一命をとりとめた」と表現するしかあるまい。

ところで、この事件以後、一命をとりとめたのは、ひとりルシュディに限らない。何よりも、かつてラテンアメリカ文学固有と信じられながら、同時にほとんど忘却されかけていた概念「魔術《マジック》的リアリズム」が、一命をとりとめた。ルシュディの文体に再表象されたそれは、目下南北アメリカのみならず第三世界の一部の幻想小説をも照らし出している。だが、ひとつ気がかりなのは、このように復権した「魔術的リアリズム」ほど、いわゆるサイード流の「オリエンタリズム」が世紀末を生き延びるのに便利な意匠も、またとないのではないかということだ。

オリエンタリズムは東洋自体を指すのではなく、むしろ西欧的帝国主義が東洋支配を促進するために産出されたイデオロギー装置にほかならないこと。この構図が、魔術的リアリズムの今日的効用にも反復されているように感じるのは、決して筆者だけではないだろう。そもそも「魔術的」という形容詞が余計である。いくら我々の目には「魔術的」と見えても、第三世界の方は単に第三世界の真相を「現実的《リアリスティック》」に描いているに過ぎない。にも関わらず、それをあえて「魔術的」と限定するのは、あくまで西欧的な尺度からしてそれら物語群が魔術的に映るためであろう。ホセ・ドノソが「ラテンアメリカ文学のブーム」を語るのはよい、しかしそれを「魔術的リアリズム」に仕立てあげ、蔓延させた言説は、すでにドノソの手を超えて、第一世界のものなのである。

暗殺宣言事件によってイギリス国家の保護を受けるに至ったルシュディが、かつて彼自身懸念した「イギリス帝国のインド統治復活」を、身をもって体験しなければならなくなったことは皮肉であった［註1］。しかし、『悪魔の詩』における文学的表現の自由を魔術的リアリズムの名で擁護すればするほど、我々は自らオリエンタリズムの政治的構造を反復せざるを得ない。肝心なのは、なまじ新聞的言論において目に見える「政治と文学」の問題なのではなく、むしろこれまで「文学」でしかないと思われていた表現の中にさえ、いかに巧妙に「政治」が刷りこまれていたかという一点なのだ。

1

かつてアメリカ新批評の再来といわれ、テクスト分析中心の姿勢がクローズアップされた脱構築にしても、その紹介の初期の時点で文学性とともに政治性を孕んでいたことは、それが多くのマルクス主義系文学批評の再考を助長した歴史からも、容易に理解されるだろう。なるほど、ディコンストラクションは、あらゆるものを文学作品《テクスト》のように捉え、その修辞的性格を(インター)テクスチュアリティの名のもとに読み解いた。そう、政治学的言説さえも。

ところで、アメリカにおける脱構築流行が誰よりもジャック・デリダの翻訳者たちによって促進されたのはいうまでもないが、加うるにその双璧、『散種』の訳者バーバラ・ジョンソンと『グラマトロジー』について』(原著一九六七年、英訳一九七四年)の訳者ガヤトリ・チャクラヴォーティ・スピヴァックが、両者とも女性であったのは、以後の批評史の展開からして興味深い。というのも、ジョナサン・カラーの啓蒙書『ディコンストラクション』第一章にもうかがわれたとおり、脱構築最良の成果は、何よりもフェミニズム批評の領域で認められたからである。読者の性差によって、あるいは作者側から想定された読者の性差によって、いかにテクストが自己解体をきたすものか——このような視点に誘惑されて、実際無数の女性学者がデリダという男性に傾倒していった。

もっとも「性差」の問題が急務であったせいだろうか、ガヤトリ・スピヴァックがインド系アメリカ人であり、その「人種」からする批評理論に独特なものがあることは、長い間見過ごされてきたように思う。『グラマトロジーについて』英訳版の表紙には象形文字としての漢字が乱舞しているのだけれど、何よりも長く有益な序文を書いたこの翻訳者そのひとが、東洋にその母国語を持つ女性であった。性差からしても人種からしても周縁にいる彼女は、すでに三〇年以上のアメリカ生活歴を持つ。六〇年代にコーネル大学でポール・ド・マンの薫陶を受け、テキサス州立大学オースティン校に職を得てからはマルクス主義批評家マイケル・ライアンと盟友関係を結び、八〇年代初頭には批評誌〈ダイアクリティクス〉で『応用グラマトロジー』の著者グレゴリー・ウルマーを相手にデリダ評価をめぐる論争を戦い、ピッツバーグ大学教授を経て、現在はコロンビア大学教授に就いている[註2]。それでもなお、彼女は自分を依然「外人」であるかのように感じ続けているという。これを軽視することはできない。そして、そのような意識の深層を探る絶好の機会が、待望久しい第一著書『別の世界で——文化の政治学』の形で与えられた。

2

スピヴァックは本書第一部「文学」で英文学関係の作品を、第二部「世界へ」でアメリカ現代批評の課題を、第三部「第三世界へ踏みこむ」でインド文学と第三世界の政治学を、各々扱っていく。これだけでも巧みな構成だが、ダメ押しでもするかのように、コーリン・マッケイブの序文が付く。マッケイブといえば、いまでこそ英文学教育論とともに多様なメディア批評にも手を延ばし、著書／編著書も多いファッショナブルな学者だけれど、一九八〇年には本国イギリスにおいて、その（ポスト）構造主義思想のためにケンブリッジ大学での専任職を却下され、ちょっとした騒ぎになった。その彼が以後渡米して、ピッツバーグ大学時代のスピヴァックの同僚に収まったというわけだ。序文執筆者の選択が適切なのは一目瞭然だろう。マッケイブにしてもスピヴァックにしても祖国を一旦去っている。そして、ともにフーコー的なパースペクティヴから、我々の物事に対する主体的理解なるものが、いかに各時代／各地域の支配的言説に左右されてきたかを、痛感した経験のある論者たちなのである。

したがって、マッケイブが序文でいわゆる「難解さ」について論陣を張り、そもそも難解とは何か、実はそれ自体性差や年齢や階級によって左右される相対的な価値なのではないかと切り出す一方、スピヴァックが第七章「説明力と文化――断章群」で、いわゆる「説明への意志」があるとしたらそれは「知識制御への意志」ではないのか、人文学教育はまさに文化の説明方法自体を問う文化的説明の分野になるべきではないのかとたたみかけていくのは、みごとな対話的コントラストといえる。ただしマッケイブは、スピヴァック自身のアプローチ「フェミニズム的マルクス主義系ディコンストラクショニズム」に関する限り、文体・資料・注釈どれをとっても難解なところはなく、にも関わらず難解に響くとすれば、それは彼女が人間の理解力そのものを問い、既成の準拠枠では自明とされていない問題を考えようとしているためだろうと推測する。彼女は「大学の極小政治学と帝国主義の極大物語の関連」（X頁）を追う。だから、男性的本質論を非難する場合も、その代わり女性に中心を占めさせようとするのではなく、あくまで「あらゆる説明の余白には説明しきれないものがある」現実を指摘しようとする（一〇七頁）。

具体的な文学作品を論じる際にも、右の立脚点がきわめて有効に機能していく。たとえば第一部では、コールリッジの『文学評伝』において、詩人の有機体ヴィジョンがいかに自らのスタイルによって裏切られていくかが綿密に検証され、ダンテやイェイツの作品にはいかに女性への転移がみられるかが解読され、ヴァージニア・ウルフの『燈台へ』にはいかに文法的な連辞（copula）と性的な交合（copula）がそれこそ交錯しているかが探究され、ワーズワス『序曲』第九部から第十三部における性と歴史の痕跡がいかに革命と男性／抑圧と女性の対比を詳らかにしていくかが追跡される。著者の論述は、アメリカ文学批評に伝統的な「精読」を貫くものであり、マルクスの「世界」観・フロイトの「意識」観・デリダの「言語」観の三角形がどのように循環するか、その点こそきわめて今日的な主題と定める視点が、説得力豊かに迫ってくる。スピヴァックは、これらの話題に付随する批評史の流れを熟知したうえで、あえて一般論を回避しようと試みる。

では、彼女の独創はどこに発見されるか。

まず著者のフェミニズムに注目するなら、修正フロイト主義とでも呼ぶべきヒステリー理論が見逃がせない。これは、メアリ・ジャコウバスやクレア・カヘーネの精神分析批評とオーヴァーラップする局面といえる。ただし、スピヴァック一流と考えられるのは、女性を不完全な男性と見て「ペニス羨望」の持ち主と措定する古典的概念をズラし、むしろ男性の「子宮羨望」の意識を強調する点だ。ふつう孤独を好む性癖が胎内空想（子宮回帰願望・womb phantasy）の名で呼ばれることはあるが、彼女の再解釈する「子宮羨望」（womb envy）はそれとはまったく違う。従来、女性の子宮は男性によって一種の欠落として解釈されてきたけれども、それは逆に男性の肉体がしかるべき「生産の場」を持ち合わせていない事実を隠蔽するための工作だったのではあるまいか。証拠だってある。ソクラテスからニーチェに至るまで、男性哲学者は「産婆」か「母親」の役を演じようと望んできたではないか。男性が精子を「与え」、男根によって熱狂的なリズムを刻むのに比し、女性は卵子によって精子を「選び出す」のであり、そのリズムは落ち着いたものだ。子宮はなまじヒステリーの作品につながるばかりでなく、まさに一個の工場として芸術を生産するのではないか（四五頁）――こうした観点から『燈台へ』を分析するスピヴァックは、さらに人間のセクシュアリティと社会生産には、ともにペニス羨望と子宮羨望の原理が交差しているものと考える。かくて商品の生産と子どもの養育の間に、精妙なるアナロジーが成り立つ。ただし、この生殖＝再生産《リプロダクション》の図式が効かない領域があるのも忘れてはならない。それがクリトリスであり、女性を法的対象と見て抑圧する見方が強まれば強まるほど「クリトリスがさまざまな形で抹消されかねない」と著者はいう（一五一頁）。

　だが、スピヴァックのフェミニズムには、同時に第三世界の女性観がからむ。たとえば第九章「国際的視野から見たフランス系フェミニズム」では、ベンガル人の彼女ならではのエピソードが紹介されている。

　一九四九年の冬の午後、著者がビハール／ベンガルの境界に位置する祖父の領地を散歩していたときのこと。そこには川が流れており、中でふたりの老洗濯女が衣類を洗っていた。突然、片方が相手の（川の）領分に侵入し、相手は激怒して悪罵を浴びせる。ところが、非難された方は何とこう言い返すのだ――「いい気になんなよ、これはあんたの川じゃないだろ、東インド会社の持ち物だろ！」（一三五頁）。

おわかりだろうか。東インド会社は、なるほど一七世紀から一九世紀まではイギリス・オランダ・フランスの植民地支配装置として猛威をふるったけれども、一九四七年にインド独立宣言が出されたあとには、すでに影も形もない。要するに、右の悪罵に対する悪罵は歴史的コンテクストに照らす限り、何の意味もなさないはずなのだ。しかし、ここで問題なのは、洗濯女にとって意味をなすもの、それがあくまで物理的な（洗濯に役立つ）道具としての川であって、まちがっても政治的な（読解力を要する）地図上の川でないということである。彼女たちはそろって読み書き能力を欠く文盲だった。スピヴァックは、この事実を最大限に評価する。なぜなら、我々が真実と信じているものが、いかに人種や階級、教育程度によってまるで違って様相を示すものかを、右のエピソードほどよく教えてくれるものもないからだ。そして彼女たちこそ、インドの植民地化が封建主義から資本主義へ大幅な転換を経たことで形成された特殊な、しかし植民地以後に必然的な主体にほかならない。貧困のために教育が受けられなかった彼女たちにとって、東インド会社はむかしもいまもこの川を所有しているということこそ、唯一の真実なのである。スピヴァックは、この主題を探るために植民地研究ならぬ「人民大衆研究《サバルタンスタディーズ》」の方法論を促進する。

このようにあらゆる真実が相対的なものであり、したがってあらゆる自由もまた、相対的に決定されたものかもしれないこと。スピヴァックは、その意味で現代人をディスクジョッキーにたとえる。なるほど、ハイテク社会に暮らす我々は、DJよろしくトレンディな曲を自由にかけ、日々、銀色の円盤を回しているだろう。だが、それが単に「自由」と思いこまされているだけだとしたら、強烈なアイロニーが浮かびあがらないか。我々はシステムによって自由の幻想を保証されているに過ぎないのに、まさしくこのシステムこそが人間内部の「自由」の理想をあたかも「自然」な要請であるかのごとく、どんどん助長させているというアイロニーが。あるいは、仮にテクノロジーを悪と見なしたところで、それを打破するには、まさしく人間的美質を数えあげるというコンピュータもどきの作業が待っているアイロニーが（二一〇頁）。

かつてジョージ・オーウェルは「自由は屈従である」と書き、今日スピヴァックは「服従でない自由はない」可能性を突く。なるほど、オリエンタリズムを鵜呑みにしようが茶化そうが「主体の自由」と放り出すスタンスがあるが、それこそ、実のところ自由を最大のヒット商品とするアメリカ的イデオロギーへの全面降伏ではないのか。その意味で、オリエンタリズムとは、自由という名の潜在的テロリズムを目下最も鮮烈に暴露する記号体系ではないのか――スピヴァックの危機意識は、まさにこの点を厳しく追及してやまない。

[註 1]
Salman Rushdie, "Outside the Whale, " *Granta* 11 (1984). 川口喬一訳「鯨の外で——政治と文学について」〈ユリイカ〉21.14（1989年11月号）：118-31頁。

[註 2]
スピヴァック最近の動向、とりわけ新歴史主義への観点については、以下のインタビューが有益である。"The New Historicism: Political Commitment and the Postmodern Critic," *The New Historicism,* ed. H. Aram Veeser (New York: Routledge, 1989), 277-92.

CURRICULUM TWELVE

第十二章　アフリカの果ての果て

ヘンリー・ルイス・ゲイツ・ジュニア『黒の修辞学』を読む

ゲイツのリーディング・リストにサミュエル・ディレイニーのＳＦ小説『アインシュタイン交点』を発見した時の驚きは忘れられない。日本にいる限り、彼が代表的な黒人ゲイ作家であるという事実は、意識することもなかったろう。だが他方、ゲイツはウォレ・ショインカのノーベル文学賞受賞に尽力した最大のブレーンである。けっきょく作家は風邪のため式に欠席、ゲイツ本人が代理を務め、授賞と受賞（代理）双方を演じたのだった。

Henry Louis Gates, Jr.
Figures in Black: Words, Signs and the "Racial" Self
(Oxford: Oxford UP, 1987)

「この場でものがわかっているのは、おれとガヤトリだけしかいない」

いきなり大見得を切ったのは、黒人系《アフリカン》アメリカ文学研究の帝王と目される黒人学者ヒューストン・ベイカー。ところは一九八六年十月、アラバマ大学で行なわれたフェミニズム文学会議「内なる差異」の席上［註1］。講師陣にはジョナサン・カラーやバーバラ・ジョンソンといった「白人批評家」も含まれており、彼らもアリス・ウォーカーやグウェンドリン・ブルックスといった「女性黒人文学」を積極的に論じたのだが、ひととおり各人講演が終わって総括パネルに入るや否や、フロアから「会議の大半が白人的学問の限界に左右されていた印象を与える」とするコメントが出たからたまらない。一気にエキサイトした燃える男ベイカーは、ほかのパネリストを尻目に長広舌をふるい、自分とインド系批評家ガヤトリ・スピヴァックの民族性だけを特権化して、いわば逆人種差別に出たという次第。

ベイカーはペンシルヴェニア大学教授で、一九八四年にはフーコー的知の考古学の立場からする重厚なる研究書『ブルース、イデオロギー、黒人系アメリカ文学』を世に問い、アフロアメリカの視点から「アメリカ文学史再構築」をスタートした。ポスト構造主義批評は彼にとっても共有財産であり、時にパフォーマンス過剰とはいえ、あまりにも無防備《ナイーヴ》な発言に走る人物ではなかったはずだ。アンソニー・アパイアもいうように、白人系言説の戦略がアメリカ黒人を排除することでアメリカ的規範を確立してきたのにひきかえ、今日では非白人的言説の戦略の方も、むしろ人種的少数派をアメリカ的規範に包摂させようと企む［註2］。昨今の黒人系アメリカ文学批評家が現代批評に熟達しているのも、まさしくそのような戦略を促進するための戦略にほかならない。

ところが、ある種のチャンスが訪れると、ベイカーのような論客でさえ存在論と記号論の素朴な二分法を免れなくなる。目には目を、歯には歯を、アパルトヘイトにはアパルトヘイトを。フーコー的意匠はまさにベイカーの衣装に過ぎなかったことを、彼は自ら露呈してしまう。せっかく「内なる差異」を標榜した会議であるのに、むしろ黒人／インド人と白人の「あいだの差異」を強調し直す結果に終わったのは、皮肉というほかない。

この皮肉は、しかしどこまで本質的か。ベイカー個人のカリスマ性ゆえか、それとも黒人文学研究の宿命ゆえか。だが右の会議以来、アメリカ黒人系文学批評の限界は、疑問にこそ付されても定着はしなかった。最近では評論誌〈ディセント〉一九八九年秋季号や学術誌〈ＰＭＬＡ〉一九九〇年一月号が続々黒人系アメリカの文化／文学を特集している。ひとつの新しい理論的戦略が、いま確実に育ちつつある。そしてその中核に位置しているのが、黒人文学研究の帝王ならぬ若き「仕掛人《アントラプラナー》」ヘンリー・ルイス・ゲイツ・ジュニアなのである。

1

事実ゲイツが頭角を現し始めたのは、さまざまな黒人系アメリカ文学作品や批評論集の編者としてであった。この方向は、なまじ文学史再構築を観念的に主張するよりはるかに効果がある。奴隷体験記《スレイヴナラティヴ》をはじめとする黒人文学テクストが入手困難であるというなら、そのために植民地時代以来のアメリカ文学史に組み込まれないというなら、実際それらのテクストに陽の目を見せてしまえばよい。こう考えた彼は、ニューヨーク市立図書館その他を徹底的にリサーチしたうえ、とうとう「黒人女性文学シリーズ——ションバーグ・コレクション」なる叢書全三〇巻の出版を実現させた。その出来については、プロジェクト全体に一九八九年度アニスフィールド・ウルフ賞が授与された事実以上の証言はない。さらに、ノートン社版黒人系アメリカ文学傑作選をはじめ、一九八四年の『黒人文学と文学理論』や一九八五年〈クリティカル・インクワイアリー〉誌特集号『人種・文学・差異』は、ベイカーからデリダまで、白人学者／黒人学者問わぬ論客をせいぞろいさせた高水準の批評アンソロジーとして、今後の里程標になろう。

だが、ゲイツが「仕掛人」であるのは、単に編集者的学者であるためではなく、批評的戦略家でもあるためだ。黒人文学研究がめざすべき道のために、したたかなまでに白人系文学批評を再利用し、ひいては「文学批評」のイデオロギーそのものを再構築しようとする政治学こそ、彼を類稀な「仕掛人」に仕立てあげた構造といえる。

ここで、ゲイツそのひとの分類になる今世紀の黒人文学史／文学批評史観を一瞥しておくのも無駄ではあるまい。今回扱う彼の黒人文学論三部作第一作『黒の修辞学——言語と記号と人種的主体』（一九八七年）を紐解こう。そこでは、一八世紀の黒人女性詩人フィリス・ホイートリーや一九世紀の自伝作家フレデリック・ダグラスを基本に、今世紀ではリチャード・ライト『アメリカの息子』（一九四〇年）に代表される自然主義／リアリズム時代から、ラルフ・エリソン『見えない人間』（一九五二年）に代表されるモダニズム時代、そしてイシュメル・リード『マンボ・ジャンボ』（一九七二年）に代表されるポストモダニズム時代が連ねられる。一九八九年度全米図書賞を受けた第二論文集『いたずら猿』では、さらに違ったパースペクティヴより、ゾラ・ニール・ハーストンの『彼らの目は神を見ていた』（一九三七年）からウォーカーの映画にもなった『カラーパープル』(一九八二年)への展開にみられるフェミニズム及び人種/性差/階級意識が重視される。ところで、のちのゲイツの論文「お言葉を返すようですが、そもそも『黒人』文学とは何のことでしょうか?」が黒人文学批評史の勃興期に定めているのは、まさに右でいうモダニズム以降の時代、すなわち論文発表時から遡る過去二十年間なのである[註3]。これを、黒人文学ならぬ黒人文学研究自体が近代化された「勃興期」と考えてもよい。

黒人文学批評の第一段階は、六〇年代における黒人芸術運動だった。これは、アミリ・バラカやラリイ・ニールを中心に、新批評的形式主義への反発を孕む潮流で、白人中心「本質主義」に対し、黒人中心「本質主義」をもって返すというきわめて素朴な人種観が、ラディカル・フェミニズムの性差観に近い。第二段階は、第一段階が内包していた社会有機体説へ反抗し、七〇年代中期に一種の作品中心・形式主義的有機体説として発生する。第三段階は、社会的・文学的境界を再理論化する「新黒人美学運動」であり、精読の技術を用いて文化的・社会的矛盾を暴く。そして、そのような方向性が、つまるところ黒人系アメリカ文学のみならずアメリカ文学そのものを根本から問い直すはずだと考えるのが、ゲイツを筆頭とする第四段階の批評だ。——彼はいう。

「もはや『黒人』概念も『白人』概念も自明のものではなく、まさに社会的要請によって生産されたに過ぎないことが露呈した。とりわけフェミニスト系黒人文学批評は素朴な性差別・人種差別さえ克服しており、その立場からするなら、いまや本質主義批判のうちにさえ、周縁文化の社会的力学がいかに複合的であるかを説明する力などありはしない」(二一一頁)。

2

このような断言の裏には、明らかに現代批評の到達点そのものを批評するスタンスが含まれている。イェール大学では脱構築批評家ポール・ド・マンを師のひとりとし、ケンブリッジ大学ではジョン・ハロウェイから現代批評を応用した黒人文学精読を奨励されて英文学博士号を得るに至ったゲイツ。今日の文学批評は疑いもなく白人的言説の産物であるから、彼がそれを無防備に使用したとすれば、いわば言説的奴隷制に好んで囚われる批評的アンクル・トムになっていただろう。もちろん本質主義批判最大の武器が脱構築だったはずだが、ゲイツにとって「あらゆる批評方法論は、まさしくそれ自体批評されるために存在すべきもの」である。批評は、新たな修辞学へ変容させられるためにだけ存在する。

なるほど『黒の修辞学』はそのタイトルが示すようにド・マン的な比喩形象《フィギュレーション》の詩学ではじまり、ハロルド・ブルーム的な修正主義《リヴィジョニズム》文学史をほのめかしつつ、幕を閉じるかに見える。だが、実はここでは「ド・マン的なもの」も「ブルーム的なもの」もアイロニカルにしか機能していない。たとえばゲイツは、黒人系アメリカ文学研究がこれまで「黒人が抑圧されてきた社会的状況」を語り続けると同時に、まさしく「それによって文学作品の言語が抑圧され続けた批評的状況」を看破している（xxxvii頁）。この時、彼はド・マン的な修辞分析の方向を自ら設定しているのだが、それはド・マンとは逆の方向の言語、しかも黒人の口承文芸においてのみ実現すべきものだった。

あるいはゲイツがヘルメス神ならぬヨルバ族のエシュ神を題材に、西欧解釈学ならぬ「黒人解釈学《エジュ・トゥフナブロ》」を打ち立てようとしていること。これはもちろんブルーム的なカバラに準じた歴史解釈であるが、それもまたブルームとは逆方向の人種においてのみ可能な体系として提出される。そもそもゲイツの最終的な目論見は、それこそヘーゲル的な弁証法によって黒人テクスト／白人コンテクストの関係を「ホイートリーからリードまで通時的に辿り直す」ものであったのだけれど、それはむしろヘーゲル自身の人種偏見を否定するためにだけ遂行されてしまうのだ。ことごとくアイロニカルな戦略。しかしもっと深いアイロニーが、おそらくゲイツが検討していく方法論「文学人類学」［註4］の内部に潜む。

3

『黒の修辞学』は、文学以前のパラドックスから出発する。

黒人奴隷は「自由」を欲した。自由を得るには白人並みにならねばならず、そのためには白人文化の産物である言語の「読み書き能力《リテラシー》」が必要だった。ところが、読み書き能力はさらに黒人を白人的諸学諸芸術という制度の奴隷にしてしまう。要するに、黒人種族が自由になろうとしたら、白人言語の奴隷になることが不可欠であるという逆説。したがって白人側が奴隷制を保ちたいなら、くれぐれも黒人の言語技能を助長しないことこそ得策であり、実際一七四〇年のサウスキャロライナ法令では黒人に読み書きを教えるのを禁止するのが決まったほどだ。

理由は簡単。当時は万物が階層秩序を、アーサー・ラヴジョイのいう「存在の大いなる連鎖」を形成しているというのが西欧的イデオロギーの根本だったからであり、その中でアフリカ黒人はオランウータンよりは上位だが、ただ「文字」を持たないがゆえに人間よりは下位の部類とみなされていた。理性は文字がなければ反復できない。「理性がなければ記憶もなく、記憶がなければ歴史もなく、歴史がなければそもそも人間性など持っているわけがない」(二二頁)――これが、ヴィーコからヘーゲルにまで継承された「真理」であった。

ゲイツはしかし、このような真理の生産過程を頭から否定するわけではない。それどころか、一旦このイデオロギー構成を容認しつつ、奴隷出身者の中から読み書き能力に秀で、文学創作能力さえ示す者が登場してきた歴史を淡々と語る。ホイートリーの詩才は、彼女の「黒人」ならぬ「少女」としての人格をも広く容認させるところとなった。フレデリック・ダグラスの『自伝』(一八四五年)は白人の時間意識と奴隷の時間意識欠如を巧みに二項対立にまで仕立て上げながら(奴隷はカレンダー文化の外部にいるため、自分の誕生日さえ知り得ないのだ)、同時に農場の女主人が夫の不義の子を売り飛ばそうと企む場面を鋭くとらえ、奴隷売買のみならず、一般に人間の肉(体)を売買可能と見る「アメリカ的カニバリズム」の本質を突いた(九三頁)。

しかし、このように黒人文学史の起源を探しながら、別段ゲイツは黒人の知的能力を再確認しているわけではない。むしろ当時から黒人文学はいかに白人文化の人種的固定概念を踏まえたうえで、自らの修辞学により、いかに人間一般へのアイロニーを投げ返そうとしていたか、その一点を追う。黒人女性作家ハリエット・ウィルソンが自伝を『我ら《アワ》が黒んぼ《ニグ》』(一八五九年)と命名し、わざと白人的に黒人のいやがる呼称「黒んぼ」"nig"を使ったのは、「人種差別的呼称さえアイロニカルに用いて白人側の慣用語法をゆさぶることのできる知性」の証明といえる(二一八頁)。そもそも黒人英語にしてからが、決して白人英語の聞きまちがいや書きまちがいではない。あたかもアフリカの「仮面」が自律世界を回復する契機であるように、それは文字どおり「英語」を歪曲して黒人の自律言語を保持していく手立てなのだ。たとえば"Gwine"といったら単に"I am going to"の訛りではなく、「何かを再構成する」というアクティヴな意味を兼備するのだから。

　かくて黒人は絶えず二重の声で語っている。いや、二重の言語が、あたかも黒人のジャズ的存在を意味決定《シグニファイ》しているというべきか。ゲイツはそのような黒人言語の特性を、ヨルバ族のトリックスターであるエシュ神に、ひいてはその黒人系アメリカ版「いたずら猿」(Signifying Monkey)に求める。エシュ神の場合は、たとえば見る角度によって色彩の異なる帽子を被り、親しい者たちを口論させるとともに、より上位の秩序形成に貢献するという両義性を持つ［註5］。いたずら猿もご他聞にもれないが、しかし何よりもこのトリックスターは、その名前「シグニファイング・モンキー」からして白人英語signifyの「意味すること」と黒人英語signifyの「茶化すこと／悪戯すること／まるめこむこと」を二重に反響させてやまない。ゲイツはこのいたずら猿こそ、黒人存在の二重性ばかりか修正的誤読を、その間テクスト性《インターテクスチュアリティー》を具体化する「黒人文学批評の理想的メタファー」と呼ぶ。

　モダニスト・エリソンを茶化《シグニファイ》したポストモダニスト・リードに「二元論」という詩がある。「歴史を外部から見ると、何だかピーナツでもやりたくなる／カゴに入ったそいつは、腹がへっているみたいなのだ／歴史の内部に入ってみると、こいつは思ったよりもがつがつしている」［註6］。これはエリソンが人種と歴史の関係をまだ実体的・因果論的に捉えていたことを茶化《シグニファイ》したもの。リードにとってはむしろ「歴史」そのものが外部と内部とではとんでもなく異なる、いわば二枚舌の「記号的いたずら猿」と見えたに違いない。

　リードがエリソンを茶化す瞬間、それを分析するとゲイツもまた、たとえばベイカーに代表される先輩批評家の存在論を茶化してみせている。そしてそれと同時に、かつて白人からサルと大差ない存在と思われた黒人は、文字どおり「いたずら猿」の記号体系によって白人言語を内部からたぶらかす手管を完成させる。ゲイツの文学人類学は、やがて文学霊長類学の可能性を露呈するかもしれない。

[註2]
Houston Baker, Jr., *Blues, Ideology, and Afro-American Literature : A Vernacular Theory* (Chicago: The U of Chicago P, 1984); Kwame Anthony Appiah, "Race," *Critical Terms for Literary Study*, eds. Frank Lentricchia et al. (Chicago: The U of Chicago P, 1990), 287. なお、同書のBarbara Johnson "Writing" によれば「書くことが抑圧されたのは、書いたものが他者の手に渡ると、彼／彼女は自分がいかに抑圧されているか、その仕掛けを知ってしまうからである」(48)。

[註6]
Ishmael Reed, "Dualism: in Ralph Ellison's *Invisible Man,*" *Conjure: Selected Poems, 1963-1970* (Amherst: U of Massachusetts P, 1972) 50. 『黒の修辞学』275-76頁にてゲイツ自身の解読が展開されている。

[註 1]
会議の講演録が出版されている。Elizabeth Meese et al. eds., *The Difference Within*（Amsterdam: John Benjamins, 1989）. ただし、総括パネルの部分は収録されていない。

[註 3]
Gates, "Introduction: 'Tell Me Sir, ...What *Is* Black Literature?'," *PMLA* 105.1 (January 1990): 11-22.

[註 4]
文学人類学の方向については、ヴォルフガング・イーザーの新著を参照。Wolfgang Isar, *Prospecting: From Reader Response to Literary Anthropology* (Baltimore: The Johns Hopkins UP, 1989).

[註 5]
Gates, Jr., *The Signifying Monkey: A Theory of Afro-American Literary Criticism* (New York: Oxford UP, 1988）.

CURRICULUM THIRTEEN

第十三章　ファースト・レディが帽子を脱げば

キャサリン・スティンプソン『意味のありか』を読む

ワシントンDCのジョージタウンを訪れたら、ぜひ絵葉書をあさってみるといい。ホワイトハウスのお膝元であるというのに（いや、だからこそ？）、いわゆるアイコラ風のお茶目な構図に少なからず出くわすだろう。グラント・ウッドの名画「アメリカン・ゴシック」（一九三〇年）の首をすげ替えたものなどは軽い方で、ヒラリー・クリントンに女王の冠を被せたり、彼女をボンデージ姿にしたり、まったくやりたい放題なのである。

Catharine R. Stimpson
Where the Meanings Are: Feminism and Cultural Spaces
(New York: Methuen, 1988)

ナンシー・レーガンは魔女である。

なるほどロナルド・レーガンが絶大な人気を誇った大統領なのに比べて、大統領夫人ときたら当時「支持率一九パーセント」、しかも「夫を陰で操る女」として「悪の帝国ロシア」とのパイプさえ通してしまったという風評がゆるぎない［註1］。ナンシーを襲った不人気は、まちがいなく魔女狩りの嵐であった。しかし、ここにはひとつの転倒が潜む。彼女自身が本当に魔女だったから狩られたのではなく、むしろアメリカ・ピューリタニズムに内在的な魔女狩り言説のシナリオが、いつもすでに魔女の役柄を広く公募し、大量に再生産してきたのではなかったか。

アメリカ最高位の「ファースト・レディ」がその言動ひとつで、いつでもアメリカ最下位の「魔女」に転落しかねないという何ともアイロニカルな記号論。ここで魔女狩りが女性抑圧の一形態だったことを思い出すなら、ファースト・レディの女性的個性が強力であればあるほどフェミニスト的言説一般が左右され、逆に魔女狩りならぬ「魔女解放」の機運を招くケースも見逃せない。多賀幹子もいうように、フランクリン・ルーズヴェルト大統領夫人エレノアは記者会見を男子禁制にしたことにより女性ジャーナリストの進出を促進したし、ケネディ大統領夫人ジャクリーンの美貌と教養は女性の文化的役割をクローズアップし、さらにブッシュ大統領夫人バーバラは青少年の非行や妊娠・エイズの要因を「読み書き能力不足から来る知識不足」に求めて二十年あまりも文盲追放運動に尽力しており、まさにファースト・レディ以上の仕事内容がアメリカ女性全般の地位を左右している［註2］。ナンシーにしても、カーター大統領夫人ロザリン以来のファースト・レディの政治介入を改良した点では、女性の地位ならぬファースト・レディの地位向上へ大きく貢献したはずなのだ。

にも関わらず、彼女は時に女性からさえ不興を買う。最大の理由は、占星術への傾斜を強めた点だ。ナンシー本人は大統領暗殺未遂以後のことだというが、他の信ずべき筋によれば、レーガン夫妻はホワイトハウスに来る前から占星術に凝っており、しかも専属の女性占星術師ジョアン・クウィグリーそのひとにいわせるなら、ナンシーとの電話は一日数回、CBSによれば専属契約料は一月三千ドル。それどころか、ゴルバチョフ会見をはじめとする最重要の政治的決断の背後には、必ずクウィグリーの助言にもとづいたナンシーの指図があったという。いったい政治を動かしているのは政治家か、占星術師か？

冗談めかしていえば、ロナルド&ナンシーという俳優夫婦だからこそ、何らかのシナリオが必要だったともいえる［註3］。だが、「政治家か、占星術師か？」という問いの裏には、「男か、女か？」という問いが見え隠れする。信憑性のない「女性」が信憑性のない「占星術」に頼って書いた「政治脚本《シナリオ》」は、女性大統領を未だ見ぬアメリカにあって、不快なほどラディカルに映ったはずだ。女による男の首切りにも似たグロテスクな印象を与えたはずだ。そして事実ナンシーは、一九八七年に首席補佐官ドナルド・リーガンの首切りを画策したばかりか、自伝『私の言い分』ではアレクサンダー・ヘイグやジミー・カーター、モンデール&フェラーロなどなど無数の人々をバサバサ斬ってみせている［註4］。

ところで、このようなナンシー・レーガン像を空想した最先端フェミニストの「作品」がある。彼女たちの間では、スーツ姿のロナルド・レーガンの上半身の上にナンシーの頭部が、ナンシーのブラウス／スカート姿にレーガンの頭部が載った「ホワイトハウス非公式写真」が、こっそり回覧されていた。すげかえられた男女の首。その背後には、社会と家庭、政治と文化の分断不能性を謳うフェミニストたちのアイロニーが浮かぶ。そして一九八四年の段階でその点に着目し、論文「ナンシー・レーガンはお帽子をお召し」を書いたのが、現在フェミニズム論壇でも指導者格のスティンプソンだった。

1

キャサリン・スティンプソンの経歴を特徴づけているのは、何よりもまず、主導的フェミニスト雑誌〈サインズ〉の設立メンバーであり、長年その編集にたずさわってきたことだろう。勤務先であるラトガーズ大学においても、英文科教授・大学院担当主事を勤めるほか、女性研究所の運営にも参加。一九九〇年度からは、アメリカ最高、最大の文学研究組織、近現代語学文学協会（MLA）会長にも選出された。一九八六年にJ・ヒリス・ミラーがMLA会長におさまったときには「とうとうディコンストラクションが学界を制圧した」と噂されたものだが、その伝でいけば、スティンプソンの会長就任によって「とうとうフェミニズムが学界を制圧した」と囁く声も聞こえてきたに違いない。

しかし、フェミニストとしての自己分析は、彼女の場合、さすがに慎重を期したものである。一九八八年にようやく出版となった第一研究書『意味のありか――フェミニズムと文化空間』の第三章で、彼女はフェミニズム諸派を以下の五つに分類する。①パイオニア（ニュー・フェミニズム以前に女性研究を学問対象に捉えていた人々）②イデオローグ（本質的フェミニストとして、その理論を研究や職業的戦略に応用しようと試みる人々）③急進派《ラディカルズ》（フェミニズムを教育・政治・社会の抜本的改革理論のからみで考える人々）④後発者（学問としてのフェミニズムを比較的最近発見しながら、しかし女性研究講座設立などで性差別を経験するにつれて、イデオローグとしても頭角を表わすかもしれない人々）⑤ファッション迎合者《バンドワゴニアーズ》（男女を問わず、フェミニズムを女性研究そのものとしてより、単にファッションと見て乗り遅れまいとする人々）（四一頁）。

おざなりの図式化とは違い、スティンプソンその人の経験からするフェミニスト博物学が開けるところは、バルザックやフローベールの役人論・書記論を彷彿とさせてユーモアたっぷりだが、彼女自身は基本的に②のイデオローグでありながら、③のラディカルズの気味も合せ持つ。ただし「体制的気質にも体制内変革にも加担しているために、硬直したラディカリズムに染まらないですんでいるフェミニスト」（同頁）、それがスティンプソンの自画像を成す。

けれども本書を興味深いものにしているのは、彼女の時に数値を多用した分類学・統計学が、別段フェミニズム啓蒙のためではなく、むしろフェミニスト内部においていかなる差異が噴出してきているか、それだけを描写するために採用されていることだろう。「パイオニアが超然とする一方で、後発者は新発見にかまけるばかり、ファッション迎合者は論争の要点に関する理解力すら持ち合わせないし、ラディカルズは他派をエリート主義者だ、政治的臆病者だ、（男女）平等主義の破戒者だとののしり続け、イデオローグは始終これらの批判にやきもきしている」（同頁）——このようなスティンプソンの要約には、アメリカ・フェミニズムの分析のみならず、そのような状況全体の優雅なパロディ化さえうかがわれるが、なお重要なのは、そのようにパロディックな構図の中に、彼女が自伝的背景をも大胆に書き込んでやまないことだ。随想と研究が交錯する瞬間。それは自己の経験と、女性内部・大学内部・文学内部・人文科学内部に走った甚大なる亀裂を二重写《オーヴァーダブ》しになさざるを得ない彼女ならではの「批評」といえる。

2

『意味のありか』の主題がこのように「差異内部の差異」である限り、それが具体的にはフェミニズムの複数化（「フェミニズムス」）を展望した一冊になったのは当然のことだ。たとえばアリス・ウォーカー以降一般化しつつある黒人女性作家研究にしても、スティンプソンは安易な折衷主義を徹底的に批判する。黒人研究と女性研究はもちろんいくらでも類推・接合可能な分野であるものの（なぜなら黒人が白人の奴隷だったのと同じく、女性は絶えず「男性の奴隷」だったから）、本書第二章が分析するように、肝心なのは黒人男性内部の女性差別、あるいは白人女性内部の人種差別といった亀裂の方ではないのか。

共和党が黒人男性に参政権を与えたのは一八六八年だったが、当時、狡猾なる民主党員ジョージ・フランシス・トレインが「だったらなぜ女性にも参政権を与えない？」と戦略的に主張して女性参政権論者と黒人参政権論者とをいたずらにケンカさせたいきさつがあり、それこそは白人女性よりも黒人男性の方が優位であった時代を象徴する事件となった（ともあれ女性公民権を支持していたフレデリック・ダグラスでさえ、白人・黒人問わず男性参政権がすべてに優先すると前提していたのだ）。一方、一六九三年、奴隷制下のバルバドスでは、黒人刑罰としての去勢を、白人女性が四二人の黒人男性に対して行なったという記録があるが、それはむしろ白人女性が黒人差別において積極的役割を果たしていく歴史を暗示する事件であろう（背景には、白人女性が黒人男性を「魔法の男根」とみなして欲望し、黒人女性から奪おうとする女性内部の分裂がある）。かくてスティンプソンは言明する。「黒人は男女ともども、白人女性を含む白人一般から解放されねばならず、女性は白人黒人ともども、黒人男性を含む男性一般から解放されねばならない」（三五頁）。

人種内部から噴出する男性内部の亀裂と女性内部の亀裂。スティンプソンはむろん、性差・種族の背景に階級の視点を加えることも忘れない。第七章で彼女がシェイクスピア演劇中心に展開するレイプ論は、一六世紀から一七世紀にかけて、宗教改革とともに国家／教会が父権制を強化してしまい、それこそが結果的にレイプの頻発する可能性を促進したのではないかと問いかける。宗教改革を経て、女性は階級よりも性差で定義づけられるようになった。いかなる社会においても、セクシュアリティの次元における還元が進むと、女性の力は弱まっていく。女性の肉体は、男たちの闘争における「ゼロサム・ゲームの商品」に過ぎなくなる（七九頁）。シェイクスピア劇におけるレイプの犠牲者は、だからまさしく当時、すなわち父権制膨張期における女性の苦境を象徴するものだ。しかも付記すべきは、そのような父権的レイプを促進する女性、たとえば『タイタス・アンドロニカス』のタモラのように息子の性欲処理を奨励するような人物像も、シェイクスピアは描き忘れていないことである。

女が男の役割を奪って演じる男根的女性像？　そうかもしれない。たしかにスティンプソンも引くとおり、マクベス夫人は優柔不断の夫を恥じて「わたしを女でなくしておくれ」と悪魔に祈ったし、ゾラ・ニール・ハーストンの短編「汗」の黒人女性主人公テリアも、黒人の夫サイクスに耐えかねて、彼の手口を逆手にとりつつ復讐したものだ。

かといって女は男になりきったのか（男は女に性転換しきれるかどうかと問い返してもよい）。そうではあるまい。ひとつの性差が他の性差を奪いきれると考えることほど父権制論理にどっぷりつかった発想もなかろう。女性が男性になるのでも、男性が女性になるのでもなく、単に女性ならざる女性／男性ならざる男性になること。スティンプソンの豪快な仮説は、そのように精密な論理を読む者に要求してやまない。

3

『意味のありか』は、だから女性が女性内部の他者に出会う多様なケースを探る。その帰結として、白人女性／黒人女性の考察のみならず、同性愛批評・両性具有批評の理論基盤も深められていく。なるほどアドリエンヌ・リッチによるまでもなく「女性運動に関わるといえば男女問わず性倒錯者であり、したがって同性愛嗜好者と見られた時代」があったが（五六頁）、フェミニズム批評はまさにこうした主流派の論理に罠をかけ、むしろ戦略的意味合いにおいてあからさまに同性愛を支持するのだ。「レズビアン」といった単語でノドをつまらせてはいけない。むしろその一語を乱発し、意味の文脈を脱臼することで、政略的にゲイを目指すこと［註5］。ただし「同性愛者は両性具有者を超えようとしても超えられず、両性具有者は父権制を超えようとしても超えられない構図」は、厳密に把握しておく必要がある（六一頁）。スティンプソンはここで性差解体の倫理学を確立し、メアリ・マッカーシーの『グループ』やアーシュラ・K・ル・グィンの『闇の左手』、バーサ・ハリスの『恋人』といった小説を分析してみせる。

ところで、スティンプソンがレズビアンのモデルに母娘関係を据えているのは特筆に値しよう。クリステヴァを持ち出すまでもなく、幼児が言語獲得以前の原記号態《ル・セミオティック》から言語獲得／性差形成して記号象徴態《ル・サンボリック》へ移行する際、男子はスムーズに移行完了するが、女子はいつまでも——成人後も——原記号態《ル・セミオティック》が忘れられない。それは母娘の完璧な合一状態への恒久的なノスタルジアだ。しかもこの関係は、なまじ一元的に母、すなわち愛する者、娘、すなわち愛される者という図式では割りきれない。母もまたかつては娘だったのだから、むしろ娘の方が「母の母」を演じるよう要求される論理倒錯も、また起こる（一〇八頁）。レズビアニズム、それはだから性倒錯どころか、あらゆる女性に潜在する「女性性の零度」として、性差の物語学そのものを錯綜させる。

そういえば、ナンシー・レーガンにしても、家族を捨て、名前まで捨てた実の娘パティとの愛憎関係を自伝で赤裸々に綴っていた。ひょっとしたら女性占星術師ジョアン・クウィグリーとの深過ぎる関係も、女優＝脚本家関係のみならず、不在の母娘関係を埋めるべく結ばれたものだったのだろうか。

こんなことを思いながら『意味のありか』を読み終えると、わたしたちは脱構築以後の現代批評理論が、キャサリン・スティンプソンその人の「女性性」によってみごとに読み替えられているのを知る。第二次世界大戦直後、ヘンデルのアリアの良さを説得できず、クラスみんなが愛国精神からポピュラーソング「フリーダム・トレイン」へ傾斜するのに妥協してしまった小学校六年の「迷える少女キャサリン」は、今日、『意味のありか』の第十五章で人文科学と大衆文化の相互交渉を堂々と解決できるほどになった。その相互交渉テクストの背後には、人種・性差・階級から派生するさらにおびただしいテクスト群がからみあうことを力説できるほどになった。少女もまた、帽子を脱いだのである。そのとき、わたしたちはナンシーでもなくキャサリンでもない、文字どおりもうひとつのアメリカを、アメリカの声のありかを聞く。

[註 1]
Sally Quinn, "Nancy Reagan Looks Back in Anger," *The Washington Post Book World* (November 5, 1989): 1& 14-15.

[註 2]
多賀幹子『その名はアメリカ大統領夫人――41の愛と野望』(徳間書店、1990年)。

[註 3]
ロナルド・レーガンがいかに俳優的政治家であったかについては定評があるが、その演説テクストを素材に新歴史主義批評的考察を加えたものに、以下の論文がある。Stephen Greenblatt, "Towards a Politics of Culture," *The New Historicism*, ed. H. Aram Veeser (New York: Routledge, 1989): 1-14.

[註 4]
Nancy Reagan (with William Novak), *My Turn: The Memoirs of Nancy Reagan* (New York: Random House, 1989).

[註 5]
ゲイの政略と政略的にゲイたることについては、以下の論文を参照。Ed Cohen, "Foucauldian Necrologies: 'gay' 'politics' 'politically gay'?," *Textual Practice*, 2.1 (Spring 1988): 87-101.

CURRICULUM FOURTEEN

第十四章　クイアリング・クロサワ

D・A・ミラー『小説と警察』を読む

八〇年代後半より、多元文化主義の勃興とともにいわゆるPC、すなわち少数派を優遇する政治的正義が勃興した。その結果、どうなったか。ふつうの白人男性知識人では大学の職すら獲得しにくい時代が到来した。いまでは、たとえば混血黒人女性レズビアンSF作家、とでも標榜しない限り、知識人の枠組にすら入れない。こうした事態はジョークでしかないが、しかしそれを日常化して疑わせない程度には、まだまだメディア社会は強い。

D.A. Miller
The Novel and the Police
(Berkeley: U of California P, 1988)
村山敏勝訳
『小説と警察』
（国文社、1996年）

コロンビア大学英文学教授D・A・ミラーが一九八八年に出版した『小説と警察』（一九九六年）は、アメリカ現代批評史の潮流が折しも脱構築批評《ディコンストラクション》から新歴史主義批評《ニュー・ヒストリシズム》へ移行する時期に書かれたという点では過渡期的な書物と見なされるかもしれない。にも関わらず、ヴィクトリア朝英文学を中心に分析するその批評文体がデリダ的逆説趣味とフーコー的言説分析とを巧みに融合させている点で、さらにはそうしたフランス系ポスト構造主義思想とアメリカ的性―政治学的現実とを絶えず相互参照させている点で、むしろカルチュラル・スタディーズ以後の一九九〇年代批評理論においてこそ再評価すべき先駆的業績のひとつに数えられる。たしかに著者はひとまずチャールズ・ディケンズやウィルキー・コリンズやアンソニー・トロロープらの小説を素材に「隠喩としての警察」を理論化するところから始めているものの、本書の魅惑を決定づけているのは、各章ごとに「警察」の位相精神分析や性差理論、それに読者反応論を介してダイナミックに反転を続け、小説読者をも一部とする現実世界を描き出すばかりか、誰よりも著者ミラー自身の身体論的政治学の成り立ちをめぐって鮮やかにフィードバックしていく、批評ジャンルならではの「冒険」にほかならない。基本的な脱構築的パラドックスは第一章で説明されるように、小説において警察権力を批判したり抹消しようとしても、その批判者自身が警察権力を皮肉にも反復＝再建せざるを得ないという、いわばミイラ捕りがミイラになる式の論理に尽きる。

右の前提を理解するには、著者が説明するよりも早く、自ら実演してしまっているコンテクストが第二章のコリンズ論に埋め込まれているので、まずそこを一瞥するとよい。

大多数のヴィクトリア朝小説と違って、『月長石』の語り手は「全知の語り手」ではなく、その不可謬の権威が読者に押し付けられることはない。その代わり、物語は複数の登場人物によって次々と語られ、彼らのそれぞれ制約された視点を通じて組織されている。こうした手続きの「モダニティ」は魅惑的にも明々白々で、ヘンリー・ジェイムズ以後の批評が読み込みたがる含みも明らかだ。(中略)こうした主張の言うところでは、このテクストは真実の観念を相対主義の異議申し立てに——いわば『羅生門』の方法で——さらしているのである。黒澤映画(一九五〇年)では、ひとつの犯罪が四回、それぞれ違った人物を主役にして物語られていたではないか。証言が互いに相容れないだけではなく、その矛盾が裁かれる基準となるはずの絶対の確実さはどこにも存在しない。「真実」は四つの相争う解釈の中に溶解してしまう。しかし『羅生門』の例とは逆に、『月長石』の「信用できず」「矛盾に満ちた」語りの構造は、罠に過ぎない。(中略)最終的にこの小説の権力の認知を「イデオロギー的」と読んで差支えないのは、『月長石』が、実は決して権力を権力と認知することがないからだ。小説自身が権力のごまかし戦略を跡づけているのに、それは見えなくなっている(第二章、七七~八二頁)。

純粋に理論的関心のみから右の論旨を判断すれば、アルチュセールからフーコー、そしてフレドリック・ジェイムソンへ至る批評理論史が見え隠れするのは当然だろう。警察に代表される新しいタイプの権力が日常の随所にあらかじめ刷り込まれ、時折日常の周辺から襲撃を仕掛け、第三章「規律は声色を使いわける——官僚制、警察、家庭、ディケンズ『荒涼館』」でも分析されるように、旧式の大法院に対抗しつつ「権力の封じ込め」さえ実践すること。あるいは第四章「いつも通りの小説──トロロープ『バーチェスターの尖塔』」でも再検討されるように、一見ドラマの表層からは警察権力や真実の絶対的探求という身振りが姿を消したにせよ、それはとりもなおさず、権力が自らを延命もしくは増長させようとする画策の傍証にほかならないこと。言い換えるなら、どんなに開かれているように見えても、わたしたちはまさしく高度資本主義メディア社会の演出する「自由」という名のイデオロギー的牢獄へ──第六章「秘密の主体、公然の秘密」の言葉を借りれば、自由な主体を基礎づけるとともに限定する「自由／監禁」という二項対立の牢獄の中へ──閉じ込められているとも気づかぬまま閉じ込められ続けていること。

しかし、わたしが右のくだりを一読して一番興味をおぼえたのは、ミラーが『月長石』以上に黒澤映画『羅生門』を高く評価している点だ。文学史的に熟考すれば、この言及はいささか突飛に響く。殺人事件の証言が証言者ごとに食い違う認識論的混乱のギミックは、周知のように芥川龍之介の「藪の中」（一九二二年）を原作としており、しかも芥川自身がヒントを得たのはさらに一九世紀アメリカ作家アンブローズ・ビアスの「月明の道」（一八九三年短編集収録）へさかのぼることは、ほぼ定説なのである。

にも関わらず、アメリカ人批評家ミラーがここで敢えて、アメリカ文学ならぬ黒澤映画の『羅生門』にこだわらなくてはならなかったのには、ひとつ決定的な理由があった。というのも、自身、男性同性愛者としてカミングアウト済みの彼にとって、この映画最大の意義は、物語や主題以上に、何よりも銀幕に輝く三船敏郎の肉体に尽きたはずだから。そんなことは右の論脈とは無縁に聞こえるかもしれない。けれど、アメリカ白人男性同性愛者共同体の内部で、三島由紀夫と並び、ほとんどアイドル的人気を誇る三船の肉体性《シニフィアン》を考慮しない限り、ミラーがなぜビアスでも芥川でもなく黒沢映画を選んだのか、その根拠を理解することはできない。こうした批評家ミラーのクイア的動機が右の警察権力論内部に匂わされていることは、実は突飛どころか、至って必然的に計算された伏線的配置ではなかったか（その意味では、カリフォルニア大学出版局版原書の裏表紙を飾る筋肉隆々タンクトップ姿の著者近影自体も本書の批評的文脈に貢献しているため、日本版もこれを忠実に借用＝再現しておくべきであった）。

警察官と同性愛者という対比は、個人を閉じ込めていくパノプティコン的権力と、閉じ籠もらなければ人権さえ危ういクロゼット的抵抗力の間の闘争を、絶妙な形で寓喩化していく。その意味で、博士論文をもとにした一九八一年の第一著作『物語の不満――伝統的小説における完結の問題』において扱われた「閉幕《クロージャー》」の物語学的諸問題は、第二著作である『小説と警察』においてはまさしく「閉じ込める警察と閉じ籠もる同性愛者」という文化史的諸問題へ拡散し、最終的には一九九二年の『ロラン・バルトを引き摺り出す』へ発展解消したといってよい。今日、新歴史主義批評を継ぐ形でニュー・アメリカニズム批評の文脈が培われているが、その過程で明らかになったのは、デイヴィッド・サッチョフも一九九四年の『批評理論と小説』で分析するように、そもそもフーコー的「権力」観がスティーヴン・グリーンブラット的「交渉《ネゴシエイション》」観によって再検討されるようになった背後では、フーコー的「生―政治学《バイオ・ポリティックス》」の基本と冷戦以後のアメリカ「封じ込め政策」の構図とが存外に共鳴しあっていたという経緯である。したがって、フーコーとともに警察理論と同性愛問題の交錯する地点を模索するミラーが、一貫して「閉じ込める＝封じ込める」こととは何か、その表象のからくりにここまで固執し探求せざるを得なかったかのも、冷戦時代特有の共産圏封じ込めの動きと、一九六九年のストーンウォール事件を皮切りに顕在化する同性愛者封じ込めの動きが、ほとんど手に手を組んで膨張していった時代的文脈が確実に存在したからだ。その結果、ミラーは、伝統や権力を前に「閉じる

＝封じ込める」ことの意味を徹底吟味した批評から、今度は少数派ないし同性愛者として「開く＝引き摺り出す」ことを考え抜こうとする批評へ赴く。

　こうした思索的ドラマトゥルギーを最も華麗に演じているのが、本書の白眉ともいえる第五章「狂気の檻《ラ・カージュ・オ・フォーレ》——ウィルキー・コリンズ『白衣の女』のセンセーションとジェンダー」である。原型論文の発表は八六年、つまりこのタイトルは明らかに、当時のブロードウェイを席巻した服装倒錯ゲイ・ミュージカルの傑作『狂人の檻《ラ・カージュ・オ・フォーレ》』から採られている。原作はフランスのジャン・ポワレによる同名劇で一九七三年から八〇年まで大ヒットし、『ミスターレディ・ミスターマダム』連作（一九七八〜八六年）として映画化もされたが、ブロードウェイ版は一九八三年に幕を開けた。物語は、南仏サントロペで女装クラブ「狂人の檻」（フランス語で「ホモの檻」の意もある）を経営するジョージと、そこの看板スターであるアルビンのゲイ・カップルが、自分たちの息子（？）ジャン・ミシェルの結婚をめぐって繰りひろげる珍騒動が中心だが、広く誰にでも楽しめる出来で、それ以前までオフ・ブロードウェイ向けだったゲイ演劇に一気に市民権を与えた功績は大きい。評者自身も、八四年秋のニューヨークはパレス劇場で本作品を観劇した記憶があり、人気の高さに驚かされたが、さて本書第五章がまちがいなく隠れた意匠として想定しているこの『狂人の檻』ブロードウェイ版のモチーフは、本書では以下のような再解釈を施される。

　「ヴィクトリア朝のセンセーション小説に「退屈」なところは少しもない。ここでわれわれを捉える興奮はきわめて直接的で、われわれの読書する身体は、「戦うか、逃げるか」の生理学によって、戦うことも逃げることもできない神経衰弱の劇場に仕立てられてしまう。（中略）

一方では、まるで芸術の目的と正当性は、フランス人が解剖学的な正確さで我々の檻《カージュ》と呼ぶもの、つまり身体、をうまくかき鳴らせるかどうかで決まるとでもいうように、露骨なセールスマンシップが、呼吸のあえぎと美的価値とはイコールだと、平然と言ってしまう。身体は不随意の動きを強制されるし、読みのリズムは実を言ってしまうと中毒性だ——こうして読者は否応なしに奴隷にされてしまう。」（第五章一八七頁）。

身体そのものが管理された装置であることについてはすでにフーコーが一九七五年の『監獄の誕生』第三部「規律・訓練《ディシプリン》」で詳述しており、その理論はミラーも全面的に援用しているものの、いま注目すべきは、著者がそうした理論を、アメリカ的煽情小説史に見る読者身体反応論にまで敷衍するばかりか、ブロードウェイ・ミュージカルさえ斟酌して再吟味している事実だろう。以上の警察理論では、一見、小説を読む読者自身は最大のパノプティコン装置として安泰を保証されているかのように聞こえるかもしれないが、にも関わらず、ミラーは煽情小説の効果がそんな読者の生理学的身体にいかに伝染し、いかに「読者内部に閉じ込められた白衣の女」を露呈させるか、男性読者の場合ならいかに「男という檻に囚われた女」へ作用し、いかに男性同性愛の文化とそれを禁じる同性愛嫌悪の制度を一挙に浮上させてしまうかを、雄弁に説き明かす。かくして『小説と警察』の問題系は、フーコー的アメリカを体現しながら、最終的にそもそもわたしたちが高度管理社会の別名であるハイパーメディア社会において小説を読むことの意味を——ひいてはフィクション一般を楽しむことの意味一般を——最も鋭角的な形で問い直すとともに、究極的には文学批評という「もうひとつの物語《フィクション》」を読むことの楽しさを味あわせてくれる。

本書の理論体系《ディシプリン》がいかに啓発的であるかは、すでにミラー以後の刺激的な批評が頻出していることを指摘しておけば充分だろう。アン・チェトコヴィッチ『複雑な感情』（一九九二年）やカレン・サンチェス・エッペラー『自由に触れて』（一九九三年）、リチャード・ブロッドヘッド『文芸文化』（一九九三年）、そして富島美子『女がうつる』（一九九三年）といった業績は、そのほんの一端に過ぎない。

CURRICULUM FIFTEEN

第十五章　裏返されたメルヴィル

千石英世『白い鯨のなかへ』を読む

ひとりの批評家が著書を出す以前、その代表的論文が早々と神話になることがある。たとえば、富山太佳夫の第一著書『テキストの記号論』（一九八二年）の第四章「詐欺師メルヴィル」に以下の注釈がある。「日本人の手になる論文で最も精緻なのは、千石英世「メルヴィルの『詐欺師』」、〈オベロン〉第十一巻一号（一九七五年）、四三～六六頁ではないかと思う」。以後、この論文が頻繁にコピーされたのは、言うを待たない。

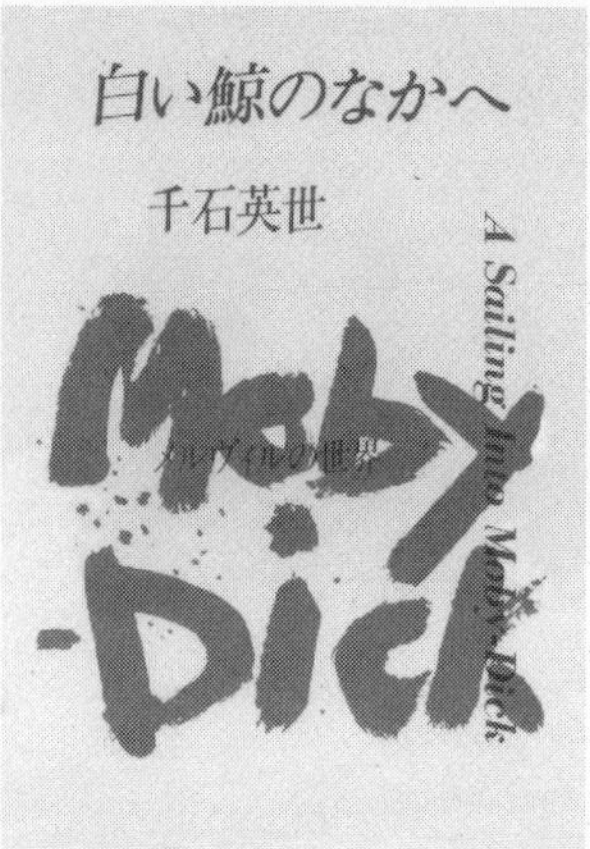

千石英世
『白い鯨のなかへ――メルヴィルの世界』
（南雲堂、1990年）

シャロン・オブライエンによれば、アメリカ文学史上、一九二〇年代まで隆盛を極めたジャーナリスティックな文学批評は三〇年代以降アカデミックな研究に取って代わられる。その推移には、大学における英米文学教育を一層充実させ、とりわけ「アメリカ文学の規範《キャノン》・正典」を樹立させなければならないというオブセッションがあった。事実、そのような風潮を得てはじめて、F・O・マシーセンは一九四一年、『アメリカン・ルネッサンス』の中で民主主義と作品有機体説の二大規範を提起することになる。けれど彼を真に特徴づけているのは、批評から研究への「推移」というより、アカデミー内部における批評的研究、いわば新批評の方法論と文学研究の準拠枠の「融合」という企てを成功させた部分に潜む。それは一九八〇年代以降の英米において、「批評」と「研究」の差異をそれこそ脱構築するような試みが頻出し、多くの「学者批評家」が輩出する歴史を予期するものであったろう。

千石英世の力作『白い鯨のなかへ』の第一の意義は、アメリカン・ルネッサンスの代表格ハーマン・メルヴィルを主題化した作家論という点にあるから、何らかの形でマシーセン的なキャノンを克服しようという模索が見られるのは必然である。その戦略は、あえて年代順の配列を無視して第一章に『詐欺師』論「裏返された鯨」(初出一九七五年)を置いたことからもうかがわれるが、そこで何より目を惹くのは、先行する批評家たちの中でもマシーセンそのひとに対して、いきなり挑戦的な姿勢が展開されるところだ。著者は、『アメリカン・ルネッサンス』が『詐欺師』テクストに「抽象を操作して得られた単なるパターン」「ミシシッピー河にメルヴィルが見出し得たと称するところと、そして、彼がそこに辛うじて創出した存在の荒涼たる意味との間にある乖離」を措定して低い評価しか与えていない点に憤りを感じ、以下のように言明してみせる。

「メルヴィルが見出し得たと称するところ」の現実的なるもののその内実を問うことなく、単に「乖離」を指摘して、この作品を失敗作と断ずるに至るマシーセンは当を得ているとはいえないと思うのだ。反リアリズムを作中自ら標榜する作品に、マーク・トウェインのような充実したリアリズムが見出だせぬからといって、これを否定するのは承服できるところではない。もちろんマシーセンの批評を一概にしりぞけるわけではない。しかし、『詐欺師』が当時の合衆国南部ミシシッピー河流域の現実を、あるいは風俗を反映しているかどうか、それ自体はさほどまでに重大な問題ではない。むしろ気づくべきことは、この反リアリズムの作品がそこに取り込んでいる現実的なるものの、そのあり方にある。(中略)この反リアリズムの作品に取り込まれた現実的なるものは(中略)いわばアレゴリカルな、抽象的な情念が現実と繋がろうとするときに見出す危うい方法というべきものである。」(八～一〇頁)

『詐欺師』におけるメルヴィルには、彼の生きる現実的な世界が彼の読む聖書の世界と同じ比重で存在していた。彼は聖句をパロディックに引用する。同様に彼は現実世界のイメージを作品にパロディックに引用する。彼がそれぞれの引用をパロディックに行なった理由は、聖書の世界に逆説的にしか現実の世界を読み取れなかったからであり、現実の世界に逆説的にしか聖書の世界を読み取れなかったからにほかならない。したがって作品の評価の視点は、これら二種類の引用がみごとに絡み合い折り合い、一種の倒錯したパロディーの文学的世界が出現しているかどうかにあるだろう。マシーセンのいうように、一方の引用の原典が、つまりは現実的な世界が、引用されているかどうかに評価の視点があるわけではない。(一二～一三

頁）

『白鯨』は完璧に完結した作品であった。しかし、『詐欺師』の最終章は文字どおり闇の中に垂れ下がっている。『詐欺師』は、マシーセンのみならず、これを評価しない人々によれば、完結さえとげていない未完の長編なのだ。（一三頁、以上傍線引用者）

傍点部分だけからでも、ここで千石がマシーセン的筆鋒の前に『詐欺師』を擁護するのとまったく同時に、きわめてポストモダンな批評尺度を披露しているのが判明しよう。もちろん反リアリズム、パロディ、そして未完結性の諸原理といったら、いまや脱構築的イデオロギーから作品のメタフィクショナリティを最大評価する三点セットとして、すでに新奇な枠組ではない。だいたい一九八〇年代後半以降、新歴史主義批評を経て、アメリカ文学史のキャノン再編成の声が高まる九〇年代的状況に鑑みる限り、「マシーセン的なアメリカン・ルネッサンス観」をポストモダニズム批評から転覆させようとする「挑戦」姿勢自体が、すでにあまりにもおなじみのものかもしれない。〈英語青年〉誌九一年一二月号のメルヴィル特集も、そうした風潮を経たあとの産物である。しかし、だからこそ再び強調しなくてはならない、論文「裏返された鯨」初出が一九七五年であった事実を。アメリカに初めてフランス構造主義理論を体系的に紹介したジョナサン・カラーの『構造主義の詩学』が出たのが同じく一九七五年、フェイス・ピューレンが構造主義批評の成果ともいえる出色のメルヴィル論いくつかを含めて編集した論集『メルヴィル新解釈』が出たのが一九七八年、そしてメルヴィル研究史上でもポスト構造主義批評史上でも里程標となるバーバラ・ジョンソンの「ビリー・バッド」論である「メルヴィルの拳」が出たのが一九七九年（『批評的差異』所収）。評者自身ちょうどそのころに「裏返された鯨」を初出誌〈オベロン〉三九号誌上で一読し、ジョンソン論文にも一向にひけをとらない風格に驚嘆した記憶を持つ。いま「裏返された鯨」を読むことは、まずは一九七〇年代中葉、英米批評方法論上の激動期において、折しも極東の島国における鋭敏な感性が、その最先端と互角な『詐欺師』論を密やかに、だが力強く織り紡いでいた「歴史」を学ぶことに等しい。

したがって、『白い鯨のなかへ』第二の意義は、アメリカ・ロマンティシズムの一作家のテクスチュアリティ内部に先駆的なポストモダニズム的想像力の実験場を再発見する過程において、逆説的にマシーセン流民主主義イデオロギーの有機的球体を破砕してしまっている点にある。

ただし、いくら記念碑的とはいえ——いや歴史的であるからこそ——「裏返された鯨」は一五年以上前の論文だ。しかも、収録論文はさらにそれ以上に先行して一九七一年、まだ学部時代に書かれたという「白い鯨の構造図」(『白鯨』論パートI)から八六年発表論文に基づく「ペルソナとキャラクター」(「ポーソーンとその苔」その他の短編論)にまで及んでおり、一五年間に書かれた論文群の集大成に統一性は保証されているのかどうか、評者が懸念を感じなかったといえば嘘になる。だが、そう受け取られるであろうことについては、第三著書にあたる『アイロンをかける青年——村上春樹とアメリカ』(一九九一年)の中で、ポストモダニズム文学と脱構築批評など文学理論的現況に多くを費やしている著者自身があらかじめ痛感していたことでもあったはずだ。その証拠に、懸念はまったくの杞憂にすぎなかった。詭弁ではない。通読してみて最初に判明するのは、「裏返された鯨」というのが、本書第一章というにとどまらず、ほかならぬ本書全体の枠組を決定する壮大なる序論の役割を果たすよう再文脈化されているということなのだから。暴論を恐れずいえば、本書が『白い鯨のなかへ』と題されているのはたぶん何らかの印刷ミスであり、これは再版以降『裏返された鯨』という別書名に変更するのが正しい。

実際、そういう身勝手な妄想にかられるほどに、千石は第一章で提出したモチーフを最終章に至るまで尊重し、多彩にして鮮烈な変奏曲を展開していく。もちろん初出発表順ではないものの、それらを順に読み進んでいくと、ひとつひとつが新しい輝きを帯びていく。少なくともそのように再解釈せざるを得ないほど巧みに再配列してみせた手腕こそは、ここで最大限評価すべき著者自身のポストモダニティなのである（年譜や著作一覧の再配置という点に至るまで、本書一流の優れた編集手腕はくまなく発揮されている）。

「裏返された鯨」の基本的アイデアは、『マーディ』『白鯨』『ピエール』の三部作に『詐欺師』を加え四部作と再定位しつつ、しかもそれらのうち『白鯨』と『ピエール』の二長編は主題・構造ともどもポジとネガの関係を結ぶものと見直すところだ。千石にとって詐欺師コズモポリタンこそは「裏返されて内と外がめくれ返ったエイハブ」であり「白鯨モビー・ディックの化身」にほかならない。「『白鯨』においては、エイハブやイシュメールが謎めく運命的な鯨を追い求めたのだ。それとは逆に、『詐欺師』では、謎めいた運命的な主人公が餌食を求めてピッチやヘンリー・ロバーツを闇へつき落とす。そして白という色なき色の鯨がピークォド号という世界を破壊したように、ここでは極彩色の詐欺師がフィデール号という世界を闇に葬り去るのである」（三七頁）。もちろん今日では、一九八〇年以降の「代書人バートルビー」批評ひとつとってても、ジョン・カーロス・ロウの記号論的分析からマイケル・ギルモアの市場経済論的読解、はたまたブルック・トマスの法解釈的再解釈まで多種多様なパースペクティヴが提出され、論理転倒そのものが自明化しているから、仮に捕鯨に象徴されるアメリカ資本主義的拡張政策の一端を小説化しえた作家が、のちにそうした経済的ネットワークの構造自体を背後から不意打ちするような作品をものすのだと説明されたにせよ、特に不思議に感じない。しかも千石七五年の論文は、そうした社会史的アプローチを前提にさえしていない。にも関わらず、彼の論脈から不思議なエネルギーが発散されるのは、レトリックならぬ文体の力による。文学テクストの言語的パフォーマンスを分析する著者の批評言語自体に肉体的パフォーマンスの力が反復されているというべきか。

たとえば、『詐欺師』論のあとに、それこそ年代順にいえば裏返された形で続く『白鯨』論。論者が弱冠二十二歳の時に書いたというそのパートIには、『詐欺師』論に匹敵する論理構築がすでに明らかだ。ここでは、エイハブがピークォド号乗組員の蛮人たちにターゲットは白鯨であるのを示す時、それが必ずしも「白い鯨」すなわち「モビー・ディック」ではなかったかもしれない可能性が示唆される。なるほど、蛮人たちは「白い鯨」を追えと命ぜられて「そいつはモビー・ディックじゃないですか」と尋ね返し、エイハブはそれを肯定していくのだが、千石によれば、まさにそのように何の説明も加えず煽動していく転倒的な身振りこそは、エイハブ自身の「言葉の呪術性」をテコにしたレトリックであるという。そして、最大のアイロニーといえば、『白鯨』を裏返して『詐欺師』を書くよりも先に、作者メルヴィルが「紙の海をそのまま逆立てて彼の海にしなければならなかったという転倒ではないか」、と著者はしめくくる（八七頁）。『白鯨』のみならず、『白鯨』論自体が孕むスピーチアクト、そこに千石自身の原点があろう。『白鯨』という特定テクストを裏返して分析しながら、彼はおそらく、存在と記号が相互を裏返し続ける交渉史こそはメルヴィル作品の、いや文学作品一般の本質であることを覚悟するに至っている。

そんな著者の態度が浮上する時、『白い鯨のなかへ』が内在させる第三の意義として、同書がマシーセンの達成した「文学研究」と「文学批評」の差異解体はおろか、いわゆる「文学批評」と「文芸評論」の差異さえも突破しかねないパワーが実感されるはずだ。たとえば第四・五章を占める『マーディ』論パートI・II「夢の果てへの航海」「終りなきおわり」には、メルヴィルが描く経験が「いまだ経ぬ経験」であり「紙の上をペンでする航海」であること（一一一頁）、その創作というのがホラ話好きの船乗りらしく「物語を語るパフォーマンス」の一種であったこと（一三二頁）、ひいては「メルヴィルの合わせ鏡の世界」こそは「虚構と現実の波がぶつかり、せめぎ合うぎりぎりの極限にしか文学はありえぬ」証左であること（一二八頁）が述べられる。第七章の『ピエール』論「極北の重力」では、「『ピエール』は『白鯨』の読者メルヴィルが書いた作品論」であることが主張され（一八五頁）、第八章の「ビリー・バッド」論「隠喩の抱擁」では、ヴィア船長とビリーの抱擁の構図に隠喩の生成と解体が喝破されて「歴史という外気にさらされてしまった自然は、言葉と心という二つを否応なく獲得するほかはない（中略）表面と内面とに痛ましくも剥離されて行くほかはない」（二〇八頁）と言明される。つまり千石英世の七〇年代から八〇年代への歩みは、メルヴィルという特定作家を裏返すためのたゆまぬ倫理的実験の果てに、むしろ文学とは普遍的に「裏返された鯨」なのだという結果を獲得していくプロセスなのだ。

してみると、一九八三年に小島信夫論で群像新人文学賞を受賞したことは、彼自身の内部における文学批評と文芸評論の差異解体というストーリィが運命的な色彩を帯びる最大の契機ではなかったか。第一著書の『小島信夫——ファルスの複層』（一九八八年）において、『別れる理由』が『詐欺師』や『白鯨』のように、『菅野満子の手紙』が「バートルビー」のように、『抱擁家族』が「ビリー・バッド」のように読み解かれるのは、だから偶然ではない。かつて杉浦銀策『メルヴィル——破滅からの航海者』（一九八一年）はメルヴィルをポストモダニズム作家として読んだが、近年では久間十義のポストモダン・メタフィクション『世紀末鯨鯢記』（一九九〇年）が八木敏雄『「白鯨」解体』（一九八六年）をマニュアルとして書かれた。創作と批評、日本文学とアメリカ文学の相互交渉はますます盛んになっている。

むろん意地の悪い読者であれば、小島信夫をメルヴィルのように、メルヴィルを小島信夫のように読むという態度そのものを問題にするだろう。しかしセルヴァンテス的「語り＝騙り《メタフィクション》」と坂口安吾的「笑劇《ファルス》」が何の苦もなく交錯する「批評的瞬間」が、千石英世という主体以外をもってしては不可能な「文学性」そのものであることも、認めざるを得ない。

第十六章　庭園神話のアイロニー

大井浩二『手紙のなかのアメリカ――《新しい共和国》の神話とイデオロギー』を読む

一九九二年初春、米国学術誌〈アメリカ文学〉の編集長キャシー・デイヴィッドソンから一通の依頼状が舞い込んだ。書評欄を充実させたいので、この数年間の日本におけるアメリカ文学研究の代表的著作をまとめて紹介せよという。金関寿夫や亀井俊介の業績とともに、大井浩二の『美徳の共和国』を選んだのはいうまでもない（同誌第六十四巻第四号、一九九二年十二月号）。日本を代表するアメリカ文学者のイメージがここにある。

大井浩二
『手紙のなかのアメリカ――
≪新しい共和国≫の神話とイデオロギー』
（英宝社、1996年）

去る一九九七年八月、ニューヨーク市立図書館で行なわれていた「メアリ・ウルストンクラフトとメアリ・シェリー展」は、さまざまな点で啓発的だった。

通常の英文学史では、元祖フェミニストと元祖SF作家という取合わせで知られる母娘。最近ではバーバラ・ジョンソンのように、後者の代表作『フランケンシュタイン――現代のプロメテウス』もまた作家のフェミニスト的自伝のひとつなのだと脱構築する主張が一般化し、わたし自身もその説を否定するものではない。だが、右記展覧会企画の奥底には、明らかにこの母娘と当時の新興国家アメリカの関わりを、徹底した文化史的分析によって、これまで以上に強烈に前景化させようとする意図が窺われた。そこでは、たとえばメアリ・ウルストンクラフトの最初の夫がアメリカ作家・冒険家として数々の「移住者への手引き」に手を染めたギルバート・イムレーであったことや、彼女の属した知的共同体の中心的人物には、のちに一七九〇年には英国を離脱して渡米し、第三代大統領トマス・ジェファソンの思想形成にも力を発揮したジョゼフ・プリーストリーがいたことをも実感させてくれるという、絶妙の展示配置が施されていたのである。

もちろんイマニュエル・カントが多才なるベンジャミン・フランクリンを現代のプロメテウスと呼んだのは有名な話なので、メアリ・シェリーはまずまちがいなくこのアメリカ独立革命の担い手を念頭に置きつつ『フランケンシュタイン』を構想したであろう。だが、この母娘に通底するオブセッションに留意するなら、フランケンシュタインの怪物が母体を殺した女性作家自身であると同時に、母国を否定し、民主主義の実験中だったアメリカという名の国家自体でもあった可能性は、決して小さくない。

そんなことをあれこれ考えめぐらしたのも、前年九六年に出た大井浩二の『手紙のなかのアメリカ――《新しい共和国》の神話とイデオロギー』(一九九六年)が、ずばり前掲イムレーの諸作品をもカヴァーしつつ、まさしく建国期アメリカにおける共和制文学全般を比較欧米史的文脈から、実に緻密に分析していたからだ。

一九七三、四年に『アメリカ自然主義文学論』『ホーソン論』の二冊をほぼ同時に上梓し、鮮烈なデビューを飾って以降、かれこれ四半世紀近く、大井の仕事は独立革命時代からアメリカン・ルネッサンス、金メッキ時代、そして世紀末にまでおよぶ幅広い分野を対象に、文学作品精読から文化史的発見を、文化史的知識から文学史的洞察をもたらすという独自の方法論を開発してきた。テクストのみに限定する新批評的精読が主流だった時代には、良く言えば独特、悪く言えば傍流的に映ったことはまずまちがいない。誰よりも著者自身が『ホーソン論』序文において、猫も杓子も新批評へ飛びつく風潮を批判し、敢えて「文化的象徴主義」を選び取る旨を宣言している。ところが一九八〇年代以降のいまでは、新歴史主義を経た批評理論の変転により、いわゆる文学史と文化史の相互交渉に着目する態度の方が主流化した。なればこそわたしは、文化的文学史観をそれ以前より先覚的に駆使しながら一貫して発展させてきた批評家たち、たとえばレスリー・フィードラーやレオ・マークスから亀井俊介、大井浩二に至る先駆的業績を、いまこそ再評価しなくてはならないのではないかと思う。

では、大井自身の研究史において、通算八冊目の論文集にあたる本書はどのように位置づけられるか。

やや乱暴に整理してみるなら、ヘンリー・アダムズやシオドア・ドライサーらの文学と世紀転換期の文化を再考した前作『ホワイト・シティの幻影——シカゴ万国博覧会とアメリカ的想像力』(一九九三年)が、大井の記念すべき第一作にあたる『アメリカ自然主義文学論』で提起された問題系をさらに統一的な視点で語り直した書物だとすれば、他方、『手紙のなかのアメリカ』は大井が八〇年代から九〇年代にかけ、共和国の運命とアメリカ的想像力というテーマで書き継いだ三部作『フロンティアのゆくえ』『金メッキ時代・再訪』『美徳の共和国』(順に一九八五、八八、九一年) の問題系を独創性あふれる主題により再構築した書物ということになるかもしれない。三部作完結編において、著者はすでに自伝や伝記を私的に閉鎖した語りではなく、共和制イデオロギーにおける歴史的な物語として捕捉し直す提案を行なっており、それはごく最近のエッセイでも再論されていた。ミシェル・フーコー以後、事実とされる歴史も虚構とされる文学もすべて言説的効果、すなわち「物語」にほかならないというのは、多くの批評家が共有してきた前提だが、それはもともと大統領を最大のヒーローとして称えてきたメディア国家アメリカを語るためにこそ、一番ふさわしい。けれども大井は、今回の最新刊において、さらなる一歩を踏み出す。小説や非小説といった区分を超える形で――地誌、自伝、エッセイ、パンフレット、旅行記にまでおよぶ規模において――いったいなぜ共和制時代には「手紙」という形式が特権化されていたのか、彼はその一点を突き、さまざまな文献を駆使しながら、この書簡体という「公的であると同時に私的である可能性を提供する」(第十章) 超ジャンル的様式への思索を深めていく。

もちろん九〇年代に入ってからというもの、大井の親友である新歴史主義批評家キャシー・デイヴィッドソンのラヴレター研究や、同じ共和制時代の研究者マイケル・ウォーナーによる文学と活字《レター》印刷の力学に関する研究、それにごく最近では現代文学者アン・バウアーによる書簡体小説研究まで、類比しうる業績は枚挙にいとまがない。にも関わらず、大井の本書が類書には見られぬ異彩を放っているのは、建国の父祖たちの文書から独立革命後の書簡体作品を貫いて、いわゆる「アメリカ便り」の特色が見られる点に、そしてまさにそのように読む限り、それぞれのテクストからは「新しい共和国の神話とイデオロギー」なる文化的コンテクストがあぶり出されてくる点に、鋭く注目しているからだ。

その意味で、全十章から成る本書が、ひとまず実質的なイントロダクションである第一章「アメリカ熱のさなかで」において、独立革命期のテクスト比較から切り込んでいるのは、あまりにも正しい戦略だったといえよう。そこでは、クレヴクールの『アメリカ農夫の手紙』(英語版一七八二年、仏語版八四年)が明暗両面を備えるテクストでありながらも、けっきょくはアメリカを「約束の地」と見るフランス側の理想化に拍車をかけてしまったこと、トマス・ペインの『レナール神父への手紙』(一七八二年)が実情を正確に記述してフランスにおけるバラ色のアメリカ観を粉砕したこと、ベンジャミン・フランクリンの『アメリカへ移住しようとする人々への情報』(一七八四年)が誤った考えや期待に基づくアメリカ神話を一掃しようとしながらも、かえってアメリカ共和国の例外性・永遠性を強調してしまっていること、トマス・ジェファソンの『ヴァジニア覚え書』(一七八五年)が同じくアメリカに関する認識を修正し、客観的情報を提供しようとしながらも「堕落したヨーロッパと純粋なアメリカというコントラスト」を背景に「永遠に生き続ける例外的な農業的共和国アメリカ」を礼讃するに至っていることが、詳細に比較再検討されている。

この第一章をしっかり踏まえておくなら、以後の各論で著者が自由自在に繰り広げる文学史的議論が一層楽しくなってくるのは請け合いだ。たとえば、第二章「地誌のなかのフロンティア」と第三章「ケンタッキーへの脱出」は、前掲ギルバート・イムレーの『北米西部地誌』(一七九二年)がジェファソンの『覚え書』を批判的に修正しながらも、自らケンタッキーを中心にしたアメリカを「永遠の緑草」と「紺碧の空」と「柔らかな西風」とに彩られた地上的楽園として再演出してしまっているという皮肉を巧みに暴き出しているが、さらに第三章でイムレーの小説『移住者たち』(一七九三年)を扱う段になると、ウィリアム・ディーン・

ハウエルズにはるかに先立って離婚を扱ったこのアメリカ小説が、たとえばオハイオ川流域のロマンティックで牧歌的な描写においてマーク・トウェインの『ハックルベリー・フィンの冒険』へ、あるいはケンタッキー州ルイヴィルを選んだ点でスコット・フィッツジェラルドの『華麗なるギャツビー』へ連なっていく系譜が鮮やかに指摘される。『移住者たち』では収容所めいたイギリスに対し、牧歌的理想郷としてのアメリカが生き生きと描写され、それは具体的にはヒロインの住む土地が美しい泉を意味するベルフォントと呼ばれていることからも明らかだが、それをさらに第五章「例外としてのアメリカ共和国」で扱われるウィリアム・ヒル・ブラウンによるアメリカ最初の小説『共感力』の田園的舞台ベルヴューの意義と比較していく著者の筆致は鋭い。

このようにアメリカ文化史の中枢にいささかの迷いもなく「庭園の神話」を置いてみせる手つきに接するなら、長年の愛読者はたちまち、これがデビュー作『アメリカ自然主義文学論』『ホーソン論』の時点から一貫した著者の立脚点であることを、その理論的背景がヘンリー・ナッシュ・スミスの『ヴァージン・ランド』やレオ・マークスの『楽園と機械文明』、R・W・B・ルイスの『アメリカのアダム』などによって培われていることを、思い出すだろう。大井版アメリカ文学史は、その初期から最近に至るまで、庭園の神話が内部に隠し持つアメリカ文化史上の矛盾を、あらゆる角度から暴き出してきたのだ。

たとえば第六章「結婚という主題」では、ジョージ・ワシントンの伝記作家メイソン・ウィームズの結婚奨励パンフレット『ヒュメンの徴募軍曹』(一八二五年)と、生涯独身だった女性作家キャサリン・マライア・セジュウィックの『自伝』(一八五三〜六〇年)とがきれいに対照され、とりわけ後者の母親パメラが模範的な「共和国の母」であったにも関わらず、「家庭における幸福」の犠牲者となり、「体質的な精神異常の傾向」を悪化させるばかりであったことから、この女性作家は第七章「共和国の娘たち」でも扱われるタビサ・ギルマン・テニー同様、「アメリカ合衆国を支えていた共和主義イデオロギーに対する暗黙の、しかし強烈な反逆の姿勢」を抱いていたのではないか、という結論が引き出される。

あるいは第九章「ユートピアの夢」では、ジョン・エッラーによるアメリカ発のテクノロジカル・ユートピアに関するパンフレット『労働せずに自然と機械の力で万人が手に入れることのできるパラダイス』(一八三三年)とともに、ジェイムズ・フェニモア・クーパーが同時代のエデンの可能性と限界を幻視した小説『火山島』(一八四七年)が並列して論じられ、アメリカの夢に満ちあふれていたはずのこの一八三〇~四〇年代に、すでにして「アメリカ共和国に潜在する崩壊の危機」を洞察するテクストがあったことが力強く証明される。

そして、さらに第十章「二つのフロンティアから」では、女性作家キャロライン・カークランドがメアリー・クレイヴァーズ名義で出版した書簡体スケッチ『新しい家庭——あとに続くのは誰? あるいは西部生活瞥見』(一八三九年)が、前述したギルバート・イムレーの作品に倣うかのように本書を「移住者への手引き」と呼びながらも、しかしイムレーとは根本的に異なり、新世界アメリカがヨーロッパの現実から脱出して逃げ込めるようなユートピアでは決してないという主張を叫んでいることを、その結果、彼女の書簡体において「とりとめもない私的な声がそのままリアリスティックな公的な声にもなっている」ことを、みごとに抽出してやまない。著者は第三章でイムレーの小説『移住者たち』を分析する途上、それが離婚問題を扱っている点で「実際の作者は作家の妻メアリ・ウルストンクラフトではないのか」と問い直す研究者まで登場している事実を指摘したが、そのくだりがいわば精妙なる物語的伏線として功を奏し、第十章に見る

「男性作家イムレーを書き換える女性作家カークランド」の登場を一層ドラマティックに仕立て上げているのである。一見抵抗感のない書簡体が、実はいかに性差論的にして文学史的な闘争の歴史を形成しているかを指し示す、これは本書の論述上最大のクライマックスだろう。

かくして、建国期アメリカが理想に掲げ、大井が長年かけて追求してきた庭園の神話は、新世界アメリカという避難所がいつしか旧世界ヨーロッパと変わらぬ収容所と化していたというアイロニーを露呈する。その点についても著者の議論はあらかじめ精密に計算済みだ。というのも、第四章「書簡体のプロパガンダ」におけるフィリップ・フレノーの『さまざまの興味ある重要な課題に関する手紙』（一七九九年）の分析で、フランスの影響下にあるアメリカが「精神病院《ベドラム》」にたとえられている部分を抽出して以降、前述のとおり第六章のセジウィック自伝の解読でも母親の精神病に注目しているし、ひいては第十章でカークランドとともに検討しているリディア・マリア・チャイルドの『ニューヨーク便り』（一八三四年）がセンチメンタルに自然描写するのみならず、この商業都市を「巨大なるバビロン」「疫病の町」「虚偽の環境」とも再解釈している事実を、著者は決して見逃していないからである。

かつての「庭園の神話」は「独房の神話」へ、夢にあふれる楽園は悪夢にさいなまれる刑務所、ないし精神病院へ、その地位を譲り渡してしまった。この論法でいくなら、たとえばケン・キージーがカルト小説『カッコーの巣の上で』において、ジョン・カーペンターがカルト映画『ニューヨーク１９９７』において採用したメタファーも、斬新なものどころか、共和制以来二世紀の間に連綿と培われた歴史的装置にほかなるまい。かくして大井浩二の高度に制御されたメタフォリクスは、結論部における断言に最大の説得力を与える。

「たしかに、アメリカにおける共和主義的パラダイムは、フロンティアの消滅する一九世紀末に崩壊の危機に直面する運命にあったとしても、その終りの始まりを示すさまざまのたしかな兆候がすでに南北戦争以前の時期に窺われていたことを、『新しい共和国』の作家たちによって書かれた数多くの書簡体の作品は証明しているのである」(「エピローグ」二四六〜四七頁)。

書簡体テクストの背後に共和制という名のユートピアとディストピアが分かち難く絡み合うコンテクストを最も鋭利に解析した本書は、まぎれもなく一九九六年度におけるアメリカ文学文化研究最大の収穫に数え上げられる。

THE LAST CURRICULUM

第十七章　ジャンヌ・ダルクの娘たち

斎藤美奈子『紅一点論——アニメ・特撮・伝記のヒロイン像』を読む

一九九四年、大人気だった西田ひかる主演のフジテレビ系テレビドラマ『上を向いて歩こう！』で光っていたのは、舘ひろし演ずるプロ野球選手くずれのニュースキャスターだった。せっかくカッコいい独身プレイボーイでキメたいのに、いつもいつもままならない。とうとう彼は、阿木燿子演ずる昔の女から隠し子の認知を迫られて、こう言い放つ。「おまえが（中略）勝手に生んだんじゃないか」。この一言を問い直すところから、性差理論は始まる。

斎藤美奈子
『紅一点論——
アニメ・特撮・伝記のヒロイン像』
（ビレッジセンター、1998 年）

我が国では数少ない女性文芸評論家のひとり斎藤美奈子は、一九九四年夏に第一評論集『妊娠小説』を世に問い、鮮烈なデビューを飾った。かつて一九七八年に米国フェミニスト批評家ジュディス・フェッタリーが発表した名著『抵抗する読者』は、あえてワシントン・アーヴィングからヘミングウェイ、フィッツジェラルド、ヘンリー・ジェイムズなど白人男性作家の作品ばかりを取り上げ、男の文学を男性のように読む必要はないこと、女性は女性なりに男性作家・男性読者・家父長的制度へ根本から抵抗するような読みを提出すべきことを説いたが、斎藤美奈子の第一評論集『妊娠小説』は、限りなくフェッタリーに近接しながらも、あくまで現在日本に絞った視点から画期的な洞察を提供してみせる。そこでは、森鷗外や島崎藤村から三島由紀夫や石原慎太郎、倉橋由美子や森瑶子や小川洋子にいたる、「望まれない妊娠」を扱う連綿たる「妊娠小説」という文学サブジャンルの伝統が浮き彫りにされていく。特に、男性中心の妊娠物語は「女に裏切られる話」が多く、女性中心の妊娠物語では「男を見限る話」が多いという論証、にも関わらず男性の出産抑止力が女性の出産促進力を上回ってしまうという指摘には、最先端フェミニズム批評ならではの精緻な性差理論がうかがわれ、目からウロコが落ちた。

以来、四年の歳月を経た一九九八年、満を持して登場したのが、第二評論集『紅一点論——アニメ・特撮・伝記のヒロイン像』である。著者はまず、わたしたちが今日、何の気なしに使っている「紅一点」の語源から説き起こす。それは、北宋時代の政治家で詩人でもあった王安石の詩の一節に、正確には「萬緑叢中紅一点」なる表現として登場する。一面の緑の中に咲く紅の花一輪というこの構図は、本来「凡夫の中に俊才ひとり」の意味だったのが、いまでは「男の中に女がひとり」の意味でしか使われていない(誤読が誤読を生んで、さらに発展して「黒一点」なる表現まで発明されているほどだ)。ここには「たくさんの男性と少しの女性」から成る現代日本社会の構図そのものが集約されている。その中で、仮に紅一点が「ひとりだけ選ばれて男性社会の仲間にいれてもらえた特別な女性」であるなら、それは具体的には何を意味するのか。著者はそうした問題意識から、戦後生まれのわたしたちが初めて出会う「紅一点の国」をテレビの特撮ドラマやアニメおよび子ども向け偉人伝に求め、一見思想的にはまったく無害に見えるそれらの子どもジャンルが、いかに高度成長期以後の日本における性差の政治学を支えていったかを、巧みに解析してみせる。

全体は三部構成。実質上の理論篇にあたる「紅一点の国」の部と、具体的なアニメ作品・伝記作品を批評的に分析していく実践篇にあたる「紅の勇者」「紅の偉人」の各部から成る。まず「紅一点の国」では、「男の子の国」の物語が科学立国における英雄譚という形で展開し、科学技術を武器に異質なものを排除していく戦争をくり返すのに対して、他方、「女の子の国」の物語は恋愛立国における姫君婚姻譚という形で展開し、科学技術ならぬ魔法を武器に世界でたったひとつの宝を守る防衛戦を繰り広げるというコントラストが明らかにされる。そのうえで、著者はアニメの主流を成す四大ヒロイン類型「魔法少女」「紅の戦士」「悪の女王」「聖なる母」を現代日本女性像にあてはめる。

まず「魔法少女」というのは、アニメ『魔法使いサリー』や『ひみつのアッコちゃん』に見られるように、「魔法を使えるお姫様」とでも言い替えられるアイドルであり、いわば「父親から見た理想の娘」像である。彼女は親の庇護下で遊びながら結婚を夢見ているが、社会に出れば、「労働市場から締め出された働きのない少女」にすぎない。

次に「紅の戦士」というのは、特撮ドラマ『ウルトラマン』『ウルトラセブン』に見られるように、「男たちにちやほやされるお姫様であるとともに突如として母性を発揮する女神」を兼ねるマドンナであり、いわば「上司から見たセクハラ対象のＯＬ」像である。多少いやなことがあっても音をあげないのは男社会で結婚相手を物色するという目的があるからだが、つまるところ「補助労働と性的サービスだけが得意な女子社員」にすぎない。

それから「悪の女王」というのは、『アンパンマン』や『セーラームーン』に見られるように、「魔法ならぬ妖術・呪術・魔術を駆使する魔女」であり、基本的に「子どもから見て母性の欠落した大人の女」なのだが、彼女を恐れるのは実際には「幼稚な女性観しかない大人の男」ではないのかと、斎藤は喝破する。ただしこのタイプは、嫁にもいけず母にもなれないために強烈な嫉妬と物欲に駆られるも、けっきょくは敗北を運命づけられているため「出世はしたが役に立たない無能な女上司」になるしかない。

最後に「聖なる母」というのは、「魔法少女に魔法グッズをくれる女神」や「主人公たちを援助する年上の女性」などが代表的だが、基本的には「夫と子どもの活躍を背後で支える理想の女」かつ「家庭に生き甲斐を見出す専業主婦」であるため、完全なる脇役に徹することが多く、著者本人は実はまとまったキャラクターとしては見ていない。前掲「魔法少女」「紅の戦士」「悪の女王」が女性性の光と影を何らかの形で分担しているとすれば、「聖なる母」はそれらすべてが内部に秘める可能性として大きな意義を持つ。つまり「魔法少女」「紅の戦士」は「聖なる母予備軍」、「悪の女王」は「聖なる母失格者」として再定義できる。言い換えれば、家父長制社会の通念では、女は恋愛がらみでしか動かず、女に仕事を任せてもろくなことがないが、どうせ嫁にいくのだからそれでかまわないではないかという暗黙の了解があらかじめ成立しており、その範囲内でがんばれば、うまくすると「聖なる母」程度にはなれるかもしれない、ということだ。

かくして著者は、幼いころからテレビ番組を通してこうした性差の政治学を刷り込まれた一九六〇年代以後の世代が現代日本を支えていることに注目し、アニメがやがて世界制覇した暁には、人類は「戦争ボケのセクハラ男」と「恋愛ボケのアーパー女」だらけになるのではないか――いや、もうすでになっているかもしれない――と考察する。そして第二部「紅の勇者」では、この理論に立脚して、具体的に『宇宙戦艦ヤマト』から『機動戦士ガンダム』『新世紀エヴァンゲリオン』を、そしてとりわけ宮崎駿の『未来少年コナン』『風の谷のナウシカ』『もののけ姫』を克明に読み直す。

以上の洒脱な分析だけでも、『紅一点論』が出色の現代日本論になっているのは一目瞭然だが、しかし本書最大の醍醐味はやはりそれ以後、第三部の「紅の偉人」に直結する「アニメの国と伝記の国は双子の兄弟」なる驚くべき省察を、膨大な調査と緻密な論証によって注意深く固めていく点にある。彼女はひとまず、戦前の一時期、それも大正末期から昭和初期にかけて、少年向けの伝記ブームが起こり、そのタイトルには軍人や英雄の名がせいぞろいしていた事実へ切り込む。そこには、アレキサンダーからシーザー、ナポレオンなど実在の人物はもちろん、おもしろいことにギリシャ神話のペルセウスや旧約聖書のギデオンも並存しており、ということは神話・伝説・実話の区別をしていない。これは今日の子ども向けテレビドラマにおける「男の子の国」に酷似するが、著者によれば、むしろこうした戦前の少年向け伝記こそが本家本元なのだという。

「メディアの質こそ違え、祖国の存亡をかけて戦った英雄、傑出した軍人の勇ましい戦いぶりを劇的に描いたかつての偉人伝は、つまり『戦後のアニメ』と『戦後の偉人伝』の共通の先祖なのである。恐竜が進化して、爬虫類と鳥に分かれたようなものである。英雄伝説のドラマチックな物語性を受け継いだのが現在のアニメの国、歴史上の人物の個人史という枠組みの部分を受け継いだのが現在の伝記の国だといえば、わかってもらえるだろうか」（六七頁）。

ただし、現在の伝記の国には英雄もいなければ悪の女王もいない。ここで著者が再発掘する「紅一点の元祖」は、魔法少女で紅の戦士で永遠の処女で魔女で聖女という、いわば「ヒロイン像の百貨店」（八八頁）を体現したジャンヌ・ダルクである。単にまんがやアニメと類推しやすい伝記的キャラクターであるというだけでなく、現に彼女は一九九〇年代に入ると、近藤勝也の長篇まんが『ダーク ジャンヌ・ダルク伝』（一九九五）や、安彦良和による全三巻の長篇まんが『ジャンヌ』（一九九五〜九六）において抜本的に脚色され、一躍、戦闘美少女の代表格となった。彼女のキャラクターを基礎にして、著者はさらに、女の偉人にはクレオパトラやキュリー夫人のように男社会で成功した「紅の戦士」もいれば、ナイチンゲールやマザー・テレサのように人々を救う「聖なる母」も、奇跡の人ヘレンケラーのように少女時代の逸話が印象的な「魔法少女」も存在することを、順次証明していく。ただし同時に、彼女たちが伝記の国で出世するための以下の具体的条件をすべて満たしていたことにも、斎藤は注意を怠らない。

①白人女性であったこと。
②お育ちのよい勉強好きな娘だったこと。
③性的に貞淑であったこと。
④有力な男性のお墨付きがあったこと。

⑤子どもメディアにもわかりやすい（「聖なる母」「紅の戦士」「魔法少女」といった）ポジションが用意されていたこと。

かくして本書の作品解読はますますスリルを増し、『ナイチンゲール伝』を『ナウシカ』に、『キュリー夫人伝』を『セーラームーン』に、『ヘレンケラー伝』を『もののけ姫』にたとえていく。

とはいえ斎藤美奈子は、紅一点の図式によって家父長制社会を切り捌くだけではなく、結論においては来るべき新世紀についても明確な展望を示す。

「萬緑叢中紅一点は、けっして健全な状況ではない。それ自体が不健全なのではなく、それだけが幅を利かせていることが不健全なのである。緑全部・萬緑叢中紅一点・緑紅半々・萬紅花中緑一点・紅全部――。さまざまな男女比の組織やチームが当たり前に存在するようになったとき、はじめて私たちは男女比なんていう些末事にわずらわされなくなるだろう」（三〇一頁）。

ちなみに、以上の紅一点論によって現代日本社会の本質をえぐり出した斎藤美奈子自身が、現代日本文芸評論界において限りなく紅一点に近い存在であることは指摘しておくに足る。この事態を前にしたわたしたちは幸福なのか不幸なのか、いまは定かにはわからない。しかし紅一点が逆境であるからこそこの名著が送り届けられたことだけは、たしかだろう。その意味において、本書は単なる伝記批評という以上に、文芸評論界を救うジャンヌ・ダルクの自伝である。

現在批評のリーディングリスト

第三部　現在批評のリーディングリスト

現在批評を語るのは簡単だ。けれど、はたしてそれを「教える」ことはほんとうにできるのだろうか。かつて五〇年代にノースロップ・フライは文学ならぬ文学批評だけが教えられると断じたが、以後とうに半世紀が過ぎて、批評自体が物語のひとつになっている。

かくして第三部は、批評的研究をいわばインディ・ジョーンズ的な冒険活劇と見立てるところから、幕を開ける。したがって、それに続くリーディングリストも、基本的には筆者が切り抜けてきた様々な批評的危機から成るが、とはいえそれが個人的な好みだけにとどまるとは、まったく思っていない。第一部が論争的思索を展開し、第二部が批評的物語を分析したとしたら、第三部は現在批評という名のジェットコースター・ドラマをあくまで広く共有し、ともに享受することのうちにのみ、教育的可能性を見出す。

ここに並んでいるのは、現在批評を楽しむために必須のソフトウェアのカタログである。

第三部

IN PURSUIT OF LITERATURE

第一章　知的ストーカーのすすめ

本章は、タイトルそのものが、ひとつの適性検査として役立つよう考案されている。

1

【一般的語義】

もちろんみなさんの中には、「知的ストーカーのすすめ」という字句の連なりを一瞥するや否や、たったいまスキャンダラスな流行犯罪として巷を賑わせている「あのストーキング」を、即座に連想する方がおられるかもしれない。実際一九九七年の春先まで、ストーカーを主役にした連続テレビドラマが二種類も放映されていた。その文脈に準ずるならば、今日、忍び寄る、跡をつけるという意味の「ストーク」(stalk)から来た「ストーカー」(stalker)は、本来自分が付け回す相手から愛されているという「勝手な思い込みを抱く」犯罪者のことであり、「現実感の稀薄な情報化社会が、自己中心的な妄想を膨らませやすくした」結果のひとつということになろう(『現代用語の基礎知識一九九七年版』)。とはいえ、あらゆる物事は一面だけでは成り立たない。

たしかに戦後形成された高度資本主義メディア煽動社会は、あたかもギー・ドゥボール流のスペクタクル理論やダニエル・ブーアスティン流の疑似イベント理論を反映するかのように、ロバート・ブロック的な「サイコ」からジョン・ファウルズ的な「コレクター」へ、ひいてはスティーヴン・キング的な「ミザリー」や宮崎勤的な「おたく」、レクター博士以後の「猟奇殺人鬼」を経て、果てはクエンティン・タランティーノ=オリヴァー・ストーンの「ナチュラル・ボーン・キラーズ」やシガーニー・ウィーバーを脅かす「コピーキャット」へおよぶ文学的・文化的人格を次々と生み出し、昨今世間を騒がせている猟奇殺人の見世物化とストーカー的主体の量産へ力を貸してきた。スターや有名人のストーカーを専門に研究する分野さえ存在する現状は、犯罪者の側がいかに被害者に関するイメージをあらかじめ膨らませているか、そのことを裏書きする。あのスターのことなら、あの有名人のことなら、世界広しといえども絶対に自分だけにしかわからない、というのがスター・ストーカー特有の心理であろう。

昨今では、〈PMLA〉誌一九九七年一月号でデイヴィッド・シャムウェイも報告するように、一九六〇年代後半、フランス系ポスト構造主義思想の巨匠ジャック・デリダがアメリカでデビューし、七〇年代にはイェール大学系脱構築派《ディコンストラクショニズム》が形成されて以降、アメリカにおける文学研究の学会そのものにおけるハリウッド並みのスター・システムが制度化されたほどである。スター学者専門に追いかけまわす学界ストーカーというのも、いまや確実に存在するのだ。

2

【書痴・書狼・書豚】

しかし、そうしたストーカー論を凝視すればするほど根本から問い直したく思うのは、学者ストーカーが誕生するよりはるかに早く、そもそも学問にいそしむ者自身が、いつもすでに自分自身の研究対象に対しては代表的なストーカーを演じてきたのではなかったかという一点である。目下、世間でこれだけストーカーが非難されている渦中にあって、このような一見ストーカー肯定とも聞こえる発言をすれば、そういう態度自体がさらなる非難の対象と化す場合も、往々にしてあろう。だが、むしろ世論が一定の方向へ収束し始めたら、そこに高度に制御された世論操作の可能性を喝破し、むしろ世論とはまったく逆の見解を非難覚悟でアイロニカルに思考実験してみるのが、本来の批評的研究である。本稿のタイトルを一瞥しただけで、そのような理想をおぼろげにでも洞察することのできた読者は、すでに本格的な文学の批評的研究へその第一歩を踏み出していることを、わたしはここに保証しよう。

そして、その文脈に身を置くなら、冒頭に掲げた現代的ストーカー像さえ、知的ストーカーのモデルとして再定義できる。そもそも、本来ひとつの学問的主題を掴んでそれが自分だけにしかわからない、その主題から自分だけが愛されているという「勝手な思い込み」すら抱けないようであれば、一切の独創的研究は成り立たないし、もともと象牙の塔内部の出来事であるから、「現実感の稀薄な情報化社会が、自己中心的な妄想を膨らませやすくした」という状況は、学問的進展のためにはむしろ積極的好条件ではないか。昨今では開かれた大学なる掛け声ばかりが蔓延して、いたずらに象牙の塔を批判する向きもあるものの、もともと大学改革程度ですんなり開かれてしまう「知」などは、はじめから大したものではない。

なるほど、八〇年代後半の宮崎勤事件のあと、いわゆるおたく族が世間の非難を浴びたが、しかし今日では、カール・タロー・グリーンフェルドの『暴走族《スピード・トライブス》』（一九九四年）を中心に、ポストモダン日本を理解するにはおたく的文化が不可避の項目となった。カルト文化というのは、その文化のことなら世界広しといえども絶対に自分しかわからないはずだと確信するおたく的な人々が内部に多数存在するからこそ——ひょっとしたらそうした市場をもあらかじめ見越した企業的謀略によって、新たなるおたく主体が日々多数「生産」されているからこそ——支えられているのだが、九〇年代半ばにはさらにオウム真理教事件が勃発し、まさにそうした日本的おたくそのものが世界的水準で探究すべき、文字どおりおたく的比較文化論の自己言及的対象になってしまった。

だとしたら、ストーカーにしても、たまたま結果的に獲物を決して逃さぬ猟奇犯罪という表現形態を選んだ人々の「数」が多かったというだけの話で、時と場所と条件が違えば、同じメンタリティが、獲物を決して見逃さぬ学問的研究という表現形態へ収束して高度な「質」を成就したとしても、一向におかしくない。知的好奇心にかられるあまり、一切の利益を考えず、ひとつの獲物を執拗に追求し続ける人々は、すべて知的ストーカーとしての誇りを持つべきだ。目下マスメディア制御のもとに流通しているような単一のイメージではなくて、そもそもこの単語が日本に定着するきっかけとなったA&Bストルガツキー兄弟=タルコフスキー監督の『ストーカー』（原著一九七二年）が、エイリアンのもたらした超文明の痕跡を渉猟する撥剌としたアウトロー密猟者たちの一団をこそストーカーの名で呼んでいたことを、そしてそれこそは、いまでいうコンピュータ・ハッカーとともに伝統的な文化密猟者《テクスチュアル・ポーチャー》としての学者研究者の別名でもあることを、いまこそ思い出すべきだろう。

自らの知的好奇心を貫徹し、世界の真理を手に入れるためには、一切手段を選ぶ必要はない。かつて、英文学者の故・由良君美は、名著『椿説泰西浪曼派文学談義』（初版七一年、増補再版八三年）の「ベーメとブレイク」の章で、書物収集家マニア度ランキングでは、トップを犯罪者すれすれの「書痴」、その次を「書狼」、さらにその次を「書豚」と呼ぶ根拠について絶妙の解説を加えているが、それによれば書痴の場合、仮に世界に二冊しか存在しない本ならば、ライバルを殺害し残る一冊を焼却することすら厭わないだろうという。横田順彌の傑作短編集『古書狩り』（一九九七年）収録の短編「古書奇譚」には、この世に一冊しかなく、時価五千万円を下らないといわれる稀覯本を入手するために、たまたま知りあった人間を毒殺して、その魂を悪魔に売り渡してしまう男が登場するが、これなどはいわゆる書痴の典型にほかならない。そんな人間が実在すれば、いまなら彼、あるいは彼女はまちがいなくストーカーの名で呼ばれるはずだ。しかし、くり返すが、知的好奇心のためにはいかなる危険も冒険も恐れないという覚悟をもって初めて、ひとは学者・研究者の名に値する。

33

【知的・体力・財力】

振り返ってみれば、わたしが三田でアメリカ文学系統のゼミを担当するようになったのは一九九〇年からで、かれこれ十年ほどが経過しようとしているが、その当初より学部三・四年生のゼミ生諸君に配布していた研究マニュアルは、いまにしてみると、右にいう知的ストーカーのすすめにほかならなかった。そこでは、卒業論文で扱う作家を決定し、決定した作家について主要全作品を読破したら、あとは研究テーマと分析アプローチを模索するように指南している。具体的には、近現代語学文学協会（MLA）のビブリオグラフィや雑誌新聞記事総索引を活用して内外の学会誌に掲載された学術論文を検索し、少なくとも過去十年間に、自分の研究領域ではいったいどのような話題が英語英文学の潮流を占めているかを把握するよう勧めたあと、以下のような要求を出す。

もちろん最先端の話題ばかりに気を取られる必要はないが、いかなる研究もこれまで積み重ねられてきた研究史に何かしらプラスアルファを付加するものでなければ意味がないのは自明である。そして、最大のプラスアルファは、主題・方法選択作業そのものだ。その際の目安は知力・体力・財力である。

A　自分にはどの主題が最も適切であるか、知力に合った対象を選べ。いくら好きな対象でも、その思想内容・技法水準を自分が理解しきれる（見込みがある）かどうか。選んでも、テクストの文脈を読みこなせなければ無意味である。

B　過去・現在の作家を問わず、原書・資料の分量を考えて、体力の及ぶ対象を選べ。選んでも、国内にほとんど文献のない作家の場合、地の果てまでも手をつくす覚悟がなければ無意味である。

C　いやしくも研究である以上、現代文化関連で分析する場合は特に、財力に合った対象を選べ。現存する作家の場合、インタビューに赴くことも必要だろう。選んでも、主題に見合った投資ができなければ無意味である。

いうまでもなく右はあくまで理想であって、現実に過去一〇年間、これらの目標をみごとに達成した人材が何人輩出できたかは、また別の問題だ。これだけマニュアルが明確化しているにも関わらず、知力・体力・財力のバランスを考えぬまま卒論主題を選んでしまった学生も、決して少なくはない。ただし中には、ライマン・フランク・ボームの『オズの魔法使い』を愛するあまり、休暇を利用してニューヨークまで本格的調査に出かけたり、ポール・ボウルズを愛するあまり、はるばるタンジールにまで病床の作家本人に会いに行ったり、スティーヴ・エリクソンを愛するあまり、卒論執筆途上でロサンジェルスへ赴き、インタビューを取ってきたりした猛者たちもいる。その結果、彼ら／彼女らはいずれも独自の文学研究の基盤を着実に固めることになった。

文化的ジャンクヤードからさまざまな残骸を拾い出してみたところで、それを単なる塵芥のままとどめるか、それとも宝石として輝かせるかは、あくまで知的ストーカー本人の裁量に拠る。

44

【華麗なる徒労】

一旦知的好奇心に取り憑かれた者は、決して結果を恐れてはいけない。あらかじめ何らかの見返りが期待できるような仕事に手を染めるのは、すでに学者研究者ではなく、単に資本主義に侵されきって、一切のオルタナティヴを思いつかない小市民の発想である。そもそも学問研究は、同時代において直接役に立たなければ立たないほど、その将来的価値が高いという着想から出発するべきだろう。仮に知的探究の成果がまったくのドン・キホーテ的誤謬で終わり、探求者本人もその段階で人生を終えなくてはならなかったとしても、問題は些細な結果ではなく、あなたがいかに気宇壮大な知的ストーカーたりえたか、いかに前人未到の領域へ踏み込もうとしたかという、知的探求へ挑む「思い」そのもののスケールにある。微々たる収穫よりも絶大なる徒労の方が、知的ストーカーの名誉にふさわしい。

たとえば、四世紀近くもむかし、ヨーロッパとアジアが思いもよらない形でスリリングに絡み合った歴史的瞬間がある。一六世紀末に中国へ渡ったイタリア系イエズス会士マッテオ・リッチは、一六〇五年には中国は開封にユダヤ人共同体が存在することを知ったが、それ以後、リッチの話を聞きつけ、ひょっとしたら失われた聖典がそこに温存されているかもしれないという夢想にかられた無数のイエズス会士が、あたかもインディ・ジョーンズが失われた聖櫃を求めるように、続々と東方への旅を敢行し始めた。そのテクストにこそキリスト再臨の預言が隠匿されているのではないかと、堅く信じたからだ。かくして、イギリスではとりわけユダヤ人差別を緩和し、再臨前に改宗させようとする動きさえ強まるが、にも関わらず、二五〇年もの努力の果てにとうとう入手できた失われた文書には、以後のトーラーとの異同など残念ながら発見できなかった――。

このエピソードを百年の孤独ならぬ二世紀半もの徒労と取るかどうかは、受け手次第である。しかし、右の経緯を迫力満点に物語るマイケル・ポラックの『中国人、ユダヤ人、イエズス会宣教師』（一九八〇年）を一読して、わたしはこの表面的にはイエズス会士たちの挫折でしかない歴史が、何よりも輝かしい知的ストーカーたちの栄光の勝利のように感じられ、興奮を抑えきれなかった。

もちろん、歴史学的には、これはとんでもない茶番劇以外ではあるまい。しかし、失われた聖典を求めて次から次へと中国へ旅立つイエズス会士たちというあまりにも魅力的な人物群像の「絵」がくっきり浮かんでくるだけで、これは学問的探求譚としてはとっくに圧倒的勝利を収めている。しかも、このような茶番劇がれっきとした史実として演じ続けられてしまった背景へ思いをめぐらせてみるなら、おそらく実体としての国家を剥奪され、収納すべき物理的記憶庫を持たないユダヤ人共同体だからこそ、彼らの内なる記憶の宮殿を無条件に信用してしまう期待の地平が潜んでいたのではないかという可能性にも到達する。さらにいえば、ひとつの黄金郷幻想《ゴールド・ラッシュ》とともに、このころの東方の旅に潜むエキゾティシズムそのものが、中国内イスラエルにおける究極の知識、転じては失われた支族の伝説を無条件に想定させたという可能性も、大いに考えられる。このことは、ジョナサン・スペンスも『マッテオ・リッチ　記憶の宮殿』（一九八四年）でいうように、中国人に記憶術の実践を教えたマッテオ・リッチ本人が、けっきょく漢字、すなわち表意文字文化からさらに高解像度の記憶術的可能性を汲み出してしまった経緯によって、自ずと推測されよう。

このことを考えれば考えるほど、わたしはイエズス会系中国の範疇を飛び越えて、ピューリタン系アメリカの方へ思いを馳せる。まったく同じ一七世紀、アメリカもまたエキゾティシズムの標的として西欧側の植民対象となり、そこでもやはり牧師コットン・マザーらを中心とするアメリカ・ピューリタンたちがユダヤ的記憶術を搾取した聖書予型論レトリックを駆使し、アメリカ・インディアンを聖書にいう失われた支族とみなしていたからである。してみると、失われた支族と失われた書物といったユダヤ的装置は、エキゾティシズム転じてあらゆる植民地主義を稼働させる記号的エンジンではなかったか。そして、これだけさまざまな思索の種子を実らせてくれるからこそ、マッテオ・リッチ以降のイエズス会士たちの仕事を、わたしは必ずしも実りなきものと片づける気にはならないのだ。

5

【知的探求者の文学史】

同じことは、イギリス人科学者チャールズ・ダーウィンが取り憑かれた鯨の正体についても、あてはまる。このあまりにも著名な生物進化論の祖は、『ビーグル号航海記』の一八三三年一月二八日の章で、ずばりビーグル海峡における以下の鯨観察記録を残した――「ある場合には、おそらく雌雄であろうか、この怪物（大きな鯨）が二頭、ぶなの枝の垂れた岸から、石を投げても届くほどの近くで、おもむろに連なって泳いでいるのを見た」（第十章「ティエルラ・デル・フェゴ」、傍点引用者）。これを記述した時のダーウィンは潮吹く鯨のスペクタクルに深く感銘を受けているが、衝撃はことのほか根強く、のちの彼は「鯨の怪物性」への知的好奇心を募らせるあまり、その起源に限りなくトンデモ本に近い推測をめぐらす。そう、ダーウィンもまた、キリスト教的世界創造説を根本から覆す生物進化論を希求して、代表的な知的ストーカーを演じた人物なのである。その結果、彼はとうとう、名著『種の起原』初版（一八五九年）では黒熊が海を泳いで環境適応するうちに怪物的進化を遂げ鯨になったのだという、世にも不思議な珍説を展開してしまう。

以後、このあまりにおもしろすぎるクロクマ＝クジラ進化説は、そんなバカバカしいことなどあるわけがないと無数の嘲笑的な批判を受け、著者ダーウィン本人も内心忸怩たる思いで以後の版から削除するのだが、とはいうものの、この手の生物学的間違い喜劇をあげつらえば、トマス・ジェファソンがナマケモノの化石をライオンのものと思い込んだケースや、一八三四年にR・ハーランが初期の鯨の化石を巨大爬虫類すなわち恐竜の一種と勘違いしてバシロサウルスと命名し、のちにイギリスの解剖学者リチャード・オーウェンに訂正されるも、学名としては後世に継承されてしまったというケースまで、枚挙にいとまがない。ただし、スティーヴン・ジェイ・グールドのような才人は『乾草の中の恐竜』（一九九五年）の中で、前掲ダーウィンの珍説にすら好意を隠さず、こんな強烈な皮肉を放つ——そもそも人類の歴史そのものが錯誤の集積ではないか、なにしろホロコースト以後の時代であってさえ、人類はいまだに自らを知恵ある種族、すなわちホモ・サピエンスと呼び続けているではないか？

このように発言する卓越した現代科学者グールドの背後に、わたしは鋭利なる文学批評家グールドの肖像を幻想する。マッテオ・リッチ同様、チャールズ・ダーウィンもまた壮大なるドン・キホーテであったかもしれないが、しかしそうしたパラノイアックな知的好奇心がなければ、試行錯誤の果てに何らかの世界の真理へ到達することは、まったく不可能であったろう。科学的真理をもたらした背景にさまざまな文学的想像力がひしめいていたことを捨象してしまったら、世界はどれほど貧しくなることだろうか。

したがってダーウィンのクロクマ＝クジラ説から連想するのは、必ずしも以後の進化論学説史ではなく、むしろハーマン・メルヴィルの『白鯨』やウィリアム・フォークナーの「熊」、それにアーネスト・ヘミングウェイの『老人と海』やトマス・ピンチョンの『重力の虹』、それにアーシュラ・K・ル・グィンの『オールウェイズ・カミング・ホーム』へ連綿と続くアメリカ文学史である。それらの魅力的な主人公たちはみな、世界の秘密の徹底的探求を通じて、知的ストーカーに関する絶好のモデルを提供してくれるだろう。

CULTURAL INTO HISTORICAL STUDIES

第二章　文化史研究入門

1

【読むことの再生産】
ハロルド・アラム・ヴィーザー『ニュー・ヒストリシズム』

誰にでもできそうだが、誰にでもできるわけではない、しかし、誰かがやらなければならない仕事。ハロルド・アラム・ヴィーザーが新歴史主義批評のショウケース『ニュー・ヒストリシズム』でみごとに示した編集の手腕は、たとえばそのような業績の典型といえるだろう。彼は一九五〇年生まれで、カンザス州はウィチタ州立大学の英文科助教授。脱構築批評においてカラーやノリス、リーチらが行なった啓蒙活動を、新歴史主義批評において、エモリー・エリオットやマージョリー・レヴィンソンとともに継承しようとしている。むろん、あらゆる批評啓蒙書は「誰でもできる批評」を大量（再）生産するにすぎぬと見る向きもあろう。だが本書の場合、そのように皮肉な視線をも、むしろ自らの構造に組み込むような批評潮流を扱う。

まず気づくのは、編集自体が新歴史主義的に成されている点だ。新歴史主義批評は文学作品のレトリックと社会制度のポリティックスの間に記号的相互駆引を読み取る姿勢で知られるが、本書では編者自身、まさに新歴史主義批評のレトリックとアメリカ批評制度のポリティックスの間の相互駆引を読み込みながら、批評的再生産を演じている。そして「新歴史主義」なる語を一九八二年に着想した指導者格スティーヴン・グリーンブラットを筆頭に、カリフォルニア大学系列の雑誌〈レプリゼンテイション〉派の方法序説／作品分析全二十編を、マルクス主義からフェミニズム、文化人類学各方面にわたって配列（うち三編だけが再録）。後半では、先覚者ヘイドン・ホワイトやスタンリー・フィッシュのコメントや、ガヤトリ・スピヴァックのインタヴューを付して論争気分を盛りあげる演出も巧みなら、編者序文では新歴史主義の条件を以下五項目にまとめあげる要領もいい。

①いかなる表現行為も物質的諸活動のネットワークを免れない。
②いかなる暴露／批判／対立行為も、まさに批判対象そのものをやがて自らの手段／自らの活動としかねない。
③文学テクストと非文学テクストは分かちがたく循環していく。
④いかなる言説も――フィクションであれ考古学的資料であれ――唯一の真理や不変の人間性を手中に収めることはできない。
⑤いかなる批評方法も言語も、資本主義体制下の文化を扱うにふさわしいとされる限り、それは自らの扱う経済機構へ加担するものとなる（xi頁）。

収録論文の方も、新しい批評方法論を再吟味する力作がそろった。ルイ・モントローズはポスト脱構築が歴史へ向かい出したと憂えるJ・ヒリス・ミラーを批判し、キャサリン・ギャラガーは六〇年代以後の政治状況や〈アナール〉学派の影響を容認する。ジョエル・ファインマンやジョン・シェーファーはホワイトのメタヒストリー理論をトゥキュディデスやヴィーコ解読に応用し、ジョナサン・アラック、ジェイン・マーカス、ジュディス・ロウダー・ニュートンはフェミニズム理論がどれほど新歴史主義勃興に貢献したかを、クリスティーナ・ステッドやアントーニア・ホワイトの作品で例証しつつ、最終的には女性新歴史主義批評家の再検証を行なう。また、ジェラルド・グラフやブルック・トマスが、ウォルター・ベン・マイケルズの自然主義文学再論やジェイン・トムキンズのアメリカン・ルネッサンス再論を分析する一方で、ジーン・フランコがラテン・アメリカ文学における歴史小説の必然性を説明しているのも見逃せない。通読すれば、新歴史主義批評以上に新歴史主義批評界のにぎわいが浮かび上がってくる仕掛けなのだ。批評の現在は批評界の論争史と決して無縁ではないこと——これを多様に証言する本書自体が来世紀の古文書として意義深い。

では、先行する批評との決定的な差異は生み出されたか。脱構築は、よく「誰もができる批評」へ堕したと誹謗された。そして脱構築批評の方も、あまりに打たれ弱かった。文学ならぬあらゆる事象を物語のごとく「読める」ようにしたにも関わらず、フランス国産の幽玄なる哲学がアメリカ「イェール・マフィア」の手で密輸入され稀薄化されたあげく、「批評インダストリー」形成のため乱用され、過剰再生産されたと非難されれば、一言もなかった。一方ヴィーザーが本書で輪郭づける新歴史主義批評は、上にいう「再生産」を比喩的に見ない、軽視しない。むしろフーコーを移入する活動、それに即して文学を読む活動、かつ批評を書き、職業的戦略を練る活動そのものが文字どおり再生産ではないかと字義的に見る、重視する。文学の再生産システムを探るとともに、再生産システムそのものに文学性を再発見する。新歴史主義は別名「文化唯物論」とも呼ばれるが、それは何よりアメリカ文化を再認識する手法といえる。

そういえば、同書冒頭のグリーンブラット論文が、イギリス・ルネッサンスどころかアメリカ的資本主義のパラドックスをレーガン元大統領やヨセミテ公園、それにノーマン・メイラーを引いて物語ったかと思うと、終幕を飾るフィッシュのコメントの方も、アメリカ新歴史主義批評家の職業的成功に限って評価するものだった。この構成が決して偶然の産物でないことは、誰もが気づくに違いない。

2

【批評文化のハイヴィジョン】
アントニー・イーストホープ『文学研究から文化研究へ』

ヴィム・ヴェンダースの『夢の涯てまでも』を観ている間じゅう思っていたのは、同じ配役でスティーヴ・エリクソンの北米マジックリアリズム小説『ルビコン・ビーチ』(一九八六年)を撮ったらどんなに魅力的だろうということだった。時空を超えた謎の女キャサリンの探究譚『ルビコン・ビーチ』では、最良のロード・ムーヴィーと最良のサイエンス・フィクションが溶け合うのだから。

たとえば、読者の大半が感動するだろう一シーン。

「『あの女です。警部補!』彼はそういって車を止めた。ヘッドライトが宙を照らしたが、人の姿はなかった。彼女の瞳と見まちがえたものは茂みでブンブン飛び回る大きい火のような昆虫で、彼女の口かと思ったのは動物の死骸の赤い傷口だった。彼女の顔の輪郭と見えたのは枝のたわみにすぎなかった。彼女の髪だと思ったのは月のない夜の一部だった」（島田雅彦訳、筑摩書房）

肉体と風景がレメディオス・ヴァロばりの超現実絵画を織り成す瞬間、このパセージは小説的ナラトロジーか映像的ハイヴィジョンなのか、その最後の一線さえ超えてしまう。

むろん文学と映画という問題設定はありふれている。だが昨今のアメリカでは、学会誌でもサブカルチャー新聞でも、いま再び「文学と文化」「ハイブラウとロウブラウ」「アヴァンギャルドとポップ」といった既成ジャンル区分の問い直しがにぎやかだ。たとえばアメリカの英文学批評家、フレドリック・ジェイムソンの最新映画論集に収められたスタンリー・キューブリック論。ここで彼はキューブリックの映画『シャイニング』が、いかにモダニズム的パスティーシュを駆使したメタ幽霊譚であり、メタジャンル作品であるかを立証しながら、まさにそうした「死せる芸術形式の再生行為《パスティーシュ》」が、いかに一九二〇年代アメリカ文化（それも古き良き支配階級意識）の亡霊を復活させようとするイデオロギー操作であったかを見抜く。何ともかゆいところに手が届く解読ではないか。スティーヴン・キング原作の「小説家くずれ」像をキューブリック映画がひとひねりしたという読解も鋭いが、大衆文芸フォーミュラの映像的再利用が、イデオロギー的主張を回避するどころか、ますます補強してしまうという指摘は、彼が文学作品と文化一般の関係性を考えぬいた成果なのである。

そんな折、一九九一年にイギリスの気鋭の文学批評家アントニー・イーストホープが五冊目の著書『文学研究から文化研究へ』（一九九一年）を出した。彼はマンチェスター工科大学の英語英文学・文化研究教授。アメリカ構造主義批評の代表格ジョナサン・カラーも絶賛する、一九八三年のデビュー作『ディスコースとしての詩』は、文学作品中の「私」の虚構性に関する理論といい、文学形式自体の孕むイデオロギー性の解釈といい、英詩論とともにポスト構造主義批評のガイドとしても役立つ本だった。どことなくイタロ・カルヴィーノの論文「サイバネティックスと幽霊」とも通底する論旨には、主流文学研究にとどまらないであろう可能性が感じられたが、案の定最近の彼は、フィリップ・K・ディックやマージ・パーシイらのSF小説をジェイムソン流に読み解く論文まで発表して大活躍だ。

はたして『文学研究から文化研究へ』の場合は、ジェイムソンというよりはカラー的構造主義批評に準拠しつつ、「文学的約束事」や「文学的能力」といった諸概念を、大衆文化論のコンテクストにおいてみごとに応用した書物となった。カラー同様、批評教科書執筆者として抜きん出た才覚の持ち主だから、本書前半も、構造主義から脱構築へ至った現代批評が、その理論的必然として文学と文化、ハイカルチャーとポップカルチャーの二項対立解体をもたらしていく過程が巧みに図式化される。文学テクストの狭い解釈を超えて、文学と文化をひっくるめた「意味生産活動」を対象に独自の「統一場理論」を作り上げること――それが彼の企みなのだ。

事実、本書後半では、主流文学作家ジョゼフ・コンラッドの『闇の奥』（一八九九年）と、大衆作家エドガー・ライス・バローズの『類人猿ターザン』（一九一二年）というふたつの同時代作品が、ともに「マッチョなアフリカ冒険譚にしてヨーロッパ植民地主義的／ダーウィニズム的イデオロギーの物語」という共通点をもちながらも、並列して論じられることの少なかった事情が指摘され、それは主題というよりは表象上の差異に起因するところが大きいという。

この断定は、彼も準拠するオックスフォード大学のハリエット・ホーキンズが、一九九〇年の著書『高級と通俗』の「リア王《キング・リア》とキングコングの循環」という一章において、アメリカの代表的保守派論客アラン・ブルームが嘆く「古典教育の衰退」説に痛烈な一撃を加えていたことを想起させる。ホーキンズは、いまでは古典的名作と目される『リア王』にしても、最初にアメリカで大人気を博したのは東部諸都市の知識人内部というより、地方巡回劇団を通じて、すなわち『キングコング』なみ大衆娯楽メディアを通じてであったことを証明してみせた。一方イーストホープは、そもそもコンラッド自身が『闇の奥』によって大衆文学市場進出を案じていたこと、『闇の奥』のペンギン版ペーパーバックが一九七三年と八七年の間に二七回も増刷をくり返したのは、疑いなくフランシス・コッポラによる映像化『地獄の黙示録』の人気のためであることを力説する。文学的価値が文化唯物論的偶然でしかないこと、読者対象によって左右されることの、これは最大の証左だろう。

ちょうど昨年にはずばり「文学的価値」をめぐる論争が、イーストホープと、ロンドン大学のスティーヴン・コナーの間で交わされている。もっともイーストホープはコナーの批判するように必ずしもアメリカ的文化相対主義に準拠しているわけではなく、あくまで文学的価値を「テクストと読者の関係史」からしか生まれないものと考えているにすぎない。テクストと歴史《コンテクスト》を同時に読むという「統合的」ヴィジョン。その具体案として、彼はイギリスの「公開大学《オープン・ユニヴァーシティ》」における、ラディカルなポップカルチャー教育カリキュラムに夢を託し、そうした文化研究によってこそ、教育者自身が真理ならぬテクスト構造の産物にほかならないことが解明され、伝統的ヒューマニズムの限界が突破されるという。

妥当すぎる結論かもしれない。しかし、イーストホープ自身のテクストが、文学と文化の脱構築論議かまびすしいコンテクストのさなかで、「再統合」をめざすべく生まれ落ちた経緯を思い起こせば、この主張こそは、著者にとって最も妥当かつ最も英国的な政治的パラダイムであることが判明するだろう。

3

【ニュー・マキシマリズムは可能か】

エイデルスタイン他『七〇年代——ホットパンツからホットタブまで』

映画版『侍女の物語』を観た。原作はカナダのフェミニスト作家マーガレット・アトウッド。一九八五年の同題の小説は一躍ベストセラーになり、文学的評価も高いけれども、今回の映画化はすでに一部で不評を買ったとも聞く。敬愛するフェミニスト理論家ダナ・ハラウェイもそんな印象を語っていたし、さて、どうしたものかと首をひねったのだが、結論からいえば存外大いに楽しんで観てしまった。もともと本作品とよく比較されるジョージ・オーウェルの『一九八四年』の方も原作・映画ともに好きなタイプなのだけれど、『侍女の物語』の映像を見て思ったのは、むしろ、ああこれは一九九〇年代版『カッコーの巣の上で』じゃないか、ということなのである。

ケン・キージー、一九六二年原作の小説に基づく『カッコーの巣の上で』は一九七五年に映画化され、ジャック・ニコルソンの名演もあって、たちまち七〇年代を象徴するカルト的人気を呼んだ。最も単純にいうなら、『カッコーの巣の上で』は狂人という階級が精神病院という制度的言説によって生産されていく七〇年代映画、『侍女の物語』は出産装置としての侍女という階級が不妊症の蔓延した全体主義国家の言説によって生産されていく九〇年代映画とでもまとめられるだろうか。しかし映像によって誇張された物語展開が、『カッコーの巣の上で』では男と男の（狂人相互の）友情がほとんど愛情に転化する瞬間であり、一方『侍女の物語』では女と男の（労働者相互の）愛情がほとんど友情に転化する瞬間であったことは、九〇年代の今日、とりわけ注目に値しよう。全体的制度に抵抗する人間同士の情愛《ロマンス》が何かしら壮大にしてロマンティックな理想像を結ぶかもしれないという余韻。そこにふたつの一見相違する作品の共通性が潜む。

このような「大きなヴィジョン」つまりマキシマリズム（極大主義）への指向は、八〇年代の日常的ミニマリズム（極小主義）感覚に慣れ親しんだわたしたちにはむしろ異様、転じて退行的にさえ映りかねないけれど、逆にいうなら、九〇年代に入ったからこそ、これまで不透明だったマキシマリズムの伝統を見据える視点が得られるようになったともいえる。マキシマリズム、それは想像力の復権と呼べば聞こえがいいが、ロマンティックな想像力を飛翔させればさせるほど、何かしら全体主義的・国家主義的な意志の方も復活せざるを得ないという逆説もまた、マキシマリズム独自の魅力と限界として無視することはできない。

いわゆる時代研究テーマとしての一九六〇年代はロングセラー商品であるのに、一九七〇年代という、おそらくは六〇年代ラディカリズムをマキシマリズムへと完成させるのに甚大な貢献があった時代の方は、いくつかの貴重な例外を除き、さほど独立した評価を与えられてこなかったように思われる。むしろ一九八〇年代を評価する方がずっと進んでいるのは皮肉な現象というべきか。イギリスでは早々と一九八九年に〈スペクテイター〉誌が同誌掲載記事を中心にサッチャー時代を振り返る回顧『八〇年代のイギリス』を編集し、九〇年には近く日本版の出る〈i-D〉誌が、キーワード集『八〇年代百科事典』を出版した。前者は健康と病、ダイアナ妃の美貌とエイズの蔓延が八〇年代の光と影を形成したと断じ、後者は同じ期間を、あらゆる思想が超スピードで再構成され、消費され、「ポップスターが政治家になり、ソ連の指導者がヒーローになった時代」と形容する。だが、そうした価値脱構築の時代到来を洞察するものとして、六〇年代ラディカリズムから七〇年代マキシマリズムへ通貫するシナリオを幻視するには、六〇年代寄りにも八〇年代寄りにもならぬ何らかのツールが必須なのだ。

アンドルー・エイデルスタインとケヴィン・マクダナーの共著『七〇年代――ホットパンツからホットタブまで』（一九九〇年）は、副題に「ホットパンツからホットタブまで」とあるように、表面上はいかにもありがちな七〇年代カタログという体裁をとりつつ――実際カタログとしても精緻な図式化や年表化、用語辞典、豊富な写真群などなど盛りだくさんでパラパラめくるだけでも飽きることがない――随所に七〇年代マキシマリズムの萌芽に関する貴重なコメントをちりばめた一冊だ。七〇年代は「何ごとも起こらなかった時代」といわれているが、実際には女性解放運動とともに堕胎が合法化され、性革命やゲイ革命が隆盛した時代、ベトナム戦争が終結し、六〇年代対抗文化の価値・様式が社会内部に再統合され、「ミーイズム」やら「ライフスタイル」やらが流行し、アメリカ経済が限界に直面した時代であった。著者たちはそのような視点に立ち、七〇年代の映画・テレビ・音楽・政治・文化・宗教・流行など多分野をカバーしつつ、力強い「歴史観修正」を試みる。

もちろん、具体的にどんなアイテムが選ばれているかを確認するには、本書を直接手に取っていただくしかあるまい。ただ、この膨大なリストから任意に印象的な言説をピックアップしてみるならば、たとえばヴェトナム敗戦後のアメリカがスピルバーグやルーカスの現実逃避SFX映画とコッポラのようなヴェトナム再構成映画の二方向に別れるとする指摘が発見される。図式化がすぎるかもしれないし「大いなる予算投入」という点では双方さしたる違いはないかもしれない。だが、この指摘の背後には、七〇年代を「何も起こらなかった時代」どころか、「すべてが無になった時代」として、しかも、だからこそ大いなる想像力を駆使しつつ、「その大いなる空白を補充しなければならなかった再全体化志向の時代」として再定義させるだけのパワーが潜む。

毒には毒を――七〇年代カタログから囁かれるマキシマリズムの政略を復習することは、九〇年代グローバリズムの運命を占うための最大のヒントとなるだろう。

4

【地球終末後の文化のために】

W・J・T・ミッチェル『最後の恐竜本』

シカゴ大学英文科・美術史科教授W・J・T・ミッチェルが野心的な新刊『最後の恐竜本』を出したことを教えてくれたのは、アメリカ西海岸の砂漠に暮らすポストモダン文学の仕掛人ラリイ・マキャフリイだった。去る三月、折しもその地で、一九九七年の夏に出した拙著『恐竜のアメリカ』で綴った恐竜ゴールドラッシュ時代の文学史の可能性について話をしていたところ、彼はおもむろに、とある新聞書評を取り出したのである。名著『イコノロジー』で知られるミッチェルが一九九八年に出した同書は、たしかに看板に偽りなく、人類滅亡後に訪れるであろう異星人《エイリアン》を主たる読者対象に定め、書物全体が恐竜たちの方舟《ジュラシック・アーク》として役立つことを夢見るという、最も意表を突く決定版恐竜本だった。

もちろん、カルチュラル・スタディーズ以後の同時代批評理論に準拠しているぶんだけ、同書と拙著のあいだでヴィジョンが重なるのは否めない。言及する作品にしても、シャロン・ファーバーの相当にマイナーな短編「ミシシッピ川西岸最後の雷馬」(一九八八年)を初出誌から引き、恐竜ゴールドラッシュ(ミッチェルの表現では「ボーン・ラッシュ」)時代におけるバーナム博物館の役割や、マーシュ教授とコープ教授のあいだのドタバタめいた化石争奪戦を再確認していく展開など、見せ場づくりまで拙著と通底する。

ただし、同じようにホッブスの『リヴァイアサン』を引き合いに出しつつ、恐竜の大きさを誇る心性史と国家の巨大化する発展史を共振させるくだりでも、たとえばアメリカ第三代大統領トマス・ジェファソンが古生物学者として恐竜の巨大なる骨格（constitution）へ関心を抱き確固たる合衆国憲法（constitution）の制定を導いたという経緯の分析は秀逸だった。恐竜とアメリカン・インディアンを類比的に考察するのもお約束だが、とはいえ著者はさらにここで、恐竜は文化人類学的にいうトーテム動物ではないかという強力な仮説を打ち出す。きわめつけは、今日における恐竜的イメージの等価物として各時代のハイテクノロジーへ思いをはせるところで、これは『ジュラシック・パーク』以来あらゆる恐竜批評において常識となった論脈だが、ミッチェルはそれにさらなるひとひねりを加え、恐竜を蒸気船や戦車、摩天楼などにたとえる近代的発想と巨大化石発掘を促す新興富裕階級の封建的精神の矛盾に着目しつつ、スキゾザウルスなる魅力的な概念をクローズアップしてみせるのだ。著者とは面識も交流もないが、それでも本書を読みながら、決して他人の発想とは思われない同時多発的な発想には、何度も目をこすったものである。ポストモダン恐竜像を描き出すのに、わたしがあくまで文学批評の立場から物語テクストを軸に恐竜文学史を記述した一方、ミッチェルは美術批評を基礎に膨大な視覚的コンテクストをふまえる恐竜美術史を構築した。したがって、まさにこの文脈上、拙著と本書は互いに互いの盲点を突く相互補完的な関係を結んでいると断言しても、手前味噌にはなるまい。

ちなみに、前掲書評の筆者マーク・テイラーも指摘するとおり、本書『最後の恐竜本』には、フレドリック・ジェイムソン流の資本主義発展の諸段階、すなわち市場資本主義（一八四八年～九〇年代、リアリズムに対応する）、独占資本主義（一八九〇年代～一九四〇年代、モダニズムに対応する）、多国籍資本主義（一九四〇年代～現在、ポストモダニズムに対応する）の図式が応用され、そこに恐竜像発展の諸段階、すなわち「恐ろしいトカゲ」「巨人に導かれる巨大組織」「小型で小回りの利く主体」が適用されている。

たしかに、『ジュラシック・パーク』で最も鮮烈だったのは小型恐竜ヴェロキラプトルだったたし、本書『最後の恐竜本』が冒頭から強調するのも、仮に恐竜が絶滅せず、知的進化を遂げていたらという前提で想像された恐竜人類《ダイノソアロイド》だった。この恐竜人類の仮説は学界においてはさんざん嘲笑されたが、しかしまさに恐竜人類そっくりの異星人がやがて人類絶滅後の地球を来訪し、逆に現在の人類の化石を発掘して、その形状に爆笑することだってあるかもしれない。今日における恐竜の立場と人類の立場は、いつ逆転するかわからない。その意味で、本書のタイトルはますます深遠に響く。

5

【アメリカ大統領という神話】

明石紀雄『トマス・ジェファソンと「自由の帝国」の理念』

アメリカで最も偉大な大統領は誰か、という問いには人それぞれの答えがある。ではトマス・ジェファソンとエイブラハム・リンカーンではどちらが偉いか——独立宣言を起草した男と奴隷制を廃止した男と？こう尋ねれば、票はまっぷたつに割れるはずだ。

たとえば〈アトランティック〉誌一九九一年一月号に載ったダグラス・ウィルソンのエッセイ「ジェファ

ソンとリンカーンの読書生活」は、リンカーン以上に本の虫だったジェファソンの蔵書規模が国会図書館の危機を救うほどだったと説く。大統領であり、知識人でもあったジェファソン像を強調するという、典型的なジェファソン贔屓。ところが一方、ジェファソンには思想と政策の間の決定的な矛盾があったことを指摘する向きも根強い。彼は奴隷制批判の立場から「発言」し、その思想は独立宣言草稿にも生かされてはいたものの、具体的に奴隷制廃止が実現するには南北戦争以後、リンカーンの「行動」が必要だった。最大の理由は、ジェファソン自身が南部の農本主義に則り、三〇〇人近い黒人奴隷を所有する人物だった事実である。さらに彼が混血奴隷娘サリー・ヘミングスを愛人として子どもまで生ませていたスキャンダルも、ジェファソン批判者（リンカーン賛美者？）の格好の餌となる。のちにジェファソニアン・デモクラシーとして理想化される体系は、あまりにも多様な矛盾を孕んでいた。しかし、そうした個人的な矛盾を抱えながらも――抱えたからこそ――国家的な矛盾の包括に躍起になったのが、ジェファソンという人物のおもしろさではなかったか。そして、まさにその時、いちばん功を奏する言説装置となるのが、彼の発明した「自由」という名のイデオロギーではなかったか。

わが国随一のジェファソン学者・明石紀雄のほぼ三〇年に渡る成果の集大成である本書『トマス・ジェファソンと「自由の帝国」の理念』（一九九三年）の妙味は、その意味で、これまで美辞麗句とばかり受け取られがちだったジェファソン的「自由」の可能性と限界を、啓蒙主義・田園主義・共和主義の三側面を中心に、膨大な資料と綿密な傍証によって明らかにした点にある。なるほど、独立宣言冒頭で、彼は人間の平等という前提に立ち、「生命・自由および幸福の追求」を宣言した。そして実際、一七八六年のヴァージニア信教自由法によっては宗教の自由を、一七九八年のケンタッキー決議でいう外人法・煽動法に対する抗議によっては言論・出版の自由を次々に確保していく。

こうした諸活動の帰結として、一八〇〇年のジェファソン大統領選出は捉えられる。折しも世紀の変わり目を迎えて、ケンタッキーやテネシーでは大規模な信仰復興運動が起こっている最中であり、バプティスト派指導者アイザック・バッカスのように、この動きをジェファソン選出と結びつけ、「ともに新しい至福千年の到来を告げるもの」と解釈する者もいるほどであった。

とはいえ、それがほんとうに「新しいアメリカ」の幕開けにつながったかどうかについては、明石は留保を付す。ジェファソンが奴隷制廃止を実現できなかった背景には彼自身が白色の肌の優越感を脱することができなかったことも大きかったし、そのうえ先住インディアンを敵対視して強制移住させるのも厭わなかったほどだ。ジェファソンは、自らをヨーロッパよりはアメリカを好む「野蛮人」と称したにも関わらず、けっきょく「北アメリカ大陸はヨーロッパ系の人々が居住すべき空間であるとの考え方があった」。

著者はまた、ジェファソンが自然の上に文明を築くにあたって、いかに進歩を信仰し、合理的にして直線的な秩序を模索したか、その過程でいかに欺瞞の原理に依拠した可能性があるかという点に注目する。ジェファソニアン・デモクラシーの正体は「一八世紀的価値観に立つ社会的エリート層の主導するもので、古典的共和主義イデオロギーを出るものではなかった」とする明石の見解は、したがってジェファソン的な「自由」という言説がいかに奴隷でなく主人の、少数民族ではなく白人の、庶民ではなく知識人の立場から形成され、限界づけられていたかという事情を照らし出す。

6

【ドイル文学の死角】

富山太佳夫『シャーロック・ホームズの世紀末』

世紀末文学と聞けば、美と退廃と幻想のイメージが先立つ。最も口あたりがよく最もポピュラーな、いわば甘口の世紀末観。その文脈からすれば、富山太佳夫が新歴史主義批評の方法論を駆使した本書は、まちがいなく辛口である。しかしその辛さは、一旦それを味わってしまえばこれほどにさわやかな切り口もないような、文学的固定観念をぬぐいさってくれるような、知的解放感あふれる「珍味」にほかならない。

富山太佳夫による本書『シャーロック・ホームズの世紀末』（一九九三年）の主人公は、名探偵ホームズの生みの親である英国作家アーサー・コナン・ドイルその人（一八五九～一九三〇年）。医者として、推理小説作家として著名なこの作家は、ボーア戦争時の宣伝活動によって「サー」の称号を与えられる。つまり彼には、社会的にも政治的にも当時の英国へ積極的に関与せざるをえなかった「時代の寵児の顔がある」。著者は、そうした文学テクストの死角を暴き出すため、膨大な資料を駆使して世紀末英国のめくるめく言語環境を再構築し、それこそホームズばりの強靱なる洞察力を発揮する。犯罪人類学から植民地戦争、人口問題、労働争議、アルコール依存症、しかも降霊術から前著『空から女が降ってくる』の主題でもあったスポーツの政治学にいたるまで、およそ従来の推理小説論では扱われなかった話題の目も綾なつづれ織り。ここでのホームズ「物語」は、世紀末「文化史」を読み解きつつ「文学史」を再考するのに絶好のプリズムなのだ。

たとえば、ドイル文学とフロイト的精神分析を併置するのではなく、むしろアニー・ベザントのように避妊を促進したフェミニストの文脈から考え直してみること。なぜなら、ベザント同様ドイルもまた、合理主義とともに超自然主義へ傾倒するという一見倒錯的な歩みを示すものの、そこには矛盾どころか、世紀末英国大衆文化ならではのもうひとつの「論理」が一本通っていた可能性があるからだ。それはドイル小説もうひとりのヒーロー、科学者チャレンジャー教授が新宗教へ走る足取りをも裏書きしよう。しかも、ホームズがボクシングなどスポーツの達人とされているのも、ひょっとしたらアルコール依存症の父親を持つがために健康神話の信奉者となったドイル、その結果、典型的な愛国主義者となったドイルを反映しているのかもしれない、と著者はいう。

ちなみに、ドイルが活躍した一九世紀末から二〇世紀初頭までは、文学史的には前衛実験華やかなりしモダニズムの隆盛期だが、ここで注目すべきは、モダニズム詩の巨匠T・S・エリオットがホームズ物語の影響を告白していることだ。かくして富山は、エリオット流の反ロマン主義理論の中にホームズ的なるものを見い出し、それがいかに前衛芸術と大衆文化の境界を突き崩すような身振りであったかを、あざやかに解明してみせる。

文学批評と文化史研究をほとんど理想的に融合した本書は、まさしく著者・富山太佳夫自身のライフワークに数えあげられるだろう。

7

【アジア系ハリウッド】
村上由見子『イエロー・フェイス』

ハリウッド映画は東洋人をどう描写してきたか。

一九九三年の二月下旬、国際会議のためにボストンに立ち寄った折、ヘンリー・デイヴィッド・ウォンの新作『フェイス・ヴァリュー』を観る機会があった。この中国系アメリカ人劇作家は、一九八八年、逆オリエンタリズムとも呼べる謀略の顛末を描いたブロードウェイ演劇『M・バタフライ』によってトニー賞受賞に輝く。(のちにクローネンバーグによる映画化も公開された)。はたして彼の新作は、ハリウッド映画の生んだアンチヒーローの代表・東洋系怪人フーマンチューが絶えず白人によって演じられてきたという「悪しき約束事」を素材に、それがたとえば九二年春のLA黒人暴動にも匹敵するようなアジア系アメリカ人の暴動さえもたらしかねない可能性に注目する。人種をも伝染病の一種と見た黄禍論《イエロー・ペリル》をふんだんに盛り込むスラップスティック・コメディ。それはやがて、わたしたち自身がむしろ「人種という物語」を夢見ているのかもしれず、あるいは人種によって人間の主体が夢見られているのかもしれないという「胡蝶の夢」の主題へと結実していく。

村上由見子の『イエロー・フェイス』(一九九三年)を一読したのは、その直後だった。これはそのサブタイトルどおり「ハリウッド映画にみるアジア人の肖像」を中心に据え、早川雪洲やアンナ・メイ・ウォン作品から最近のジョン・ローン主演作品にいたるまで、主流からB級娯楽ものに渡る系譜においてアジア人がどのようにイメージされてきたかを、膨大な資料を軸に克明に走査した労作。フーコーやサイードをしっかり咀嚼したうえでの的確かつアイデア豊かな「多民族国家アメリカ」像は、説得力にあふれる。

しかし、何よりも刺激的だったのは、自身ウォンには傾倒しているらしい村上が、『M・バタフライ』はいうまでもなく、新作『フェイス・ヴァリュー』を解釈するためにも最良の指針となりうる構図を提供してくれたことだろう。いまでこそハリウッドにおける東洋系俳優は少なくないとはいえ、本書の要である第二章「メーキャップした『東洋人』」は、一〇年代から戦後にかけて、ワーナー・オーランド主演のフーマンチュー・シリーズのみならず、いかに白人俳優が黄色いドーランを塗りたくり、「吊り目で異国情緒あふれる東洋人」の役を演じるケースが多かったかという歴史を明かす。オーランドは中国人探偵チャーリー・チャンでも有名になったが、以後においても、たとえばパール・バック『大地』の映画化（一九三七年）において主要登場人物の中国人はすべてメーキャップした白人、映画『ドラゴン・シード』（一九四四年）ではキャサリン・ヘプバーンが吊り目中国人役、『ティファニーで朝食を』（一九六一年）ではミッキー・ルーニーが「眼鏡・出っ歯・キモノという日本人の『記号』三点セット」をそろえたユニオシ氏の役。映画内の日本人名も、トコラモやらサキニやらオカヌラやらヤキティドやら、人間とさえ思われぬ「記号」ばかりが並ぶ。

もちろん、わが国も翻訳劇の伝統は浅くないのだから、その米国版として類推する手もあるが、ただし基本的に単一民族的発想の外へ出にくい日本では必然だった翻訳劇と、多民族国家であり、その気さえあればいくらでも多民族俳優を調達できたはずのアメリカ映画とでは、常識が違う。ハリウッドには「その気」がなかったのだ。この問題は九〇年代に入り、劇作家ウォンをも巻き込むアメリカ演劇界内部の人種闘争にまで発展し、俳優組合代表アイゼンバーグはこんな所感を述べている。「ユダヤ系俳優はイタリア人を演じられ、イタリア系俳優はユダヤ人を演じられる。両者はまたアジア人を演じる機会もある。しかしアジア系俳優はユダヤ人もイタリア人も演じるチャンスがないばかりか、アジア人の役をもらうことにも苦労している有様だ」。

オリエンタリズムという言説を誰よりも「生きて」きたのは、東洋人役を割り振られたハリウッド白人俳優たちかもしれない。だが、そんなステレオタイプの歴史にも、ヴェトナム戦争という事件によって一旦亀裂が入っている。たとえばマーロン・ブランドは若かりしころ、『八月十五夜の茶屋』(一九五六年)において何と日米を橋渡しする沖縄人通訳を演じたが、一方ヴェトナムを経たのちの『地獄の黙示録』(一九七九年)においては、アメリカとヴェトナムの間の巫女的存在を演じながら、最終的には抹殺されてしまう。この経緯に、著者は従来「異国情緒」を代表する一般的言説だったオリエンタリズムを根底からゆさぶる「固有名詞」が顕在化するのを発見し、そうした東洋観変質の内部にアメリカ人自身の思想的変質を看破してみせる。あざやかな論理構成で読ませる快著である。

AMERICAN LITERATURE RECONSIDERED

第三章　アメリカ文学再考

1

【パーティ・ライフの物語学】

クリストファー・エイムズ『現代小説におけるパーティ・ライフ』

金関寿夫『現代芸術のエポック・エロイク――パリのガートルード・スタイン』

今夜も都市の夕闇をぬって、いつ果てるともなく続くパーティ。ソーホーのロフトで、タンジールのカフェで、トキオのビストロで(中略)それはもうもうと煙が立ち上り、無数の肉体が舞い踊るハウス&ドラッグの大音響パーティであるかもしれないし、舞台のはねた余韻を楽しむ各界著名人《セレブリティ》たちがフォーマル・ウェアで群れ集う豪奢なヴァニティ・フェアかもしれず、はたまた一握りの知的スノッブがあくまで談論風発のムードをたのしむワイン&チーズの清楚なサロンかもしれない。そして、千のパーティがあれば、千のパーティ文学が書かれる。パーティは、とりわけモダニズム以降の文学作品を特色づける要素となったが、案外そのあたりに現代文学の秘密が胚胎しているのではないか――クリストファー・エイムズが一九九一年に出した『現代小説におけるパーティ・ライフ』(一九九一年)は、そんな着想から生み落とされたすがすがしい一冊だ。

一九五六年生まれのこの新鋭はアグネス・スコット大学助教授。本書第一部「パーティにおける死」はジェイムズ・ジョイスの『死者たち』やヴァージニア・ウルフの『ダロウェイ夫人』ほかを扱い、第二部「大戦間のパーティ」はスコット・フィッツジェラルドの『華麗なるギャツビー』、『夜はやさし』やイーヴリン・ウォーの『大転落』その他を、また第三部「デカダンスを超えて」はトマス・ピンチョンの『重力の虹』やロバート・クーヴァーの『ジェラルドのパーティ』などを巧みに読み解く。ルイス・キャロルからフィッツジェラルド、ピンチョンまでが一線上にならび、しかもノースロップ・フライやバフチンの批評理論が縦横無尽に駆使されるという、読み応え十分の内容。

むろん、単に祝祭と文学の関係を論じようとした書物なら掃いて捨てるほどあるし、またその方向性を抜きにしては神話批評や原型批評も成立し得ない。しかしエイムズの独創は、そうした原始共同体以来の「祝祭」が持つ宗教的伝統をも認めつつ、しかし「パーティ」といったらあくまで資本主義経済勃興後に宗教性を脱色したブルジョワ・イデオロギーの産物であると再定義している点にある。現代では文学の格好の主題がパーティであり、しかもパーティを描けば描くほど作家は様式上でも——たとえば多様な人物造型・対話構築を主とする場面描写のドラマツルギーにおいて——より高度な物語技法を要求される、とエイムズはいう。現代小説はパーティを描くとともにパーティによって構造化されている、という本質的な逆説。

そんなパースペクティヴを与えられると、いわゆるパリのアメリカ人たちのことが思い出されてならない。エイムズによる主題・形式としてのパーティ分析が明快であればあるほど、本書が一九二〇年代パリにおけるモダニスト・サロンの歴史的成立を語っていないのが悔やまれる。だから、折しもこの同じ年に、金関寿夫の『現代芸術のエポック・エロイク』(一九九一年)を手にできたのは幸せだった。二〇年代パリを語る書物ならこれまた星の数ほどあるが、だからこそ決め手は二〇年代パリそのものというより、二〇年代パリを語る「語り口」に収斂せざるを得ない。しかもここでの相手はガートルード・スタイン——彼女は主に一九〇五年から一九二〇年代にかけて、シャーウッド・アンダソンやアーネスト・ヘミングウェイ、ポール・ボウルズらを育て、パブロ・ピカソを発見し、バートランド・ラッセルと論争し、T・S・エリオットやエズラ・パウンド、はたまたエリック・サティに囲まれていたモダニズム作家であり、パトロンでもあった大御所だ。つまり理屈をこねればいくらでもこねられるやっかいな対象なのだが、はたして本邦におけるスタイン翻訳紹介の草分けのひとり金関寿夫は、あくまで「日本スタイン・ファンクラブ」代表とでも呼ぶべき立場から、膨大な伝記的資料の中にコラム風のゴシップや架空スタイン談義をふんだんに盛り込み、全体としてあたかもスタイン・ファンクラブ会誌を自ら楽しんで編集するようなノリを貫徹してみせた。スタインは英語文学の革新をアヴァンギャルドな「芸術」によって実現した人物だが、彼女を語るこの評伝自体、スタイン・ファンであることの楽しさを伝えるために大いに「芸」と「術」を発揮した、なかなかにアヴァンギャルドな評伝といってよい。

著者がかくまでも「スタインする」ことに成功した秘訣は、彼女が毎週土曜に主催する自宅でのパーティを一貫して浮き彫りにしたことにある。いわゆる文芸サロンはフランスの伝統とはいえ、スタイン自身の芸術的造詣の深さも手伝って、そのパーティは一大ジャンル交錯状況を呈するようになった。先にリストアップした芸術家群像からも推察されるように、彼女の幅広い芸術的交遊が、招待者の範囲もいわゆる「文芸」の枠に限定しない多様なものにしたのである。むろん、洗練された会話とともに有力なコネを求めて訪れた人々もいただろう。けれど、スタインの周囲では、実際パウンドが絵画詩を実験し、ヘミングウェイが散文で詩を再現し、作曲家サティが詩を、詩人ジャン・コクトオが絵を試みるというように多元的ジャンル横断の「実践」が結実しつつあり、実際スタインその人も小説『三人の女』においてバッハのフーガや黒人音楽を表象するに至っていた。

二〇年代パリに光り輝くスタインのサロン。そこでは、多様な芸術家の集うパーティによって現代文学の多元化ばかりか、現代芸術ジャンル全般の多重交錯パーティが繰り広げられた。そんな時代の芸術創造を演出したスタインもさることながら、そんなスタイン像を巧みにスケッチした著者自身のジャンル横断的な芸術観が本書を一層クリエイティヴなものにしたのは疑いない。

2

【メディア都市ニューヨーク】

アン・ダグラス『恐るべき誠実——民族混成都市マンハッタンの二〇年代』

ニューヨークの誘惑を最初に感じたのは、実は『華麗なるギャツビー』でも『ウエスト・サイド物語』でもなく、七〇年前後にTV放映されていた連続メロドラマ「会えるかもしれない」だった。

林隆三演ずる孤高のジャズマンが渡米し、恋人役の山本陽子がマンハッタンまで追いかける。会えそうで会えない、今日こそ会えるだろうかというパターンが毎週反復されて、けっこうハラハラドキドキしたものだ。折しもアポロ月着陸の興奮冷めやらぬころで、アメリカを象徴するニューヨークはとてつもなくロマンティックに映った。

以後、四半世紀。バブル景気の湾岸開発とともに、東京自体がニューヨークに優るとも劣らぬ豪奢な景観を備えてしまった現在。だが、そんな時代だからこそ、現在ホットな研究の進むニューヨーク文化史がおもしろい。中でもコロンビア大学英文科教授アン・ダグラスが一九九五年、『恐るべき誠実――民族混成都市マンハッタンの二〇年代』(一九九五年)なるタイトルのもと完成したのは、独自で精緻なフェミニズム都市論である。

またもやジャズ・エイジ本かと軽んじるなかれ。本書は、ガートルード・スタインやT・S・エリオットからゾラ・ニール・ハーストン、デューク・エリントンらにおよぶアメリカ・モダニスト群像の背後に、精神分析学者フロイトがいったいどのような影響をおよぼしたのか、その結果、当時のニューヨークに象徴されるアメリカ国家自体の精神がどのように展開したのかを分析しようとする、気宇広大な都市心性史の実験なのだから。

もちろん、フロイト自身がアメリカ訪問したのは一九〇九年の講演旅行の時だけである。だが、それ以前にアメリカ移民を考えたこともあるし、そもそも彼は、コロンブスのアメリカ大陸到達にも匹敵するものとして「無意識の発見」を語り、アメリカ独立宣言を絶えず座右に置いていた。フロイトの一見高尚な思想的枠組には、あらかじめアメリカ大衆一般へ訴えてやまない要素が潜在していたのだ。その点に注目するダグラスは、ヴィクトリア朝アメリカで培われた白人的母権制を脱却するモダニズム精神史が、家父長制をめざすと同時に黒人系アメリカ文化を主流文化に導入し、そして、再び母権制へ回帰していく歴史をスケッチしてみせる。アメリカ文化はいわば志願孤児なのであり、少数民族の導入とともに無意識の探究をしきりに行なうのは、そこが原始主義と前衛主義とが収束する最もモダニスティックな地点であるからにほかならない。

かくして著者は、たとえば摩天楼や飛行機に代表される宙空指向と新しい電子通信メディアが同時に進展していったのは文字どおり空に浮かぶ＝放送される（on the air）という無重力への意志を共有していたためであり、それは心霊術など超自然文化の流行とも連動していたはずだという、驚くべきダイナミックな仮説を提起する。最も高邁な帝国主義イデオロギーが最も通俗なポップカルチャーと共犯しかねないシナリオについての、これは説得力あふれる都市精神分析だろう。

ちなみに、タイトルはハードボイルド作家レイモンド・チャンドラーの言葉。伝統破壊的なモダニズム的都市精神が成立したのを「恐るべき誠実」ゆえの倫理的態度と見るダグラスは、このモチーフを随所で深化させていく。そういえばフロイト理論は精神分析者を探偵、患者を犯人にたとえるメタ構造をあらかじめ秘めていた。ハードボイルドが都市小説である限り、もともとフロイト理論こそは都市精神分析に最もふさわしかったのかもしれない。

3

【アメリカのアダムたち、アメリカのイヴたち】
亀井俊介『アメリカン・ヒーローの系譜』

アメリカ人はヒーローが大好きだ。なにしろ南北戦争もの、ヴェトナム戦争ものの映画はひきもきらず、映画俳優が大統領になることすら可能なお国柄。歴史の浅い国ゆえに、いわゆる国民の神話を現実の歴史と並行して作り出さなければならない。かくして、国の歴史そのものが片端から神話化され、その途上でアメリカン・ヒーローという名の神話英雄たちがおびただしく生まれ落ちていった。

亀井俊介が一九九三年に出した『アメリカン・ヒーローの系譜』は、まさしくそんな角度から積みあげられた研究成果の集大成である。

アウトラインだけをたどれば、本書はアメリカ人の典型を「新たなるエデン（アメリカ）」の新たなる自然人「アメリカのアダム」ととらえ、その系譜をワシントンやリンカーンらの大統領から、ダニエル・ブーンやデイヴィ・クロケット、ジョニー・アップルシードなど開拓時代の強者、巨人のきこりポール・バニヤンといった変わり種、ジェシー・ジェイムズやビリー・ザ・キッドのような荒野の命知らず、ひいてはエジソンやターザン、ロッキーやランボーといった今世紀の人気者にまで跡づける「ヒーロー列伝」として読むことができる。その論旨は、自然征服の果てに文明を建設せねばならぬ「アメリカのアダム」の矛盾を暴き、そうした文明内部の批判者「アメリカン・アンチヒーロー（反体制的英雄）」の勃興を実に精緻に再検証していく。

けれど、ここでの著者の関心は「ヒーローはどんな人物だったか」ではなく、「ヒーローはどのように語られてきたか」という一点につきる。唯一絶対のヒーロー像へさかのぼるのではなく、むしろアメリカ国民たちが時代ごとにヒーローをいかに自由気ままに歪曲し再表現してきたか。そうしたアメリカ的無意識の変転を、さまざまな大衆小説や大衆向け伝記、パンフレットを走破しつつえぐり出す点が、本書最大の読みどころだ。

　たとえば、アメリカのアダムならぬ「アメリカのイヴ」の典型で西部劇や三文小説の素材として好まれた平原の女王カラミティ・ジェーンにしても、「黒人系アメリカのアダム」として機械文明と闘争し多くのホラ話の主役たりえた黒人線路工夫ジョン・ヘンリーにしても、肝心なのは、彼ら／彼女らをめぐる「神話」が時代や語り手次第で多種多様に、時に民衆的英雄《フォーク・ヒーロー》がでっちあげの英雄《フェイク・ヒーロー》にさえ映りかねない形で語りつがれることだろう。その結果、まんまと大衆の心とカネをつかむのは、大衆が最も「見たい」と思うヒーロー像を最も巧みに作りあげる、最も商魂たくましい語り手なのである。

　だからこそバッファロー・ビルのように、ヒーローである自分自身が主役を演じる見世物一座「ワイルド・ウェスト・ショー」を率いて大儲《もう》けしたヒーローもいたのだ。ヒーローという名のビジネスから、ビジネスマンという名の新しいヒーローが生まれていく歴史。それを誰よりも楽しく物語ってくれるのは、本書の「語り手」をおいてない。

4

【習合宗教の可能性】

志村正雄『神秘主義とアメリカ文学——自然・虚心・共感』

我が国におけるアメリカ文学研究の泰斗・志村正雄が一九九八年、満を持して放った第一評論集『神秘主義とアメリカ文学』（一九九八年）は、従来の方法論を超えた水準で、強烈な知的衝撃を与えてくれる。なにしろ本書は、坂口安吾の『堕落論』の読み直しから始まり、日本人の宗教心の根本にある「習合（syncretism）」を再定義してからアメリカ文学作品における「神秘体験」の読み直しを図るという、きわめてスリリングな比較文学的戦略を抱くのだから。その過程で、教会に通うこと（religion）と、信仰心に即して神秘主義へ心を開くこと（faith）が異なるという区別が、膨大な文献、多様な文脈の中で活かされていく。たとえばここでは、超絶主義者ラルフ・ウォルドー・エマソンの「私は無になる」が鈴木大拙の「無心」との関連で語られ、マーク・トウェインのハックルベリー・フィンが良寛にも比肩する「乞食」であり、黒人奴隷ジムが大本教の出口王仁三郎にも等しい「脱魂体験者」であることが指摘され、アーネスト・ヘミングウェイの『老人と海』のサンティアゴがカトリックとヴードゥーの習合を超えて胡蝶の夢を見ることが分析され、ビート詩人ゲイリー・スナイダーが自ら訳した宮沢賢治の中にシャーマン的な「投射詩」の可能性を喝破して自らの中へ取り込んでいった過程が吟味される。

日米を超えて最終的に環太平洋モンゴロイド文学の地平まで探る発想は、宮内勝典が一九九八年に発表した長編『ぼくは始祖鳥になりたい』を彷彿とさせるほどにダイナミックだが、ただし、これは著者独特の奇想というよりも、むしろ従来のアメリカ文学研究ではなかなか探究されなかった部分への大胆かつ精緻な注釈学の試みだと思う。チャールズ・ブロックデン・ブラウンからトマス・ピンチョンまで、アメリカ文学史上の傑作を志村訳で読む時に印象的なのが、訳者が惜し気もなく提供してくれる微に入り細を穿った訳註であることを思い出す。

だが本書での志村はさらにもう一歩を踏み込んで、単にアメリカ文学を日本がどう受容したかというだけではなく、日本文学をアメリカがどう受容したかという文化的相互駆引を確実に見据えたうえで、今日のクレオール思想が詳らかにする「習合宗教的共存」がいかに文学解釈学上不可欠なパースペクティヴであるかを徹底的に検証する。とりわけ、ナサニエル・ホーソーンの『大理石の牧神』における芸術家ヒルダの宗教的寛容を通して、習合宗教的可能性を解析する著者の理解は力強く、本書全体の骨子を成す。

「もとより宗教学的にはいかなる宗教といえども、習合的、混淆的であるだろう。しかし東洋の宗教、中でも日本ぐらい習合的な宗教が生活に密着してきた国は少ないだろう。仏教が中国において、次いで日本において変貌した具合はキリスト教の比ではなかろう。(中略)そのことと神秘主義への関心とは結びついている。なぜなら我の強いところに新たな宗教的習合は困難である。無我、無私、無心の尊ばれる文化の中でこそ新たな習合が可能であり、それは神秘主義の出発点でもある」(第五章、六一～六二頁)。

本書を読み終えて、わたしは遠藤周作の『沈黙』（一九六六年）が舞台にする一六四〇年代のキリシタン弾圧時代が、ホーソーンの代表長編『緋文学』（一八五〇年）が舞台とするピューリタン異端者弾圧時代とほとんど重なることに気づいた。現代日本文学と一九世紀アメリカ文学という違いこそあれ、ともに異端審問を中核とする小説が、ともに何らかの宗教的習合と神秘体験を描いていることは、決して偶然ではあるまい。

最も新しい視点からアメリカ文学の死角を読み直すことの魅力を教えてくれる本書の余韻は、さまざまに沸き起こる連想の中に残響していく。

5

富島美子『女がうつる――ヒステリー仕掛けの文学論』

【天使か悪魔か】

アイラ・レヴィン原作の映画『ローズマリーの赤ちゃん』には悪魔の子が登場したし、水木しげるにも『悪魔くん』なる名作マンガがあるし、ＣＭでは人気者デーモン小暮が暴れまくっている。だが、さすがにわが子いとしさから「悪魔」と名づけ、出生届を出す親の登場は、大変なセンセーションを呼んだ。

この問題に関し、法務省民事局が介入してこの名を却下、それに対し親の佐藤氏は家裁に断固抗議を申し入れたのである。事件は一挙にマスコミに点火、佐藤氏経営のスナックは周囲からうらやまれるほど爆発的にぎわいをみせるようになったと聞く。

だが、アメリカ政治の例でもあきらかなように、ソ連を「悪（魔）の帝国」と呼び、フセインを「悪魔」と名ざしするのは、むしろ体制側十八番のレトリックだった。悪魔ちゃん事件の本質も、体制側が他者として捏造し、排除しようとする「悪魔」のイメージと、市民個人が魅力を感じてわが手に抱きたいとさえ願う「悪魔」のイメージの間のズレこそが問題なのではないか。新進気鋭の英米文学者・富島美子が一九九三年に出した第一評論集『女がうつる』（一九九三年）がまず注目するのは、英米文学史上に表象された「ヒステリー」という病が、それこそ悪魔同様、体制側によって生み出された女性抑圧装置である点だ。

それを再検証するため、第一章はアメリカ女性作家シャーロット・P・ギルマンの代表的なゴシック短編「黄色い壁紙」（一八九二年、本書巻末に著者による全訳を収録）を扱う。そこには、当時のヒステリー女性患者にほどこされた典型的な安静療法が描きこまれているのである。

そして著者は、膨大なる同時代資料を駆使したうえで、このテクストの背後に驚くべきコンテクストを洞察する。ヒステリー女性の治療は、一九世紀後半においてデパート文化が勃興したこと、それによって女性の浪費癖、万引癖を悪事ならぬ病と診断する風潮が高まったことと密接にからみあうというのだ。

いまでさえ女性を浪費の代名詞とみる向きは決して少なくはないが、ここで富島は、当時、まさしく彼女たちの浪費する肉体を不経済と見て罪悪視する家父長制の視線があったがために、ヒステリーという過剰な病の女性に対しては清貧を勧め外出を禁じ、「家庭の天使」たるべく再教育をほどこす療法が選ばれたことを、綿密に論証する。

以下、本章と絶妙に唱和するように、ギルマンの長編『フェミニジア』が描く処女生殖や、ルイス・キャロルの『アリス』連作に見る節食療法、クリスティーナ・ロゼッティの『そっくりさんのおはなし』に見る拒食症などが再検証されていく。

ただし、本書はまちがっても家父長制「医学」を糾弾する書物ではない。むしろ、そんな狂女たちに特権化された「無気味なるもの」を、やがて自らも文化的・芸術的ファッションとしてまといたがる男性たちが続々登場しだしたことが、いちばんの問題なのだ。本書でオスカー・ワイルドやアンディ・ウォーホル、ウィルキー・コリンズなど、男性作家・芸術家もふんだんに論じられていくゆえんである。

かくして「無気味なるもの」の魔力は、女から移って男の中に映り、性差を超えて伝染《うつ》る。阻んでも無駄なこと、あらゆる伝染は文化の本質なのだから。

その意味で、富島美子の批評自体もまた、文学内部のヒステリーとともに、ヒステリーそのものをもうひとつの「文学」として物語るための、今日最も魅惑的な魔術を堪能させてくれる。

第四章　文学史キャノンの脱構築

DECANONIZING LITERARY HISTORY

1

【アメリカ文学史の脱構築マニュアル】

グレゴリー・ジェイ『作家としてのアメリカ』

学年暦も終わりにさしせまる季節。毎年毎年大学勤務の身にとって悩みの種は、ずばり次年度の教科書を何にするかという問題である。なるほど暮れから春休みいっぱいにかけて、教科書会社から送られてくる見本は枚挙にいとまがないが、まずはその大半が、どうにも使い方の不明なテキスト群であるという厳然たる事実に悩まざるを得ない。

もちろんサンプルの山から時に好テキストを発見して、実際一年間使用したりすることもある。だが、それはほんの1%、競争率ゼロに近いチョイスなのだ。なぜか。ためしに、筆者自身がふつうの大学英語クラス対象に選択する際、「使いやすい教科書」とみなす尺度をあげてみよう（目下その全部を満たすものは少ない）

①既訳のないもの（学生の訳本棒読み能力ときたら大変なものだ）②注釈が過不足ないもの（読み物としても手応えの感じられる工夫ができないだろうか）③ヴィジュアルな配慮があるもの（最低限の見栄え《シック》

と視覚効果が欲しい）④練習問題のないもの（どうしても中高生向け教科書に見えてしまうので）⑤先端的《ヴィヴィッド》な話題を含むもの（ひとにぎりとはいえ、少数の熱心な学生は、教養課程にあってさえ旺盛な知的好奇心を示す）。

これが専門課程になると、国外発注の必要やら履修要覧用案内文締切りやらの関係で、遅くとも前年度暮れまでに出版された本という時間的制約が加わる。ところが年明けになってから適切なテキストを入手する場合も少なくない。今年もまた、仮にもう少し早く出ていればアメリカ文学思想史の教科書に使えたのにと悔しく思った一冊がある。グレゴリー・ジェイの *America the Scrivener: Deconstruction and the Subject of Literary History*（一九九〇年）がそれだ。一九世紀作家ハーマン・メルヴィルの中編「代書人バートルビー」をもじった題だが、直訳すると珍妙なので、あえて『作家としてのアメリカ』と訳す。

全体は、長い序論と第一部「主体＝主題《サブジェクト》の散種《ディセミナシオン》」、第二部「アメリカの文学＝文字《レターズ》」の二部構成。タイトルからしてジャック・デリダが西欧的意味体系のずらしを論じた『散種』からの引用であることからも推察されるように、第一部がフロイトからデリダ、ド・マンへ至る脱構築的な理論家を、第二部がエマソンやジェイムズ、アダムズ、フレデリック・ダグラス、フィッツジェラルドといったアメリカ作家およびパリントンや、バーコヴィッチ、トリリングやライジングなど文学批評家を扱うとなれば、一見、よくある理論編と実践編の区分のように見えるかもしれない。だが読み進むと、ポスト構造主義以降の理論分析から浮かび上がるのはむしろアメリカ的教育のコンテクストを再解釈しようとする姿勢であり、一方、アメリカ文学テクスト分析から前景化してくるのは現代批評理論上の重大問題であるというアイロニカルな仕掛けがある。真っ先に脱構築されているのは、理論と実践という区分そのものなのだ。タイトルに匂うメルヴィル作品は、依頼される仕事を軒並み断わっていく虚無的な法律文書代書人の物語として不条理文学を予見した秀作と評価されるが、著者はこのバートルビーの姿勢をソローの思想「市民的不服従」と同列に読み直し、意味を固定するような「実践」へ頑強に抵抗する、いわば自由な読みのゲーム空間としての「理論」を徹底探究していく。

というのも、ジェイによれば、これまでのアメリカ（文学）史の書き手たちというのは、みな「アメリカの夢」やら「アメリカのアダム」やら「ヴァージン・ランド」やらといったイデオロギーのもとに細部を隠蔽しつつ、全体主義的な「歴史の主体」に感情移入してきたし、そもそも脱構築批評産業自体が、つい最近では文化的民主主義（ポスト六〇年代相対主義）を促進する装置として主流言説に再回収されてしまった。民主主義にせよ、個人主義にせよ、中流WASP男性中心の幻想を偽装したものにすぎないのに、その幻想こそアメリカの政治的無意識全体を主導してきた。書いている主体は作家個人というより国家集合であったという皮肉を、著者はここで喝破する。

脱構築は、批評制度としては一段落したかもしれない。だが、そこから新歴史主義批評へと発展解消する時点で、修辞学を問う修辞学ディスフィギュレイションの方向性が継承され、顕在化した。ふだん文字どおりの人種・性差・階級と思い込んでいる事実が、実はいかに歴史的に再生産された政治的修辞にすぎないものかを、この新しい視点は暴露する。たとえば若手劇団・大人計画の演劇『猿ヲ放ツ』（下北沢・駅前劇場）は、社長以下の全員が目的をよく把握しないまま仕事に邁進し続けるという不条理な企業城下町のドタバタを描くけれども、やがてそれらの字義的現実はすべて地球に不時着した異星人の策略になる巻き添えだったという真相が判明していく。事実が支配者的言説の集積であることを、極東的発想から再料理した「修辞学」。その対岸にはむろん、単にアメリカ的平和にすぎないものを国際平和と誤読することで成り立つ「常識論」が待ちかまえている——

こんなふうに文学史のテクストと現代史のコンテクストが無限にからみあう構図のヒントを与えてくれる『作家としてのアメリカ』は、いま最もシックでヴィヴィッドで読みごたえのあるアメリカ文学教科書《テクスト》といえよう。

2

【アヴァン・ポップ・ブリタニカ】
ハリエット・ホーキンズ『ストレンジ・アトラクター』

誰でもひとりやふたりは、新刊が出れば必ず買い求め、こっそり楽しむ秘密の書き手を持っているだろう。なぜ「秘密」かといえば、この書き手のことをわかるのは自分だけなのではないかという感触に浸れるからだ。ところが昨今の高度資本主義文学市場は、そうした読者個々の私的快楽さえ、カルトの名の下に手広く商品化し、民主化してしまう。ましてやいまは、B級だとか、悪趣味だとか、つまらなさだとかが大手を振って商品価値を帯びる予測不能時代《カオス》、してみると、依然邦訳こそないものの、わたしが密かに愛読してきた英国人女性批評家でオックスフォード大学リナカー・コレッジにて教鞭を執るハリエット・ホーキンズにしても、広く受け入れられる日は近いのかもしれない。

何しろこの人物、シェイクスピア学者としてもポストコロニアリストとしても十二分にお堅い文学理論を自家薬籠中のものにしながら、まったく同時に、『オズの魔法使い』や『キングコング』、『オペラ座の怪人』に代表される米国映像文化が大好き、第一作『高級と通俗』（一九九〇年）においても、主流文学と通俗文学はもちろん活字と映画の間を軽々と飛び回っては、まさしくその方法論によってしか可能にならない貴重な文学的・文化的洞察の数々を惜しげもなく披露した。しかも、どんなに最先端の理論を応用しようと決して高踏的にならず、あくまで個人的趣味に徹して文学を楽しく語る。そこにわたしは、ラリイ・マキャフリイいわくの前衛／通俗を脱構築する境界解体概念「アヴァン・ポップ」の理想とする九〇年代批評が、ほとんど同時多発的に実現してしまっているのを見る。

したがって、『ストレンジ・アトラクター』（一九九五年）が、タイトルからして最先端理論物理学用語を連想させたとしても、心配はご無用。ストレンジ・アトラクター概念を含むカオス理論の基本を成すバタフライ効果は「今日北京で蝶が羽ばたくと、来月ニューヨークでの嵐の発生に変化がおこる」という論理だが、そもそもわが国でも「風が吹けば桶屋が儲かる」というではないか。たとえば雲や天気予報や株式市場の動きに見られるように、因果律と信じられた構造の中にもほんのわずかなゆらぎが導入されれば、重大な構造的変質がもたらされると見る発想。この理論は、一見無秩序《デタラメ》に映るものにも法則性があるという前提に立ち、予測不可能なものすら予測することをめざす。

本書は、こうしたカオス理論を応用して、主流と通俗がもともといかにゆらぎに満ちたジャンル論的関係を結んでいるかをダイナミックに分析した一冊。カオス的バタフライ効果は聖書でいえばエデンの園の「りんご効果」に等しいと断じる著者は、ミルトンの『失楽園』からクライトンの『ジュラシック・パーク』や人気シリーズ『宇宙大作戦《スター・トレック》』まで、あるいはシェイクスピアの『テンペスト』からウェルズの『モロー博士の島』やファウルズの『魔術師』まで通底する構造をえぐり出し、芸術的伝統がいかに直線的ならぬカオス的に進化するか、古典というのはいかにそれ自体の内部に秘めるカオス的矛盾によって後世の作家たちを奇妙に魅惑《アトラクト》するものか、文学史的な反復と差異《ずれ》を徹底検証する。一定のテクストが多様なメディアへ、多様なジャンルへ、多様な時間軸へ移植されていく文化史的影響関係そのものをカオス的に捉える、それ自体、奇妙に眩惑的な視角。二〇世紀末のわたしたちがメディア放浪民にならざるを得ないゆえんをみごとに説き明かしている点で、本書は他に類例がない。

3

【漂流するテクスト】
武藤脩二『一九二〇年代アメリカ文学』

アメリカ文学史の教科書にピーター・B・ハーイの『アメリカ文学の輪郭』を指定して四年ほど経つ。英文が平易であるためだが、未邦訳のもの（一九九三年初頭現在）にはめっぽう弱いという大学生はまだいるもので、ノート（のコピー？）だけを頼りに学期末テストにのぞむ豪傑も少なくない。

そのため、一年間にひとりふたりは、とてつもない珍答・怪答をひねり出す。最近の例では「今世紀の南部文学」について論述を求める問いに対し「それはヘミングウェイ、彼はフロリダ南端の小島キーウェストを基地に好物であるジンベースのカクテルを傾けながら数々の名作を生み出した」と断ずる珍答（！）があった。そういえばかつて「南北戦争後のアメリカ文学」なる設問に対し、「失われた世代《ロスト・ジェネレーション》」のことをとうとうとまくしたてる怪答に出くわしたこともある。

笑ってすますどころではない、むしろこうした答案が出てこざるを得ない背景こそ、深く考えるに値しよう。要するに、わが国における「アメリカ文学」のイメージ自体が、ずばり一九二〇年代の「失われた世代《ロスト・ジェネレーション》」に属する作家たちを特権化することで成り立っているという現実だ。震源地としては、ここ一五年ほどの間、作家・村上春樹がフィッツジェラルドを一対象とする翻訳家としても大活躍したことを想起しないわけにはいくまい。

だが、一五年ほど前といえば、わが国のアメリカ文学界では、武藤脩二によるきわめてエキサイティングな第一論文集『アメリカ文学と祝祭』が出版された印象が鮮烈だった。ヘミングウェイの「祝祭」を出発点に文化人類学的解読を展開した同書は、まさしくその視点を統一テーマにアメリカ文学史全般を読み替えるような可能性を示唆していた。だから第二論文集『一九二〇年代アメリカ文学』（一九九三年）が、祝祭から漂流へのテーマ移動の中で、ロスト・ジェネレーション作家中心に綿密なテクストの読みを展開しながらも、まったく同時にマーク・トウェインからトマス・ピンチョンにいたるまで、再びアメリカ文学史全般へ、ひいては比較文学的研究にまでに拡張しうるコンテクストを提出しているのは、批判的にして建設的な発展といえる。その結果、二〇年代アメリカ文学を語り直す絶好の装置として、いわば「パラダイムとしての漂流」を徹底的に煮詰めようとする野心的にして刺激的な力作が仕上がった。

実際、なぜこれまで見過ごしてきたのかと恥じ入る気分にさせられるほどに、武藤は二〇年代作家のテクストから、おびただしい漂流のレトリックを検出してみせる。エリオット的な「荒地」の隠喩が空間的な印象を与えるのに対し、ここではまず荒地に漂う埃として「漂流者」という特殊人格が再定義される。こうした視点から、著者は、たとえばフィッツジェラルド『華麗なるギャツビー』（一九二五年）の語り手ニック・キャラウェイは幻滅してもなお苦闘を続けるドン・キホーテ的漂流者にほかならないと喝破し、ドス・パソス『マンハッタン・トランスファー』（一九二五年）における元祖フラッパーのひとりエレン・サッチャーが堕胎・結婚・離婚といったプロセスを辿りながら、自ら死人ないし自動人形と化していくのを意識するさまにエントロピーを体現する漂流者を見て取り、女性作家ウィラ・キャザーの『教授の家』（二五年）の主人公セント・ピーター教授が覚える「船酔い」感覚を、目的意識に貫かれた開拓者精神から無目的的な商業的精神への「時代の移動」ゆえのことと洞察し、ハート・クレインの詩では「波しぶき」（spindrift）という語法そのものに渦巻きと漂流の記号論がこめられていることを示唆する。とりわけ結末において、まずヘミングウェイの『武器よさらば』を読み直す際、テクストが象徴する細雨にピューリタン的楽園イメージを重ね合わせつつ、そもそも「失われた世代」とはそうした細雨が無力化して大雨に押し流され「漂流」を余儀なくされた作家たちなのだという主張が下されるところは、本書全体の結論としても説得力あふれるクライマックスだ。

ちなみに劇作家オニールの『楡の木陰の欲望』（一九二四年）を解読するとき引かれるロレンスの一節は、アメリカ的大漂流（great drift）を考える際、啓発的である。「最も自由でない人間が西部へ行き、自由を声高に叫ぶ。人間は自由を最も意識していないときに自由なのだ」。かつてトニー・タナーがエントロピー概念に自由な文学的解釈を施したように、武藤もまた漂流概念を自由に膨らませていく。

かくて『一九二〇年代アメリカ文学』は、漂流さえ意識しない漂流者像の中に、みごと新たなるアメリカン・ヒーローを見出した。

4

【規範への挑戦】

折島正司・平石貴樹・渡辺信二編『文学アメリカ資本主義』

かつて文学と貨幣の関係といったモチーフは、自然主義文学の十八番と断定されかねない時代があった。しかしポスト構造主義以降、あらゆる二項対立の脱構築が前提化してしまったいまでは――とりわけアメリカ新歴史主義批評《ニューヒストリシズム》以後の文脈においては――性悪説を語ろうと性善説を語ろうと、いやしくも出版物である限り、文化と資本は無縁ではあり得ない。そんな時代ならではの文学観に触れることのできるおもしろくてわかりやすい糸口はないものかと思っていたら、一九九三年、折島正司・平石貴樹・渡辺信二の共編になる『文学アメリカ資本主義』(一九九三年)が出た。

本書の内容証明はいう――「アメリカは『資本主義』をどのように文学してきたか。文学はどんな『アメリカ』を売り物にしてきたか。そしていま資本主義は『文学』をどのようにアメリカナイズしてきているのか』。つまりここでは、「文学」と「アメリカ」と「資本主義」の三条件によって、ほとんど因果関係不明なほどに連関し、循環し、逆流していく「現在」をキャッチすることが目論まれているのである。

きわめて啓発的な折島正司の序論「クリティシズムをさがせ」に続く三部構成の内訳は全十六編。第一部の「表象」には柴田元幸のリチャード・パワーズ論、内野儀のサム・シェパード論、上岡伸雄のドン・デリーロ論、楢崎寛の現代アメリカ作家論、保坂嘉恵美のベンジャミン・フランクリン論、佐藤良明のロード文化論。第二部の「批判」には宮本陽一郎のダシール・ハメット論、富山太佳夫の優生学的文学論、筒井正明のシャーウッド・アンダソン論、牧野有通のハーマン・メルヴィル論、村山淳彦の新歴史主義批評批判、大橋健三郎のヘンリー・ジェイムズ論。さらに第三部の「観察」には田中啓史のJ・D・サリンジャー論、林文代のフォークナー論、渡辺信二のウォレス・スティーヴンズ論、そして平石貴樹のフィッツジェラルド論が並ぶ。

そうそうたる陣容であり、しかも一八世紀から二〇世紀末まで、詩・演劇・小説・批評すべてのジャンルを網羅した巧みな編集感覚に気づくならば、本書にはアメリカ文学史再考ともいえそうな隠し味があることが見て取れるはずだ。実際、いずれの論文においても確認されるのは、従来のアメリカ文学史的規範《キャノン》への挑戦であり、その結果、読者は、長年抱いてきた「文学」「アメリカ」「資本主義」に関する期待の地平が心地よくも裏切られていくのを実感する仕掛けになっている。

甲乙つけがたい論文群の中でも評者が惹かれたのは、何より「時代的言説の変化」をあざやかにスケッチしてみせた諸論考だった。ハメット『マルタの鷹』が大恐慌をはさんで書き始められたことに鋭く着目して、フィッツジェラルド的消費主義とは断然拮抗するハメット的イデオロギーを解明しつつ、主流文学と大衆文学の境界を問い直す宮本論文「資本主義の黒い鳥」。今世紀初頭における優生学的・犯罪人類学的言説の流通に着目しながらフォークナー『響きと怒り』の中心人物である白痴ベンジーや、『サンクチュアリ』の犯罪者ポパイの主体形成について斬新な再解釈を試みた富山論文「ポパイとは何者か」。サリンジャー『ライ麦畑でつかまえて』が六〇年代以降、各国へどのような文学的遺産を残し、いかに世代意識から個人意識への転換をもたらしていったかを楽しく語る田中論文「サリンジャーの遺産」。詩人スティーヴンズが保険会社勤務から法律家になった経歴を重視しながら、その過程で保証保険のレトリックがいかに作品へ構造化されたかを読み抜く渡辺論文「支払われた保険金」。だが、本書全体の雰囲気を一気に掌握している考察としては、華麗なる分析を繰り広げた佐藤論文「乗り物からノリものへ」を引くのがいちばんだろう。「資本は、重い物体を集積し運搬することをめぐってよりも、情報処理と視聴覚体験の供与をめぐってより大量に迅速に回転するようになった。『物』をめぐる営みではなく、『文化』と『表象』をめぐる営みが社会の中心に収まった」（一〇七頁）。

なるほど六〇年代以降の文化相対主義は、文学的実験においては「多元的な構造」、文学批評理論においては「多元的な読解」をひたすら目的化してきたかもしれない。だが、本書『文学アメリカ資本主義』を読み終えてみると、一見「自由」に見えるまさにそのような多元主義こそは、やがて文学市場、文化市場、表象市場を多元的に開発するための「要請」と化していったことが、切実に感じ取られるのである。

5

【コンセンサスとディーセンサスのあとで】

渡辺利雄編『読み直すアメリカ文学』

一九八〇年代における新歴史主義の隆盛を経て、九〇年代半ばを迎えたアメリカでは、カルチュラル・スタディーズからクイア・リーディングまで、再び批評理論産業が活況を呈し、重層化をきわめ、文学作品はもとより、従来の文学史的準拠枠そのものが根本から読み直されている。むろん新しい批評理論というのは限りなく最新家電製品に近いツール以上のものでも以下のものでもないので、仮にそれを新たな聖書と盲信するにせよ、純粋なる知的好奇心から吸収するにせよ、不純なる業績作りに利用するにせよ、結果的にはこうした装置をあくまで一助として文学および文学史を再びおもしろくするような洞察さえ発揮できれば、研究者としての務めは果たされよう。

ただし文学史編纂者にしてみれば論理は逆で、最初に統一的ヴィジョンを建て、各執筆者に徹底するより、かねてから編纂者がおもしろいと思い、一堂に会したら絶妙のダイナミズムを発揮すると思う書き手たちをあらかじめ選んでしまえばよいわけだ。この方針は、八〇年代末からエモリー・エリオットが旧来の「合意」に代わり「不合意」を原理に据えて編集したコロンビア版アメリカ合衆国文学史・小説史の戦略として導入され、目下順次刊行中のサクヴァン・バーコヴィッチ編になるケンブリッジ版米文学史でも、錚々たる執筆陣が「各人、本一冊になるような一章を思う存分書く」という贅沢な条件において貫かれている。

本書『読み直すアメリカ文学』は、八〇年代以来のこうした米文学史再構築の動きに対し、本邦において最も深く、最も真摯な思索をめぐらしてきた渡辺利雄が、東大退官にあたり綿密に構想され、各専門領域を代表する粒ぞろいの書き手たちを得て、結果的に凡百の退官記念論文集の水準をはるかにしのぐ形で仕上げられた、それこそ『読み直すアメリカ文学史』とでも呼び直せるような迫力満点の一冊である。

その序文で、編者はアメリカ学界の最新動向に事細かに気を配りつつ、多文化主義やPC論争の風潮と限界、「文学的正典および文学研究方法論に関する見直しの見直し」の必要性などを鋭く指摘し、とりわけ、アメリカ文学を国民文学とするアメリカ人研究者と、それを外国文学として読み直す日本人研究者の差異のありかに、新たな地平線を見出す。なるほど編者の理論にならえば、白人男性知識階級中心に構成されてきた伝統的米文学史そのものが「多くの文学史のうちのひとつ」に数え直されているいま、そろそろ日本人アメリカ研究者によって再構成される「もうひとつの文学史」が存在しても、一向におかしくない。事実、本書では人種・性差・階級を軸に主流文学から通俗文化までをカヴァーする幅広い視野の中で、編者の文学史的問題意識へ鋭敏に応える三一編の緻密な議論が展開された。しかも本書最大の仕掛けは、読者の文学史への意識いかんでいくらでも発想を飛躍させ、新たな文学史的思索の可能性が汲み出せる点にある。

たとえば、仮に「植民地主義」に関心のある向きは、中尾秀博のポカホンタス論や高尾直知のキャプティヴィティ・ナラティヴ論、それに渡辺信二のエドワード・テイラー論といった流れに、あえて柴田元幸によるスティーヴ・エリクソンのジェファソン小説『Xのアーチ』論を対置させれば、現代との因縁を実感できるだろうし、「自然観再考」という角度で上岡克己のネイチャーライティング論や丹治陽子の自然主義女性文学論、本合陽がフェミニン・ナチュラルネスを扱う『風と共に去りぬ』論を並読するなら思わぬ発見をするはずだ。「南部」という視点に限り、後藤和彦と竹内康浩の一見正反対ながらも相補しあう手堅いトウェイン論に、林文代のフォークナー論、それに舌津智之がトニ・モリソンやスコット・フィッツジェラルドとの間のスリリングな記号的相互交渉を読み解くテネシー・ウィリアムズ論を併置してみるのもよい。「文学と産業主義」の問題系が気になるのなら、折島正司のセアラ・オウネ・ジュエット論や平石貴樹のホレイショ・アルジャー論、黒田有子のポウ論、町田みどりのヘンリー・ジェイムズ論、内田勉のフィッツジェラルド論、宮本陽一郎のドス・パソス論など、機械文明から文学産業までをにらんだ豊かな成果がひしめく。「伝統と個人の才能」という主題でも、丹治めぐみのエレン・グラスゴー論や楢崎寛のジョン・バース論、それに小川高義の中国系アメリカ女性作家論が絶好のヒントを与えてくれるだろう。さらにアメリカ文学史読み直しの要となるサブカルチャーについても、「趣味と悪趣味」の規範探究という点で、佐藤良明のビート論、椿清文のジャズ文学論、竹本憲昭のネオ・フードゥーイズム論、畑中佳樹のポピュラー・ソング論、上岡伸雄のＳＦ論、そして内野儀のゲイ演劇論が、文学史的死角へ斬新な切り込みを入れている。

開くたびに、そのつど異なる目次が楽しめるようなアメリカ文学史。こんな洒脱で野心的で革新的な企画を構想し、みごと実現された編纂者へ、心からの拍手を送りたい。

終文

本書の原型は、そのサブタイトルが暗示するとおり、一冊の講義ノートである。　そもそものきっかけは、一九八九年四月、慶應義塾大学文学部英米文学専攻の専任となったわたしが、その時点より、アメリカ文学講義の一環として批評理論のクラスを開講したことだった。折しも、月刊誌『翻訳の世界』（バベル・プレス）の依頼を受けて、当時の主要批評家の未訳理論書を毎月一冊ずつ熟読吟味するコラム「現在批評のカリキュラム」を、一九八九年四月号から一九九〇年四月号まで（途中一回の休載をはさみ）きっかり一年間、十二回分連載することになったから、初年度の現在批評講義ノートは同誌連載コラムに支えられるようにして形成されたといってよい。選んだ批評家はさまざまではあるものの、中には、八〇年代中葉のコーネル大学留学時代にはまだまだ先鋭にすぎて、咀嚼しきれず、長らく宿題になっていたテクストも混ざっている（ちなみに、ここで扱ったジョナサン・カラー、シンシア・チェイス、ヘンリー・ルイス・ゲイツ・ジュニア、ガヤトリ・スピヴァックの四名は、わたし自身が八四年から八七年にかけて同大学にて薫陶を受けた教育的な「恩師」であるとともに、その理論的変容をつぶさに観察することのできた文字どおりの「実物教授」であった）。八〇年代末のアメリカ批評界は、ポール・ド・マンのナチ加担言説が発覚したことで、脱構築《ディコンストラクション》批評から新歴史主義《ニュー・ヒストリシズム》批評への大変動に見舞われていたため、わたしはこの時期、これらの講義と連載については、必ずしも啓蒙のためではなく、まずは誰のためでもない、自分自身の理論的再教育のために、ほとんど頑なになって打ち込んだ。そこで扱った批評書のうち何冊かは、連載完結以後に邦訳が実現しているが、にも関わらず、本書に関する限り、それら日本語版を必ずしも参照しなかったのは、まさに連載時の初心を忘れたくないという一点に尽きる。この八〇年代末という時代は、わたしにとって、従前の蓄積を一旦すべて初期化し、まったくのゼロから方法論を建て直すことが、どうしても必要な時代だった。

むろん当然のことながら、初年度が終わり、連載が終わっても、批評史が終わることはない。しかもこのころといえば、ポストコロニアリズムとマジック・リアリズム、クイア・リーディングとスラッシュフィク《お》ション、カルチュラル・スタディーズとアヴァン・ポップなどなど、最先端の批評史は絶えず最前衛の文学史と相互連動していくのを、手に取るように目撃することができた。文学史が批評史を刺激することもあれば、新しい批評理論が新しい文学作品の創造を誘導することも往々にしてありうる。わたしという批評的主体にとっていちばんスリリングなのは、まさにそうしたニワトリとタマゴの不思議な関係が不可思議にも生ずる現場に立ち会う瞬間である。かくして現在批評講義は九〇年代文学史そのものに随時気を配りつつ行う、即興に満ちたものとなり、講義ノートもここ十年あまりというもの、削っては書き加え、書き加えては削り続けるというありさまだった。その意味では、これはいつまでも完結することなく無限に生成し続け、ついに公刊されることのない幻の講義録として終わったかもしれない。

だが、大急ぎで付け加えなくてはならないのは、批評理論の盛衰というのは決して理論そのもののせいではないということである。試されているのは、いかなる理論を前にしようと、たったいま文学テクストを批評するポジションに立つわたしたち自身なのだ。いかに古くても意義の衰えない理論もあれば、いかに新しくても早々と忘れ去られてしまう理論もあるというのは、必ずしも客観的な真理ではなく、あくまでそのように感じる批評的主体の観測結果にすぎない。だが、まさしくそのような取捨選択を経なければ、独自の批評体系が生まれることもないだろう。実際、この十年の歴史は、当初こそ自らを鍛える教科書だったはずの確固たる批評テクストが、やがては知らず知らずのうちに柔らかく溶解され消化され、わたし自身の批評方法論の肉血と化していくコンテクストだった。本書の中核は、生硬なまでの批評理論のレヴューであり、スケッチであるが(とりわけ二十代後半の若書きをもとにした第一部第一章などに、それは顕著だ)、しかし、それらが時を経て量をなしていくにつれ、(たとえば第一部の後半や第二部の後半、それに第三部などにおいて)、筆者本人の批評的ポジションが明確になってくるのを感じ取る向きもあることだろう。第一部各章サブタイトルのすべてにおいて、ひとつひとつの批評理論そのものよりも、それらの「あと」に起こった効果の方が強調されているゆえんである。

そしていま、このように特異な経緯を経て送り出される本書もまた、もうひとつの批評テクストとして任意に読み紡がれるのを、夢見てやまない。

正直なところ、前述した「現在批評のカリキュラム」完結の時点で、本書第二部だけを中心に、一冊の批評理論の教科書をまとめあげる予定がなかったわけではない。その意味では、本書は構想十年である。「メタファーはなぜ殺される」というタイトルも当時から決まっていた。わたしの第一著書を編集された勁草書房の島原裕司氏も、強く激励してくださった。しかし、同連載から成る理論編を前半、それを応用して具体的に文学作品を分析してみせる実践編を後半にして一冊にまとめたらどうだろう、といろいろ欲張っているうちに、むしろニュー・ヒストリシズム系統の実践的論文だけで構想がふくらむだけふくらみ、けっきょく当初は一冊の書物の「後半部分」になるものとばかり想定していた論文群だけで『ニュー・アメリカニズム―米文学思想史の物語学』（青土社、一九九五年）が成立してしまった次第である。その意味で、本書『メタファーはなぜ殺される』は、第一義的に『ニュー・アメリカニズム』の長い間書かれざる「幻の前半部分」であり、出版されたいまとなっては、後者と二冊で一冊を成す「実質的な理論的分身」といえるだろう。

謝辞を申し述べるべき方々は、各章初出媒体の担当者すべてにおよぶ。

しかし、誰をおいても真っ先にお詫びと御礼を同時に捧げなくてはならないのは、「現在批評のカリキュラム」連載当時『翻訳の世界』編集長だった丸山哲郎氏と、元担当編集者だった木内かおり氏（最初の数回のみ担当者は豊郷博氏）である。おふたりには、当時より多大なるご協力をいただいたにも関わらず、これがなかなか一冊にまとまらないことでさまざまなご心配をおかけしたが、のちに両氏が立ち上げる新出版社インスクリプトのホームページには"The Metaphor Murders"なるセクションを設けていただき、連載初出時のままの「現在批評のカリキュラム」の一部、および関連論考をアップロードしていただいた。丸山・木内両氏には、いくら感謝しても足りることはない。

また、第一部の大半については（紀要論文として書かれた第一章を除き）、その草稿を書く機会を与えていただいたシンポジウムや講演の企画者・司会者の方々に感謝したいと思う。第二章のきっかけとなった一九九七年度慶應義塾大学藝文学会シンポジウム「外国文学研究の可能性」においては、司会者の安東伸介、パネリストとして同席された高橋康也、鷲見洋一の各教授にお世話になった。第三章のきっかけとなった一九九六年度慶應義塾大学藝文学会シンポジウム「エキゾティシズム――帝国と文学」は筆者本人の司会になるものだったが、パネリストの富山太佳夫、朝吹亮二、松村友視の各教授からは、洞察にあふれるご意見を賜った。さらに第三章のきっかけとなった一九九六年度成城大学文芸学部総合講座「言語・思考論Ⅳ・現代を読む」の総合責任者を務めた同大学助教授・谷内田浩正氏にも、謝意を表したい。

そして、第三部のさまざまな初出媒体の中でも、文字どおり「メタファーはなぜ殺される」と題される論考を最初に掲載してくださった研究社『英語青年』誌編集部の守屋岑男氏（当時）の英断がなければ、そもそも怠惰なわたしが以後、批評理論について継続的に思索していくということ自体がありえなかったであろうことも、つまびらかにしておく。当該論文はけっきょく、のちのさまざまな文章に換骨奪胎されることになったため、初出（同誌一九八八年三月号）のままではとうとう収録しなかったけれども、その時のコンセプトは、本書の至るところに息づいている。

右のような経緯で、本書草稿への手入れには十年近い歳月が流れたが、しかし、一九九九年六月にようやく仕上がってからは、速攻だった。それ以後、主としてお世話になったのは、いつもと同じく草稿すべてに目を通し、有益な助言をくださったパンク・フェミニスト小谷真理氏と、原稿入力や図版作成で御協力賜った中江川靖子氏、そしてそれを一冊の本にまとめあげるためにさまざまなアイデアを惜しみなく提供してくださった松柏社編集部の森有紀子氏。

だが、この最終段階で今回最大の深謝を送るべきは、著者のわがままな要求をすべて聞き入れたばかりか、期待を上回るほどにアート感覚あふれる造本を実現してしまったスタジオ・エトセトラの吉見知子、向山貴彦両氏ほかの面々だろう。基本的に講義ノートから生成した本書には、それこそ十年間に渡る間、こちらが投げつける言葉に対して受講生諸君のタームペーパーから打ち返されてきたさまざまなヒントも、そこここに織り込まれているはずだが、実は奇遇にも、吉見・向山両氏は、かつて文字どおりこの批評理論クラスの代表的な受講者であった。ふたりから打ち返されてきた最大の魔球が、必ずしも言葉の連なりではなく、ほかならぬこの高度なブック・アートそのものであったという端的な事実は、今後近い将来における本書の、いや現在批評そのものの行く末をも占うことになるかもしれない。

二〇〇〇年四月二四日　於・三田

著者識

ワ行

ヤ行

ラ行

マ行

ナ行

ハ行

タ行

サ行

索引

ア行

第三節
亀井俊介『アメリカン・ヒーローの系譜』(研究社、1993年)。
第四節
志村正雄『神秘主義とアメリカ文学——自然・虚心・共感』(研究社出版、1998年)。
宮内勝典『ぼくは始祖鳥になりたい』(集英社、1998年)。
第五節
富島美子『女がうつる——ヒステリー仕掛けの文学論』(勁草書房、1993年)。

第四章
第一節
Jay, Gregory S. *America the Scrivener: Deconstruction and the Subject of Literary History*. Ithaca, NY: Cornell UP, 1990.
第二節
Hawkins, Harriett. *Classics and Trash: Traditions and Taboos in High Literature and Popular Modern Genres*. London: Harvester Wheatsheaf, 1990.
——. *Strange Attractors: Literature, Culture, and Chaos Theory*. New York: Prentice Hall, 1995.
第三節
High, Peter B. *An Outline of American Literature*. London: Longman, 1986. 岩元巌・竹村和子訳『概説アメリカの文学』(桐原書店、1995年)。
武藤脩二『アメリカ文学と祝祭』(研究社、1982年)。
——『一九二〇年代アメリカ文学——漂流の軌跡』(研究社、1993年)。
第四節
折島正司・平石貴樹・渡辺信二編『文学アメリカ資本主義』(南雲堂、1993年)。
第五節
渡辺利雄編『読み直すアメリカ文学』(研究社、1996年)。
Bercovitch, Sacvan. *The Cambridge History of American Literature*. 8 vols. Cambridge: Cambridge UP, 1994-.
Elliott, Emory et al., eds. *The Columbia Literary History of the United States*. New York: Columbia UP, 1988. 別府恵子他訳『コロンビア合衆国文学史』(山口書店、1998年)。
——, eds. *The Columbia History of American Novels*. New York: Columbia UP, 1991.

第二節
Calvino, Italo. "Cybernetics and Ghosts." *The Use of Literature*. 1980; Trans. William Weaver and Patrick Creagh. New York: Harcourt, Brace, Jovanovitch, 1986.
Easthope, Antony. *Literary into Cultural Studies*. London: Routledge, 1991.
——. *Poetry as Discourse*. London: Methuen, 1983.
Hawkins, Harriett. *Classics and Trash: Traditions and Taboos in High Literature and Popular Modern Genres*. London: Harvester Wheatsheaf, 1990.
Jameson, Fredric. "Historicism in *The Shining*." *Signatures of the Visible*. New York: Routledge, 1990.
第三節
Edelstein, Andrew J. and Kevin McDonough. *The Seventies: From Hot Pants to Hot Tubs*. New York: Dutton, 1990.
第四節
Mitchell, W. J. Thomas. *The Last Dinosaur Book: The Life and Times of a Cultural Icon*. Chicago: U of Chicago P, 1998.
——. *Iconology: Image, Text, Ideology*. Chicago: U of Chicago P, 1986. 鈴木聡・藤巻明訳『イコノロジー——イメージ・テクスト・イデオロギー』(勁草書房、1992年)。
巽孝之『恐竜のアメリカ』(筑摩書房、1997年)。
第五節
Wilson, Douglas. "What Jefferson and Lincoln Read." *Atlantic Monthly* 267.1 (January 1991): 51-62.
明石紀雄『トマス・ジェファソンと「自由の帝国」の理念——アメリカ合衆国建国史序説』(ミネルヴァ書房、1993年)。
第六節
富山太佳夫『シャーロック・ホームズの世紀末』(青土社、1993年)。
——.『空から女が降ってくる—— スポーツ文化の誕生』(岩波書店、1993年)。
第七節
村上由見子『イエロー・フェイス——ハリウッド映画にみるアジア人の肖像』(朝日新聞社、1993年)。

第三章
第一節
Ames, Christopher. *The Life of the Party: Festive Vision in Modern Fiction*. Athens: U of Georgia P, 1991.
金関寿夫『現代芸術のエポック・エロイク——パリのガートルード・スタイン』(青土社、1991年)。
第二節
Douglas, Ann. *Terrible Honesty: Mongrel Manhattan in the 1920s*. New York: Farrar, 1995.

——.『手紙のなかのアメリカ——≪新しい共和国≫の神話とイデオロギー』（英宝社、1996 年）。

——.『美徳の共和国』（開文社、1991 年）。

——.『フロンティアのゆくえ』（開文社、1985 年）。

——.『ナサニエル・ホーソン論』（南雲堂、1974 年）。

——.『ホワイト・シティの幻影——シカゴ万国博覧会とアメリカ的想像力』（研究社、1993 年）。

第十七章

Fetterley, Judith. *The Resisting Reader: A Feminist Approach to American Fiction.* Bloomington: Indiana UP, 1978. 鵜殿えりか・藤森かよこ訳『抵抗する読者——フェミニストが読むアメリカ文学』（ユニテ、1994 年）。

斎藤美奈子『紅一点論——アニメ・特撮・伝記のヒロイン像』（ヴィレッジセンター、1998 年）。

——.『妊娠小説』（筑摩書房、1994 年）。


【第三部】（本文で言及している研究書など）

第一章

第一節

Shumway, David R. “The Star System in Literary Studies.” *PMLA* 112.1 (January 1997): 85-100.

第二節

Greenfeld, Karl Taro. *Speed Tribes: Days and Nights with Japan's Next Generation.* New York: Harper Collins, 1994.
由良君美『椿説泰西浪曼派文学談義』（青土社、初版 1971 年、増補再版 1983 年）。
横田順彌『古書狩り』（ジャストシステム、1997 年）。

第四節

Pollak, Michael. *Mandarins, Jews, and Missionaries: the Jewish Experience in the Chinese Empire.* Philadelphia: Jewish Publication Society of America, 1980.
Spence, Jonathan D. *The Memory Palace of Matteo Ricci.* New York: Viking, 1984. 古田島洋介訳『マッテオ・リッチ——記憶の宮殿』（平凡社、1995 年）。

第五節

Gould, Stephen Jay. *Dinosaur in a Haystack: Reflections in Natural History.* New York: Hermony, 1995.

第二章

第一節

Veeser, H. Aram, ed. *The New Historicism.* New York: Routledge, 1989. 伊藤詔子他訳『ニュー・ヒストリシズム——文化とテクストの新歴史性を求めて』（英潮社、1992 年）。

第十三章

Stimpson, Catharine R. *Where the Meanings Are: Feminism and Cultural Spaces.* New York: Methuen, 1988.

第十四章

Foucault, Michel. *Discipline and Punish: The Birth of the Prison.* 1975. Trans. Alan Sheridan. New York: Pantheon, 1977. 田村俶訳『監獄の誕生—— 監視と処罰』(新潮社、1977 年)。

Miller, D. A. *Bringing Out Roland Barthes.* Berkeley: U of California P, 1992.

——. *The Novel and the Police.* Berkeley: U of California P, 1988. 村山敏勝訳『小説と警察』(国文社、1996 年)。

Suchoff, David. *Critical Theory and the Novel: Mass Society and Cultural Criticism in Dickens, Melville, and Kafka.* Madison: U of Wisconsin P, 1994.

第十五章

Culler, Jonathan. *Structuralist Poetics: Structuralism, Linguistics, and the Study of Literature.* Ithaca, NY: Cornell UP, 1975.

Johnson, Barbara. Melville s Fist: The Execution of *Billy Bud.*" *The Critical Difference: Essays in the Contemporary Rhetoric of Reading.* Baltimore: The Johns Hopkins UP, 1980. 79-109.

Matthiessen, F. O. *American Renaissance: Art and Expression in the Age of Emerson and Whitman.* New York: Oxford UP, 1941.

Pullin, Faith. *New Perspectives on Melville.* Edinburgh: Edinburgh UP, 1978.

杉浦銀策『メルヴィル——破滅からの航海者』(冬樹社、1981 年)。

千石英世『アイロンをかける青年——村上春樹とアメリカ』(彩流社、1991年)。

——.『小島信夫——ファルスの複層』(小沢書店、1988 年)。

——.『白い鯨のなかへ——メルヴィルの世界』(南雲堂、1990 年)。

富山太佳夫『テキストの記号論』(南雲堂、1982 年)。

八木敏雄『「白鯨」解体』(研究社、1986 年)。

第十六章

Lewis, R. W. B. The *American Adam: Innocence, Tragedy, and Tradition in the Nineteenth Century.* Chicago: U of Chicago P, 1955. 斎藤光訳『アメリカのアダム——19世紀における無垢と悲劇と伝統』(研究社、1973年)。

Marx, Leo. *The Machine in the Garden: Technology and the Pastoral Ideal in America.* London: Oxford UP, 1964. 榊原胖夫・明石紀雄訳『楽園と機械文明 ——テクノロジーと田園の理想』(研究社、1972 年)。

Smith, Henry Nash. *Virgin Land: The American West as Symbol and Myth.* Cambridge, MA: Harvard UP, 1950. 永原誠訳 『ヴァージンランド ——象徴と神話の西部』(研究社、1971年)。

大井浩二『アメリカ自然主義文学論』(研究社、1973 年)。

——.『金メッキ時代・再訪』(開文社、1988 年)。

Hirsch, E. D. *Cultural Literacy: What Every American Needs to Know*. Boston: Houghton Mifflin, 1987. 中村保男訳『教養が、国をつくる。――アメリカ建て直し教育論』(ＴＢＳブリタニカ、1989年)。

第九章

Mitchell, Lee Clark. *Determined Fictions: American Literary Naturalism*. New York: Columbia UP, 1989.

――, ed. *New Essays on* The Red Badge of Courage. Cambridge: Cambridge UP, 1986.

――. *Witnesses to a Vanishing America: the Nineteenth-Century Response*. Princeton: Princeton UP, 1981.

折島正司『機械の停止――アメリカ自然主義小説の運動/時間/知覚』(松柏社、2000年)。

第十章

Michaels, Walter Benn. *The Gold Standard and the Logic of Naturalism*. Berkeley: U of California P, 1987.

第十一章

Derrida, Jacques. *Dissemination*. 1972. Trans. Barbara Johnson. Chicago: U of Chicago P, 1981.

――. *Of Grammatology*. 1967. Trans. Gayatri Chakravorty Spivak. Baltimore: Johns Hopkins UP, 1974. 足立和浩訳『根源の彼方に：グラマトロジーについて』上・下巻(現代思潮社、上・下巻、1972年)。

Spivak, Gayatri Chakravorty. *In Other Worlds: Essays in Cultural Politics*. New York: Methuen, 1987.

Ulmer, Gregory L. *Applied Grammatology: Post(e)-Pedagogy from Jacques Derrida to Joseph Beuys*. Baltimore: Johns Hopkins UP, 1985.

第十二章

Gates, Henry Louis, Jr. ed. *Afro-American Women Writers, 1910-1940*. 31 vols. New York: G. K. Hall, 1994-98.

――, ed. *Black Literature and Literary Theory*. New York: Methuen, 1984.

――. *Figures in Black: Words, Signs and the Racial Self*. Oxford: Oxford UP, 1987.

―― et al., eds. *The Norton Anthology of African American Literature*. New York: Norton, 1997.

――, ed. *"Race," Writing, and Difference*. Chicago: Chicago UP, 1986. (The Essays Originally Appeared in Two Issues of *Critical Inquiry* 12.1 (Autumn 1985) and 13.1 (Autumn 1986))

PMLA 105.1 (January 1990). (Feature: African and African-American Literature)

——. *The Critical Difference: Essays in the Contemporary Rhetoric of Reading.* Baltimore: Johns Hopkins UP, 1980.

——. *Defigurations du Langage Poetique: La Seconde Revolution Baudelairienne.* Paris: Flammarion, 1979. 土田知則訳『詩的言語の脱構築——第二ボードレール革命』（水声社、1997年）。

第三章

Breitwieser, Mitchell Robert. *Cotton Mather and Benjamin Franklin: The Price of Representative Personality.* Cambridge: Cambridge UP, 1984.

第四章

Chase, Cynthia. *Decomposing Figures: Rhetorical Readings in the Romantic Tradition.* Baltimore: Johns Hopkins UP, 1986.

第五章

De Man, Paul. *Blindness and Insight: Essays in the Rhetoric of Contemporary Criticism.* New York : Oxford UP, 1971.

——. *Allegories of Reading: Figural Language in Rousseau, Nietzche, Rilke, and Proust.* New Haven: Yale UP, 1979.

Frye, Northrop. *Anatomy of Criticism: Four Essays.* Princeton: Princeton UP, 1957. 海老根宏ほか訳『批評の解剖』（法政大学出版局、1980年）。

Siebers, Tobin. *The Ethics of Criticism.* Ithaca, NY: Cornell UP, 1988.

第六章

Booth, Wayne C. *The Rhetoric of Fiction.* Chicago: Chicago UP, 1961. 米本弘一・服部典之・渡辺克昭訳『フィクションの修辞学』（書肆風の薔薇、1991年）

Tompkins, Jane. *Sensational Designs: The Cultural Work of American Fiction 1790-1860.* New York: Oxford UP, 1985.

第七章

Gilmore, Michael T. *American Romanticism and the Marketplace.* Chicago: U of Chicago P, 1985. 片山厚・宮下雅年訳『アメリカ・ロマン派と市場社会』（松柏社、1995年）。

第八章

Bloom, Allan. *The Closing of the American Mind: How Higher Education Has Failed Democracy and Impoverished the Souls of Today's Students.* New York: Simon, 1987.『アメリカン・マインドの終焉——文化と教育の危機』菅野盾樹訳（みすず書房、1988年）。

Davidson, Cathy N. *Revolution and the Word: the Rise of the Novel in America.* New York: Oxford UP, 1986.

形成』（新曜社、1997 年）。
巽孝之『ニューヨークの世紀末』（筑摩書房、1995 年）。
乃南アサ『団欒』（新潮社、1994 年）。

【第二部】（本文で言及している文献——註掲載をのぞく）
第一章

Bloom, Allan. *The Closing of the American Mind: How Higher Education Has Failed Democracy and Impoverished the Souls of Today's Students.* New York: Simon, 1987.『アメリカン・マインドの終焉——文化と教育の危機』菅野盾樹訳（みすず書房、1988 年）。

Culler, Jonathan. *Flaubert: The Uses of Uncertainty.* Ithaca, NY: Cornell UP, 1974.

——. *Framing the Sign: Criticism and its Institutions.* Oxford: Basil Blackwell, 1988.

——. *Literary Theory: A Very Short Introduction.* Oxford: Oxford UP, 1997.

——. *On Deconstruction: Theory and Criticism after Structuralism.* Ithaca, NY: Cornell UP, 1982. 富山太佳夫・折島正司訳『ディコンストラクションⅠ・Ⅱ』（岩波書店、1985 年）。

——, ed. *On Puns: the Foundation of Letters.* Oxford: Basil Blackwell, 1988

——. *The Pursuit of Signs: Semiotics, Literature, Deconstruction.* Ithaca, NY: Cornell UP, 1981.

——. *Ferdinand de Saussure.* Glasgow: Fontana-Collins, 1976. Rev. ed. Ithaca, NY: Cornell UP, 1986. 川本茂雄訳『ソシュール』（岩波書店、1978 年；1998 年）。

——. *Structuralist Poetics: Structuralism, Linguistics, and the Study of Literature.* Ithaca, NY: Cornell UP, 1975.

Hirsch, E. D. *Cultural Literacy: What Every American Needs to Know.* Boston: Houghton Mifflin, 1987. 中村保男訳『教養が、国をつくる。——アメリカ建て直し教育論』（ＴＢＳブリタニカ、1989 年）。

Lentricchia, Frank. *After the New Criticism.* Chicago: U of Chicago P, 1980. 村山淳彦・福士久夫訳『ニュー・クリティシズム以後の批評理論』（未來社、1993 年）。

第二章

de Man, Paul. *Allegories of Reading: Figural Language in Rousseau, Nietzche, Rilke, and Proust.* New Haven: Yale UP, 1979.

Derrida, Jacques. *Dissemination.* 1972. Trans. Barbara Johnson. Chicago: U of Chicago P, 1981.

Hert, Neil et al., eds. *Responses: On Paul de Man's Wartime Journalism.* Lincoln: U of Nebraska P, 1989.

Johnson, Barbara. *A World of Difference.* Baltimore: Johns Hopkins UP, 1987. 大橋洋一ほか訳『差異の世界——脱構築・ディスクール・女性』（紀伊国屋書店、1990年）。

春秋、1994年)。
Carrier, James G., ed. *Occidentalism: Images of the West.* New York: Oxford UP, 1995.
Creighton, Millie. "Imagining the Other in Japanese Advertising Compaigns." Carrier, 135-60.
Easthope, Antony. *Literary into Cultural Studies.* London: Routledge, 1991.
Goldberg, Jonathan. "Bradford's 'Ancient Members' and 'A Case of Buggery... Amongst Them." Parker, 60-76.
Ivy, Marilyn. *Discourses of the Vanishing: Modernity, Phantasm, Japan.* Chicago: U of Chicago P, 1995.
Lazarus, David. "Harrison-San! You're Late for Work!: Gaijin Celebrities in Japanese Ads." *Mangajin* 54 (April 1998): 58.
Lindstrom, Lamont. "Cargoism and Occidentalism." Carrier. 33-60.
Parker, Andrew, et al., eds. *Nationalisms & Sexualities.* London: Routledge, 1992.
Tanaka, Stefan. *Japan's Orient: Rendering Past into History.* Berkeley: U of California P, 1993.
楠戸義昭『もうひとりの蝶々夫人——長崎グラバー邸の女主人ツル』(毎日新聞社、1997年)。
児玉実英『アメリカのジャポニズム——美術・工芸を超えた日本志向』(中央公論社、1995年)。
青土社刊〈ユリイカ〉1997年8月号(特集・エキゾティシズム)。
巽孝之『日本変流文学』(新潮社、1998年)。
棚橋訓「カーゴカルトの語り口——ある植民地的/人類学的言説の顛末」青木保他編『岩波講座
文化人類学　第12巻　思想化される周辺世界』(岩波書店、1996年)。
山下晋司・山本真鳥編『植民地主義と文化——人類学のパースペクティヴ』(新曜社、1997年)。
吉村英夫『麗しのオードリー』(講談社、1994年)。

第四章
Benkov, Laura. *Reinventing the Family: The Emerging Story of Lesbian and Gay Parents.* NewYork: Crown, 1994.
Eskridge, William N., Jr. *The Case for Same-Sex Marriage: Free Sexual Liberty to Civilized Commitment.* New York: Free Press, 1996.
Garber, Marjorie. *Vice Versa: Bisexuality and the Eroticism of Everyday Life.* New York: Simon, 1995.
Luscombe, Belinda. "The King of Pop's Having a Glove Child." *TIME* 148.21 (Nov.18, 1996): 65.
Sedgwick, Eve Kosofsky. *Epistemology of the Closet.* Berkeley: U of California P, 1990. 外岡尚美訳『クローゼットの認識論——セクシュアリティの20世紀』(青土社、1999年)。
坂本佳鶴恵『<家族>イメージの誕生——日本映画にみる「ホームドラマ」の

佳夫訳『記号論のたのしみ——文学・映画・女』(岩波書店、1985年)。
大石俊一『「モダニズム」文学と現代イギリス文化』(渓水社、1979年)。
高柳俊一『精神史のなかの英文学——批評と非神話化』(南窓社、1977年)
第二章
Adair, Gilbert. *The Death of the Author.* 1992. London: Minerva, 1993. 高儀進訳『作者の死』(早川書房、1993年)。
Breitwieser, Mitchel Robert. *American Puritanism and the Defense of Mourning: Religion, Grief, and Ethnology in Mary White Rowlandson's Captivity Narrative.* Madison: U of Wisconsin P, 1990.
——. "Early American Antigone." *Theorizing American Literature: Hegel, the Sign, and History.* Ed. Bainard Cowan, et al. Baton Rouge: Louisiana State UP, 1991. 125-61.
——. "*The Great Gatsby*: Grief, Jazz and the Eye-Witness." *Arizona Quarterly* 47.3 (Autumn 1991): 17-70.
de Man, Paul. *The Resistance to Theory.* Minneapolis: U of Minnesota P, 1986. 大河内昌・富山太佳夫訳『理論への抵抗』(国文社、1992年)。
——. *Critical Writings, 1953-1978.* Ed. Lindsay Waters. Minneapolis: Uof Minnesota P, 1989.
Derrida, Jacques. "Like a Sound of the Sea Deep within a Shell: Paul de Man's War." Hamacher, 127-64.
-——. "Interpretations at War: Kant, le Juif, L'Allemand." (1989) 鵜飼哲訳「Interpretations at War　カント、ユダヤ人、ドイツ人」＜現代思想＞1993年5-8月号分載。
Felman, Shoshana. *Testimony: Crises of Witnessing in Literature, Psychoanalysis, and History.* New York: Routledge, 1992.
Hamacher, Werner, et al., eds. *Responses: On Paul de Man's Wartime Journalism.* Lincoln: U of Nebraska P, 1989.
Steiner, George. *On Difficulty, and Other Essays.* Oxford: Oxford UP, 1978.
——. *Antigones.* New York: Oxford UP, 1984. 海老根宏他訳『アンティゴネーの変貌』(みすず書房、1989年)。
——. *After Babel: Aspects of Language and Translation.* 2nd ed. Oxford: Oxford UP,1992. 亀山健吉訳『バベルの後に——言葉と翻訳の諸相』(法政大学出版局、1999年)。
Tolchin, Neal L. *Mourning, Gender, and Creativity in the Art of Herman Melville.* New Haven: Yale UP, 1988.
由良君美『メタフィクションと脱構築』(文遊社、1995年)。

第三章
Brown, Alan. *Audrey Hepburn's Neck.* New York: Pocket Books, 1996. 那波かおり訳『オードリー・ヘプバーンズ・ネック』(角川書店、1997年)。
Cott, Jonathan. *Wandering Ghost: The Odyssey of Lafcadio Hearn.* New York: Knopf, 1990. 真崎義博『さまよう魂——ラフカディオ・ハーンの遍歴』(文藝

247-72.
——. "White Mythology." *New Literary History* 6 (1974): 5-74. 豊崎光一訳「白けた神話」、『世界の文学３８：現代評論集』篠田一士編（集英社、1978年）。
——. *Dissemination.* Trans. Barbara Johnson. Chicago: U of Chicago P, 1981.
Eliot, T. S. "Tradition and the Individual Talent" *The Sacred Wood.*1920; London: Methuen, 1934. 深瀬基寛訳「伝統と個人の才能」、『エリオット全集』第5巻（中央公論社、1971年）。
——. *Memoirs.* New York: Columbia UP, 1985.
Felman, Shoshana. *The Literary Speech Act: Don Juan with J. L. Austin, or Seduction in Two Language.* Trans. Catherine Porter. Ithaca, NY: Cornell UP, 1983.立川健二訳『語る身体のスキャンダル——ドン・ジュアンとオースティン、あるいは、二言語による誘惑』（勁草書房、1991年）。
Hartman, Geoffrey H. *Beyond Formalism: Literary Essays 1958-1970.* New Haven: Yale UP, 1970.
——, et al. *Deconstruction and Criticism.* New York: Seabury, 1979.
——. *Criticism in the Wilderness: The Study of Literature Today.* New Haven: Yale UP, 1980.
——. *Saving the Text: Literature, Derrida, Philosophy.* Baltimore: Johns Hopkins UP, 1981.
Hassan, Ihab. *The Right Promethean Fire: Imagination, Science, and Cultural Change.* Chicago: U of Illinois P, 1980.
Johnson, Barbara. *The Critical Difference: Essays in the Contemporary Rhetoric of Reading.* Baltimore: Johns Hopkins UP, 1980.
Kawin, Bruce F. *The Mind of the Novel: Reflexive Fiction and the Ineffable.* Princeton: Princeton UP, 1982.
Leitch, Vincent B. *Deconstructive Criticism: An Advanced Introduction.* New York: Columbia UP, 1983.
Lentricchia, Frank. *After the New Criticism.* Chicago: U of Chicago P, 1980. 村山淳彦・福士久夫訳『ニュー・クリティシズム以後の批評理論』（未來社, 1993年）。
Miller, J. Hillis. *Fiction and Repetition: Seven English Novels.* Cambridge, MA: Harvard UP, 1982. 玉井他訳『小説と反復 ——七つのイギリス小説』（英宝社。1991年）。
Norris, Christopher. *Deconstruction: Theory and Practice.* New York: Methuen, 1982. 富山太佳夫・荒木正純訳『ディコンストラクション』（勁草書房、1985年）。
Riddel, Joseph N. *The Inverted Bell: Modernism and the Counterpoetics of William Carlos Williams.* Baton Rouge: Louisiana State UP, 1974.
Rowe, John Carlos. *Through the Custom-House: Nineteenth-Century American Fiction and Modean Theory.* Baltimore: Johns Hopkins UP, 1982.
Scholes, Robert. *Semeiotics and Interpretation.* New Haven: Yale UP, 1982. 富山太

参考文献

【序章】

Dances with Wolves. Screenplay by Michael Blake. Dir. Kevin Costner. Perf. Kevin Costner, Mary McDonnel, Graham Green. TIG, 1990. 松本剛史訳『ダンス・ウィズ・ウルヴズ』(文春文庫、1991年)。

Darnton, Robert. "What is the History of Books?" Davidson, 27-52.

Davidson, Cathy N., ed. *Reading in America: Literature & Social History.* Baltimore: Johns Hopkins UP, 1989.

Fetterley, Judith. *The Resisting Reader: A Feminist Approach to American Fiction.* Bloomington: Indiana UP, 1978. 鵜殿えりか・藤森かよこ訳『抵抗する読者——フェミニストが読むアメリカ文学』(ユニテ、1994年)。

Ginzburg, Carlo. *The Cheese and the Worms: The Cosmos of a Sixteenth-Century Miller.* Baltimore: Johns Hopkins UP, 1980. 杉山光信訳『チーズとうじ虫——16世紀の一粉挽屋の世界像』(みすず書房、1984年)。

Selden, Raman. *A Readers' Guide to Contemporary Literary Theory.* Brighton: Harverster, 1985.

Sicherman, Barbara. "Sense and Sensibility: A Case Study of Women's Reading in Late Victorian America." Davidson, 201-25.

堀田善衛「メノッキオの話」＜すばる＞第5巻6号(1983年6月号)8-29頁。

【第一部】

第一章

Bloom, Harold. *A Map of Misreading.* New York: Oxford UP, 1975.

——. *The Breaking of the Vessels.* Chicago: U of Chicago P, 1982.

Borklund, Elmer. *Contemporary Literary Critics.* 2nd ed. London: Macmillan, 1982.

Brooke-Rose, Christine. *A Rhetoric of the Unreal: Studies in Narrative and Structure, Especially of the Fantastic.* Cambridge: Cambridge UP, 1981.

Culler, Jonathan. *On Deconstruction: Theory and Criticism after Structuralism.* Ithaca, NY: Cornell UP, 1982. 富山太佳夫・折島正司訳『ディコンストラクションI・II』(岩波書店、1985年)。

Davis, Robert Con, et al., eds. *Rhetoric and Form: Deconstruction at Yale.* Norman: U of Oklahoma P, 1985.

de Man, Paul. *Blindness and Insight: Essays in the Rhetoric of Contemporary Criticism.* 1971. 2nd ed. Minneapolis: U of Minnesota P, 1983.

——. *Allegories of Reading: Figural Language in Rousseau, Nietzsche, Rilke, and Proust.* New Heven: Yale UP, 1979.

——. "The Epistemology of Metaphor." *Critical Inquiry* 5 (1978): 13-30.

Derrida, Jacques. "Structure, Sign, and Play in the Discourse of the Human Sciences." *The Structuralist Controversy: The Languages of Criticism and the Sciences of Man.* Ed. Richard Macksey, et al. Baltimore: Johns Hopkins UP, 1970.

第四章　文学史キャノンの脱構築
グレゴリー・ジェイ『作家としてのアメリカ』
（岩波書店刊＜よむ＞一九九一年四月号）
ハリエット・ホーキンズ『ストレンジ・アトラクター』
（研究社刊＜時事英語研究＞一九九五年一一月号）
武藤脩二『一九二〇年代アメリカ文学』
（中央公論社刊＜中央公論＞一九九三年三月号）
折島正司他編『文学　アメリカ　資本主義』
（中央公論社刊＜中央公論＞一九九三年二月号）
渡辺利雄編『読み直すアメリカ文学』
（研究社刊＜英語青年＞一九九六年六月号）

第十七章　ジャンヌ・ダルクの批評文学——斎藤美奈子『紅一点論』を読む
（日本ペンクラブ刊＜ Japanese Literature Today1998 ＞）

第三部　現在批評のリーディング・リスト

第一章　知的ストーカーのすすめ
（慶應義塾大学刊＜三色旗＞一九九七年八月号）

第二章　文化史研究入門
ハロルド・アラム・ヴィーサー『ニュー・ヒストリシズム』
（研究社刊＜英語青年＞一九九〇年三月号）
アンソニー・イーストホープ『文学研究から文化研究へ』
（岩波書店刊＜よむ＞一九九二年六月号）
アンドルー・エイデルスタイン他『70年代』
（岩波書店刊＜よむ＞一九九一年六月号）
W．J．T．ミッチェル『最後の恐竜本』
（丸善刊＜学鐙＞二〇〇〇年一月号）
明石紀雄『トマス・ジェファソンと「自由の帝国」の理念』
（中央公論社刊＜中央公論＞一九九三年七月号）
富山太佳夫『シャーロック・ホームズの世紀末』
（＜東京新聞＞一九九三年一一月二一日付）
村上由見子『イエロー・フェイス』
（中央公論社刊＜中央公論＞一九九三年五月号）

第三章　アメリカ文学再考
クリストファー・エイムズ『現代小説におけるパーティ・ライフ』
金関寿夫『現代芸術のエポック・エロイク』
（岩波書店刊＜よむ＞一九九一年一〇月号）
アン・ダグラス『多民族都市マンハッタン』
（研究社刊＜時事英語研究＞一九九五年八月号）
亀井俊介『アメリカン・ヒーローの系譜』
（＜東京新聞＞一九九四年一月一六日付）
志村正雄『神秘主義とアメリカ文学』
（＜週刊読書人＞一九九八年七月一七日付）
富島美子『女がうつる——ヒステリー仕掛けの文学論』
（＜東京新聞＞一九九四年一月二八日付夕刊）

第六章　闘争するエレミア——ジェイン・トムキンズ『煽情的な構図』を読む
（バベル・プレス刊<翻訳の世界>一九八九年九月号）

第七章　モビイ・ディックとは誰か
——マイクル・ギルモア『アメリカ文学と市場』を読む
（バベル・プレス刊<翻訳の世界>一九八九年一一月号）

第八章　リパブリカン・マインドの終焉
——キャシー・デイヴィッドソン『書物言語の革命』を読む
（バベル・プレス刊<翻訳の世界>一九八九年一二月号）

第九章　支配する文法——リー・クラーク・ミッチェル
『物語の決定論——アメリカ自然主義文学』を読む
（バベル・プレス刊<翻訳の世界>一九九〇年一月号）

第十章　病としてのミメシス
——ウォルター・ベン・マイケルズ『金本位制と自然主義の論理』を読む
（日本英文学会刊<英文学研究>第六七巻第一号［一九九〇年九月］）

第十一章　帝国は逆襲するか
——ガヤトリ・スピヴァック『別の世界で』を読む
（バベル・プレス刊<翻訳の世界>一九九〇年二月号）

第十二章　アフリカの果ての果て
——ヘンリー・ルイス・ゲイツ・ジュニア『黒の修辞学』を読む
（バベル・プレス刊<翻訳の世界>一九九〇年三月号）

第十三章　ファースト・レディが帽子を脱げば——キャサリン・スティンプソン『意味のありか』を読む
（バベル・プレス刊<翻訳の世界>一九九〇年四月号）

第十四章　クイアリング・クロサワ——D.A. ミラー『小説と警察』を読む
（岩波書店<思想>一九九六年八月号）

第十五章　裏返されたメルヴィル——千石英世『白い鯨のなかへ』を読む
（日本英文学会刊<英文学研究>第六九巻第一号[一九九二年九月]）

第十六章　庭園神話のアイロニー——大井浩二
『手紙の中のアメリカ——<新しい共和国>の神話とイデオロギー』を読む
（日本アメリカ文学会刊<アメリカ文学研究>三四号［一九九八年二月］）

初出一覧

第一部　現在批評のポレミックス

第一章　危機の文学批評理論――ディコンストラクションのあとで
（原題「危機の現代批評」、慶應義塾大学刊『慶應義塾創立一二五年記念論文集・法学部一般教養関係』［慶應通信、1983年］所収）

第二章　外国文学研究の抵抗――ニュー・ヒストリシズムのあとで
（原題「外国文学研究の可能性――ジョージ・スタイナー以後」、慶應義塾大学藝文学会刊＜藝文研究＞七四号［一九九八年一二月］所収）

第三章　滅びゆく他者の帰還――ポスト・コロニアリズムのあとで
（原題「エキゾティシズム――他者憧憬と他者恐怖」、木下卓他編『多文化主義で読む英米文学』［ミネルヴァ書房、一九九九年］所収』

第四章　仮想家族の主体形成――クイーア・リーディングのあとで
（原題「アメリカ――ヴァーチャル・ファミリーの主体形成」、浅沼圭司・谷内田浩正編『思考の最前線』［水声社、一九九七年］所収）。

第二部　現在批評のカリキュラム

第一章　アメリカン・ペダゴジー
――ジョナサン・カラー『記号の策略』を読む
（バベル・プレス刊＜翻訳の世界＞一九八九年四月号）

第二章　死角の中の女――バーバラ・ジョンスン『差異の世界』を読む
（バベル・プレス刊＜翻訳の世界＞一九八九年五月号）

第三章　ポストモダンの倫理と新歴史主義の精神
――ミッチェル・ブライトヴァイザー『マザーとフランクリン』を読む
（バベル・プレス刊＜翻訳の世界＞一九八九年六月号）

第四章　ディスフィギュレイション宣言
――シンシア・チェイス『比喩の解体』を読む
（バベル・プレス刊＜翻訳の世界＞一九八九年七月号）

第五章　善悪の長い午後――トビン・シーバース『批評の倫理学』を読む
（バベル・プレス刊＜翻訳の世界＞一九八九年八月号）

メタファーはなぜ殺される
—現在批評講義—

著　者　巽孝之

発行者　森信久

装丁・デザイン　吉見知子

プロデュース　森有紀子（松柏社）

編　集　長沼紀保
牧野嘉文
向山貴彦

編集協力　竹村洋司・永野文香・宮山香里

製　作　studio ET CETERA
〒187-0011　東京都小平市鈴木町 1-2-2
http://www.studioetcetera.com

発　行　株式会社　松柏社
〒102-0072　東京都千代田区飯田橋 1-6-1
電話　03-3230-4813（代表）
FAX　03-3230-4857
http://www.shohakusha.com

THE METAPHOR MURDERS

The Metaphor Murders

著者略歴

【巽 孝之（たつみ・たかゆき）】
1955年、東京生まれ。コーネル大学大学院博士課程修了 (Ph.D., 1987)。現在、慶應義塾大学文学部教授。アメリカ文学専攻。著書『サイバーパンク・アメリカ』（勁草書房）で1988年度日米友好基金アメリカ研究図書賞、『ニュー・アメリカニズム――米文学思想史の物語学』（青土社）で1995年度福沢賞受賞。編訳書にダナ・ハラウェイ他『サイボーグ・フェミニズム』（トレヴィル）、ラリイ・マキャフリイ『アヴァン・ポップ』（筑摩書房）、共著に *Storming the Reality Studio* (Duke UP, 1991), *In Memoriam to Postmodernism* (SDSUP, 1995), *Transactions, Transgressions, Transformations* (Berghahn Press, 2000) ほか。

メタファーはなぜ殺される
―現在批評講義―
2000年6月20日　初版発行
2002年5月15日　第二刷発行

著　者　　巽孝之
発行者　　森信久

発行所　　株式会社　松柏社
〒102-0072　東京都千代田区飯田橋 1-6-1
電話　03-3230-4813（代表）
FAX　03-3230-4857
http://www.shohakusha.com

装丁者　　吉見知子
印刷・製本　　株式会社　平河工業社

ISBN4-88198-938-3
定価は本体カバーに表示してあります。

巽孝之研究会公式ホームページ：http://www.mita.keio.ac.jp/~tatsumi/